남자 **금지** 게임 세계에서
내가 해야 할 **유일**한 일

백합 사이에 낀 남자로 전생해 버렸습니다

1

하자쿠라 료
Ryo Hazakura

[illust.] hai

"식사, 인데요."

NAME

산죠 레이

"……안 먹어~?"

NAME

라피스 클루에
라 루메트

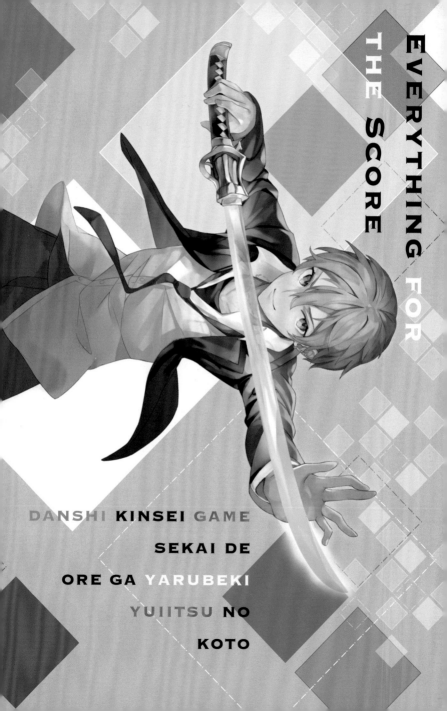

EVERYTHING FOR THE SCORE

DANSHI KINSEI GAME
SEKAI DE
ORE GA YARUBEKI
YUIITSU NO
KOTO

남자 금지 게임 세계에서
내가 해야 할 유일한 일

백합 사이에 낀 남자로 전생해 버렸습니다

1

하자쿠라 료
Ryo Hazakura

[illust.] hai

커버 그림, 본문 일러스트 | hai

"헉, 헉, 헉……!"

뒷골목에 숨소리가 울려 퍼진다.

필사적으로 달리는 소녀는 여러 번 뒤를 돌아보면서 추적자를 뿌리치려 했다.

"……윽!"

그 표정이 절망에 물든다.

소녀 앞에 우뚝 솟아난 벽.

3.5m쯤 되려나. 소녀의 가는 팔과 신체 능력으로는 도저히 넘지 못할 것 같다.

"……미코."

움찔, 몸을 달싹이며 소녀는 뒤를 돌아본다.

시선 끝에는 아름다운 소녀가 있었다.

창백한 달빛 아래 선 소녀는 밤바람에 흑발을 나부끼며 『미코』라고 부른 소녀에게 다가간다.

미코는 천천히 뒷걸음질 쳤고…… 벽에 등이 닿는다. 도망칠 길을 잃고 분한 듯이 이를 갈았다.

"마, 말해 두겠는데! 난 당신하고 사귈 생각 따위 없—— 응."

흑발의 소녀는 벽에 몰린 소녀에게 입을 맞춘다.

비쳐 든 달빛이 둥그런 윤곽을 덧쓰듯이 아름다운 소녀들을 비추었다. 마치 그것은 달의 여신이 준 축복의 키스 같았다.

둘은 조용히 떨어진다.

벽에 몰려 있던 소녀는 뺨을 붉히며 눈을 돌렸다.

"그, 그만해……. 바보야……. 그럴 마음 없다고 했잖아……."

"됐으니까, 눈 감아."

다시 두 사람은 입을 맞추었다.

두 사람의 옆모습에 붉은 기가 돌았고, 밤의 장막을 비춘 만월은 무대 중앙에 선 두 사람에게 스포트라이트를 선사했다.

그래, 이건 이 두 소녀를 주역으로 한 아름다운 사랑 이야기——가 아니다.

"…………."

뒷골목 구석진 곳의 어둠 속.

불량배처럼 앉아 햄버거를 먹으면서 가만히 두 사람을 바라보는 남자.

"……역시 백합은 최고네."

나, 즉 산죠 히이로의 이야기다.

*

백합 게임이란 여자끼리 맺어지기까지의 과정을 그린 게임이다.

백합이라고 하면 백합목 백합과 백합속에 속하는 다년초를 연상하는 분이 있을 수도 있지만, 우리가 말하는 『백합』이란 『여성간의 연애나 우정 관계를 그린 장르』를 가리킨다.

왜 백합 게임이라고 불리느냐.

여러 설이 있지만 여성 간의 연애 관계를 백합꽃에 비유한 것 때문에 백합은 여성 간의 관계성을 그리는 장르를 가리키는 말이 된 모양이다.

『Everything for the Score』…… 통칭, 『에스코』는 백합 게임이다.

백합 게임에는 문장을 읽음으로써 이야기가 진행되는 노벨형 게임이 많지만 본 작품은 시뮬레이션 요소도 충실히 들어간 보기 드문 타입의 백합 게임이다.

세계관으로 따지면 현대 일본에 마법이 존재하는 평행 세계.

특징적인 건 소행, 활약, 이불 개키는 법까지 갖가지 것이 평가되어 정부에서 부여하는 스코어가 존재한다는 것이다.

주인공의 목적은 마법 학원을 무대로 각종 능력치를 높이면서 스코어를 벌어 네 히로인 중 누군가와 행복해지는 것.

본작은 백합 애호가들 사이에서는 필수작이라고 할 수 있을 만큼 유명한 게임이긴 하지만, 시장에는 거의 나오지 않았고 다운로드판도 존재하지 않아서 일반적 지명도는 솔직히 낮다.

그런 탓에 발매 이후 시간이 조금 지난 이후 프리미엄 가격이 붙고야 말았다.

백합 애호가인 내가 손에 넣기 힘들다는 걸 안 건 프리미엄이 붙고 되팔이꾼들이 설치기 시작했을 무렵이다.

꼭 변명 같지만 막 고등학생이 된 나는 이사니 뭐니 바빠서 정보 입수력이 부족했다.

"……도와주세요."

"네?"

"도와주세요ㅇㅇㅇㅇㅇㅇㅇㅇㅇㅇㅇㅇㅇㅇㅇㅇㅇㅇㅇㅇㅇㅇㅇ!"

"익룡이야?! 시끄러워! 고막이 오른쪽에서 왼쪽으로 관통됐거든?!"

보이스 채팅으로 백합을 좋아하는 친구에게 부탁해서 겨우 빌린 것은 발매한 지 2년이 지났을 무렵이었다.

내 백합 모티베이션은 세계 최고봉이라고 자부한다.

발송하고 집에 도착할 때까지의 시간조차도 아쉬워서, 지역 물류터미널에 도착한 걸 보자마자 자전거를 타고 전화를 걸었다.

"거기 야마ㅇ 운송 맞죠?! 타치바나인데요?! 거기 제 택배 와 있죠?!"

[네, 아, 예?]

"지금부터 불러드릴 주소로 원격 투척해서 배달해 주실래요?!"

[네? 아, 응?! 인류의 어깨로는 닿지 않을 텐데요?!]

"닿지 않아도 돼요! 저는 당신 어깨를 믿어요!"

[네, 아뇨, 무——.]

"가라아아아!"

[네? 잠깐, 안 던졌는데요?! 혼자서 영화 예고편처럼 분위기 띄우지 말아 주실래요?!]

결국 나는 평범하게 터미널로 가지러 갔다. 머리도 식어서, 전화를 받아준 원격 투척 직원에게는 무릎 꿇고 사죄했다.

이러쿵저러쿵해서 겨우 손에 넣은 백합 게임.

에스코의 패키지는 고귀한 빛을 머금고 있는 듯해서 플레이를 시작했을 무렵에는 시야가 부예 보였다.

"앞이…… 안 보여……!"

아름다운 일러스트에 눈물이 흘렀고 훌륭한 오프닝을 만끽했다.

행복한 일요일이었다.

신조차도 쉬는 일요일이다. 왜소한 인간이 백합으로 휴식을 취하는 건 백합 신이 공인한 의무라고도 할 수 있다.

성가신 일이 차고 넘치는 현실 세계에서 피곤함에 찌든 온몸이 촉촉해지는 듯했다.

"히로인 넷 다 귀엽네. 주인공과 꽁냥꽁냥하는 걸 볼 수 있다니 기대돼."

내 장래의 꿈은 백합 커플이 동거하는 맨션의 관엽 식물이 되어 매일 물과 백합을 섭취하는 것이다.

그렇기에 기본적으로는 주인공 여성에게 감정 이입을 하지 않는다.

어디까지나 화면 바깥의 존재로서 약간의 보탬이 되고 싶을 뿐이다.

"생각보다 파라미터가 세분화되어 있네……. 이거 처음에는 뭐부터 올리는 게 최선일까……. 이 매직 디바이스라는 시스템, 너무 세밀한데……. 스코어는 기본적으로 뭘 해도 오르니까 신경 안 써도 될 것 같아."

마법 하나를 써도 속성별로 능력치가 구분되어 있다. 매직 디바이스라는 독자적인 무기 시스템도 있어서 생각보다 자유도가 높아 보인다.

본 게임은 RPG 요소도 있는 시뮬레이션 게임이다.

플레이어는 주인공의 하루 행동 계획을 세워 그녀를 성장시켜 해피엔딩으로 이끌어야 한다.

주인공에게는 오전과 오후 행동권이 있다.

그 행동권은 플레이어에게 맡겨져 있으며, 선택한 행동의 결과가 하루의 끝에 표시된다.

학원에서 수업을 듣거나 마법 훈련을 하거나 히로인과 교류하면 특정 능력치와 스코어가 상승한다.

행동에 따라서는 이벤트도 발생하고 능력치가 오르락내리락 하기도 하지만⋯⋯ 기본적으로는 이점뿐인 이벤트뿐이라, 히로인들에게도 빠르게 호감을 살 수 있다.

"미적지근해. 하루 방치한 욕조 물 정도로 미적지근해."

거의 논스트레스다.

물론, 자유도가 높고 루트에 따라서는 고난도가 되기도 한다.

엔딩은 각 히로인별로 네 종류만 있는 게 아니라 모험가로서 이름을 남기는 『모험가 엔딩』, 마법 학원의 학원장까지 올라가는 『학원장 엔딩』, 모든 히로인을 거절하고 악으로 타락하는 『타락 엔딩』까지 있다.

스트레스는 없는데 볼륨은 빵빵하다.

아마 백합 게임이 아니더라도 나름대로 인기를 끌지 않았을까.

그런 생각이 드는 본작에도 유일무이한 스트레스 요소가 있다.

[어라~, 둘이서 뭐 해~? 나도 끼워줄래~?]

"나왔구나, 제길!"

본작의 유일한 남자 캐릭터이자 방해꾼 캐릭터『산죠 히이로』
의 존재다.

역시 방해꾼 캐릭터라고 해야 하나, 주인공과 히로인 사이를
갈라두려는 언동을 한다. 마이너스 이벤트 대부분엔 이 수상한
금발남이 얽혀 있다.

[뭐, 던전에 간다고? 둘이서? 그럼 나도 끼워줘~.]

"따라오지 마아아아아아아아아아아아아아아아아아아아아아
아아아아아아아아아아아아아아아아아아아아아아아아아아아아
아아아아아아아아아아아아아아아아아아아아아아아아아아! 죽어어
어어어어어어어어어어어어어어어어어어어어어어어어어어어
어어어어어!"

더할 나위 없이 짜증 나는데 던전 탐색에도 멋대로 끼어들어
서는 당당하게 파티의 일원 행세다. 이 남자가 있으면, 히로인
과의 이벤트는 발생하지 않게 된다. 게다가 분할된 경험치는 얌
체같이 챙겨 간다.

[뭐야, 뭐야? 둘이서 뭐 해? 수상한데~. 나만 따돌리지 마~.]

"분위기 파악 좀 해애애애애애애애애애애애애애애애애애애
애애애애애애애애애애애애애애애애애애애애애애애애애애애애애
애애애애애애애애애애애! 아니, 그냥 숨 쉬지 마아아아아아아
아아아아아아아아아아아아아아아아아아아아아아아아아아아아

아아아아아아아아아아! 죽어어어어어어어어어어어어어어어어어어어어어어어어어어어어어어어어어어어!"

이 작품이 왜 일부 열광적인 팬을 제외하면 큰 인기를 끌지 못했는지 이유를 알겠다.

이놈이다.

이 남자의 존재가 거슬린다.

내 수명을 절반 바쳐서라도 이 게임에서 치워 버리고 싶을 만큼 짜증 난다. 백합 사이에 낀 남자는 죽는다는 개념을 100% 응축 환원한 뒈졌으면 하는 쓰레기 남이다.

당연히 주인공 일행에게도 오물급으로 미움받고 있지만 본인은 강철 멘탈인지 신경 쓰는 기미가 없다.

여자와 여자의 연애 관계가 주제인 만큼 백합 게임에는 기본적으로 남자가 등장하지 않는다. 나오더라도 장애물이 되거나 엑스트라로 나오거나 배경의 일부로 등장하는 식이다.

게임뿐만이 아니라 백합 작품에 등장하는 남자 대다수는 지뢰지만, 그중에서도 이 히이로는 죽음의 백합 파괴 마인이라고도 할 수 있는 특대급 지뢰다. 패키지 뒤에 『이 작품에 등장하는 일부 캐릭터는 당신의 뇌에 나쁜 영향을 미칩니다』라는 경고 문구를 써 뒀으면 할 만큼 추악하다.

"아, 안 돼. 이 이상 플레이하면 생명이 위험해……. 백합으로 마음을 정화해야 해……. 아니면 인간으로 남을 수 없어……."

이 남자 때문에 가끔 다른 백합 게임을 섞어가며 플레이해야 했다.

유일한 구원이 있다면 어떤 엔딩에서든 히이로는 비참한 죽음을 맞는다는 것. 상상 속에서 관을 어깨에 짊어지고 유쾌하게 스텝을 밟으며 축복하는, 정신 회복 단계가 마련되어 있다는 거다.

에스코는 재미있다.

막대한 이벤트 양 덕에 항상 신선미가 있으며 똑같은 게임을 플레이해도 술술 넘어간다.

정신을 차리고 보면 날이 새 있으며 하루가 끝나고 다음 아침을 맞는다. 매일 수면 시간을 한계치까지 깎아가며 정신없이 플레이를 이어갔다.

며칠 후, 모든 엔딩을 제패하고 이벤트 CG까지 다 모아 달성률 100%가 되었다. 설정자료집도 세세한 부분까지 숙독했으니…… 이제야 나는 느긋하게 쉬기로 했다.

"……자기 전에 먹을 거라도 사 올까."

수면욕을 웃도는 식욕을 느낀 나는 집을 나와 편의점으로 향했다.

강렬한 졸음기에 저항하면서 주택가 도로변을 걷는데 그 좁은 도로에 맹렬한 기세로 승용차가 돌진했다.

"우왁, 위험하게!"

비틀거리던 나는 간신히 피했다.

오래전부터 위험하다 싶긴 했지만, 이런 곳에서도 속도를 내는 멍청이들이 다수 출몰한다.

얼른 대로로 나가야겠다 싶었던 나는 걸음을 재촉하다가 문득 앞에 있는 인영을 발견했다. 어깨를 나란히 하고 어중간한 거리로 걷는 여자아이 2인조다.

　나는 물끄러미 그 둘을 응시했다.

　"…………."

　내 안의 릴리 센스가 반응했고, 잽싸게 숨을 죽인 나는 존재감을 지웠다.

　두 사람은 속이 탈 정도로 느릿느릿하게 거리를 좁혀 간다. 살며시 서로의 손가락을 얽더니 손을 단단히 잡는다.

　만면의 미소를 띤 나는 벽에 등을 붙이고 벽이 되었다.

　오늘같이 좋은 날. 멋진 인생. 시간이여 멈추어라, 너는 아름답다. 갖은 미사여구를 가져와도 이 존귀함을 표현할 수는 없겠지.

　좋은 것을 봤구나 싶어 만족한 나는 두 사람이 떠날 때까지 기다리기로 했다.

　그렇게 생각했을 때 앞쪽에서 대형 차량이 달려온다. 아스팔트에 타이어가 닳는 맹렬한 마찰음과 주택가의 좁고 답답한 도로로 돌진하는 차량, 청각과 시각이 순식간에 『위험』을 판단했고 온몸에 힘이 들어갔다.

　주행하는 차량을 발견한 여자아이들은 손을 잡은 채로 옆으로 물러나려 했지만—— 서로를 반대쪽으로 잡아당겼다.

　당연한 귀결이지만 두 사람은 털푸덕 엎어졌다.

　"뭐야, 뭐야, 뭔데……. 멈춰, 멈춰, 멈추라고……. 보이잖아, 멈춰……!"

　내 바람과는 정반대로 제한 속도를 대폭 뛰어넘은 차량은 브레이크를 밟으려고조차 하지 않는다.

다가온다, 온다, 온다!

어마어마한 속도로 돌진하는 대형차의 운전수는 스마트폰을 조작하며 히죽거리고 있었다. 두 사람이 있다는 걸 전혀 모르고 있다.

둘은 비명을 질렀고——, 나는 이미 달리기 시작한 상태였다.

"으랴아아아!"

잠을 못 자서 뒤엉키는 다리를 필사적으로 움직여 겨우 일어난 둘을 밀쳤을 때, 눈앞에는 대형차의 차체가 있었다.

"……이번 달 유○히메*는 아직 못 읽었는데."

뒤로 쓰러진 두 여자아이는 서로 손을 잡고 있었고——, 나는 힘껏 튕겨 나갔다.

"백합을 지켰으니 뭐 됐나."

온몸의 감각이 사라지고 충격과 함께 시야가 검게 물들어 간다.

모든 것이 새카맣게 물들고—— 나는 벌떡 일어났다.

"우와?! 뭐야, 꿈이구나! 괜히 쫄았네! 죽은 줄 알았——."

삐걱거리는 선로에 들썩이는 전철 주행음. 다 닳아 가는 조명은 깜빡이고, 남성용 소변기가 좌르륵 늘어서 있었다.

번쩍, 번쩍, 번쩍, 빛과 어둠 경계를 오가는 시야.

---

*백합 만화만을 연재하는 잡지 이름

눈앞에는 거울이 있었다.

거기 비친 내 얼굴.

금색 머리카락에 매우 경박해 보이는 표정, 묘하게 단정한 생김새에 화가 치민다……. 내가 입 아프게 욕했던 얼굴이 거기 있었다.

"어라?"

나는 계속 눈을 깜빡이며 그 얼굴을 어루만진다.

"나, 히이로가 된 거 아냐……?"

그 몇 시간 후.

나—— 타치바나 이츠키는, 자신이 에스코, 백합 게임의 세계에 방해꾼 캐릭터 산죠 히이로로 전생(轉生)했다는 걸 알게 되었다.

몇 번씩 역 앞 화장실 거울을 봐도, 아무리 시간이 흘러도, 어딜 어떻게 보나 나는 여전히 히이로였다.

비트적거리며 거리를 걷는 사이 서서히 혼란스러움이 가셨다.

내가 냉정해진 건 뒷골목에서 햄버거를 한 손에 들고 백합 감상을 마친 후였다.

틀림없다.

지금 내가 있는 이곳은, 에스코의 세계다.

무엇보다, 남자의 존재가 왠지 모르게 흐려 보인다.

눈앞에 있는 길을 걷는 남성은 존재하긴 하는데, 꼭 배경처럼 인식하기가 어렵다.

과거 나는 백합 게임에 등장하는 남자 취급을 4가지 타입으로 분류했었다. 그 4가지 타입에 끼워 맞추면, 이 세계의 남성은 타입 ③과 ④의 복합형 특징을 보이고 있다.

①남자가 존재하지 않는다.

②남자가 존재하지 않는 곳이 무대라서, 남자가 등장하지 않는다.(여학교 등)

③남자가 존재하지만, 서브 캐릭터나 엑스트라, 배경으로 다뤄진다.

④남자가 존재하지만, 악역이나 방해꾼 캐릭터다.

무엇보다 이 세계에선 진짜 누구나 여자끼리 팔짱을 끼며, 뒷골목에서는 여자와 여자가 키스를 나누고 있다.

"천국인가……?"

아무래도 신심이 깊은 나는 백합 신의 인도로 하늘의 부르심을 받았나 보다.

오장육부에 스며드는 행복감에 젖어 들면서, 이상적인 세계를 관광한 것도 잠시. 현재 상황을 정리해 보니 내가 위험한 처지에 놓였단 걸 깨달았다.

여자로서 백합 게임 세계에 전생했더라면 지금쯤 무릎 꿇고 감사의 기도를 올렸을지 모른다.

하지만 나는 그『산죠 히이로』로 전생하고 말았다.

에스코의 밉상, 방해꾼 캐릭터이자 백합 사이에 낀 남자…….
숙명적으로 비참한 최후를 맞을 그 히이로로.

"미친……, 이거, 큰일…… 난 거지……?"

역 앞 화장실로 도망친 나는 목에 맨 넥타이를 느슨하게 풀었다.

이유는 모르겠지만 히이로는 정장 차림이었다. 어중간하게 반
반한 얼굴 탓인지, 정장을 입어도 그럴싸했지만 초조함에 일그
러진 얼굴은 딱해 보였다.

에스코 내에서 히이로가 맞이할 결말은 하나뿐이다.

그건 바로—— 죽음.

어떤 루트에서는 추락사, 어떤 루트에서는 익사, 어떤 루트에
서는 아사, 어떤 루트에서는 쇼크사, 어떤 루트에서는 친여동생
에게 계획적으로 살해당한다.

마지막 순간, 히이로가 비참한 죽음을 맞음으로써 플레이어는
속이 시원해지는 것이다. 갖은 방면에서 추구된 샤덴프로이데[*],
히이로의 죽음은 감미로운 꿀맛이다. 무슨 일이 있어도 히이로
는 죽어야 한다.

히이로의 사인 대다수에는 주인공과 네 히로인이 얽혀 있다.

내가 히이로로서 살아남기 위해서는 주인공과 히로인에게 뭔
가 수를 써야 하겠지.

예를 들어 먼저 주인공과 히로인들을 처리해 버린다거나.

"개같은 소리! 설령 내가 죽더라도 난 백합을 지키겠어!"

말도 안 되는 수단을 떠올렸지만 그것만은 말도 안 된다. 히로
인의 백합이 파괴되면 필드에 있는 히이로 역시 파괴당한다.

우선순위는 백합>>>>>>>>>>>>>>>>>>>>>>>나>>그 외다.

---

*타인의 불행이나 고통에서 느끼는 기쁨

백합을 지키기 위해 죽는 건 바라마지 않는 일이지만, 게임 시나리오처럼 바보 같은 사인으로 개죽음당하기는 싫다.

개죽음을 피하기 위해 다른 수를 생각해 보자.

꾸준히 연구에 연구를 거듭해, 갖은 파멸에 대처할 수 있게 된다거나?

혹시 히이로도 꾸준히 단련하면 죽을 운명을 피할 수 있을지 몰라⋯⋯. 뭐, 히이로가 노력하지 않는 데는 그만한 이유가 있지만.

나는 생각에 잠기며 역 앞을 천천히 걸었다——.

"히이로 씨."

몸이 얼어붙는 목소리다.

뒤를 돌아보니 순흑색 장발을 가진 소녀가 서 있었다.

새카만, 우주의 암흑을 연상케 하는 검은 눈. 중심에 있는 눈동자는 일등성처럼 밝게 빛나며 마주 본 사람을 홀리는 광휘를 띠고 있다.

의젓한 자세와 날씬한 체구는 길을 가는 미녀 중에서도 눈에 띄었다. 모두가 그녀를 돌아보며 뺨을 붉힌다. 몸에 걸친 푸른 드레스는 빛의 그러데이션을 이루고 있다.

산죠 레이——, 에스코의 네 히로인 중 하나이며 히이로의 여동생이다.

"갑자기 사라져서 걱정했어요."

눈곱만큼도 걱정하지 않은 듯한 태도로 그녀는 속삭인다.

"실례지만 밖에서 리무진이 대기 중이니까 서두르세요. 회식

시간에 늦으면 히이로 씨를 바라보는 시선이 더욱 차가워질걸
요. 이 회식의 의미는, 아시죠?"

레이 루트 후반에서 그녀는 히이로를 계획적으로 죽이게 된다.

물론 그만한 짓을 히이로가 한 결과이며, 나는 환호성을 지르
며 침대에서 헤드뱅잉을 한 사람이라 할 말이 없다.

아무 말도 할 수 없지만, 이렇게 히이로가 되어 그녀를 마주하
니 두려움을 느낄 수밖에 없었다.

말과 태도로 알겠다.

그녀는 나에게, 일말의 호감조차 없다.

"그래, 알아."

"그럼 바로 타세요. 당신을 찾느라 시간을 뺏겼어요."

그녀는 오페라 글러브를 낀 팔을 우아하게 들어 올리며 회중
시계를 꺼내 살폈다.

".........응."

그리고 그 순간, 희미하게 얼굴을 찡그렸다.

나는 정신없이 머리를 풀 회전시켰다.

회식……, 회식이라면 산죠가의 회식인가?

이제야 나는 왜 내가 정장 차림인지를 이해했다.

히이로는 산죠 공작가의 하나뿐인 아들이다.

에스코는 현대 일본이 무대지만, 화족…… 즉 귀족 계급이 아
직 남은 세계다.

공작, 후작, 백작, 자작, 남작.

화족령에 의해 계급이 분류된 상급 화족과 하급 화족, 그중에

서도 산죠가는 공작위를 받은 격식 높은 명문가다.

요컨대 나는 귀족 도련님이라는 뜻이다.

게임 시나리오대로 흘러간다면 그 신분에 기대어 노력도 뭣도 하지 않고, 최종적으로는 목숨을 잃게 되지만……. 일단 산죠가 회식에 남자인 히이로가 늦으면 그 입장상 문제시될 게 분명했다.

"그럼 늦지 마세요."

나는 그렇게 쿨하게 말하고 떠나려는 레이를 붙들었다.

"아, 거기 아가씨. 잠시만 기다려 봐."

"……뭐죠?"

"엄청 노골적으로 싫어하는 표정을 짓네."

엄청 노골적으로 싫어하는 표정을 짓네.

"네? 아닌데요."

"아, 미안. 천성이 정직한 성격이라…… 그만 본심이 마음속에서 툭 튀어나와 버렸네……. 잠시만 기다려 봐."

나는 편의점으로 달려가 반창고를 사서 돌아왔다.

"자."

"……뭐죠?"

"손을 다쳤잖아. 회식이면 왜, 포크랑 나이프 같은 것도 들지 않아? 먹기 힘들어지면 좀 그럴 것 같아서."

그녀는 눈을 크게 떴다.

"어떻게."

"나는 말이야."

아름답게 웃으며 나는 말했다.

"백합에 관한 건 무엇 하나 빠뜨리지 않거든."

"……응?"

무표정이었던 그녀의 가면에 금이 갔다.

이어서 떠오른 혐오의 표정에 나는 황급히 답했다.

"아까 회중시계를 꺼낼 때 아파하는 것 같길래. 혹시 손을 다치기라도 했나 싶었어. 네 그 아름다운 손은 장래의 결혼 상대(여성)를 위해 있는 거니까 소중히 여겨야지."

버어엉.

그녀는 잠시 멍해 있더니 입을 열었다.

"아픈 건, 머리인가요?"

"아아, 나 백합 IQ는 180이야."

레이는 무표정한 얼굴로 매직 디바이스의 윈도우를 띄워 번호를 누른다.

"여보세요. 응급환자인데요."

"제발 바로 119에 연락하진 말아줘. 구급 호송에 오열 콤보로 의료 현장을 어지럽히는 건 원하지 않거든."

"농담이에요."

무표정한 얼굴로 윈도우를 닫은 그녀는 그렇게 중얼거린다.

"하지만 히이로 씨가 농담이라니…… 의외로 그런 유머도 즐기는군요."

"내 생애에 있어 농담이라는 두 글자로 백합을 더럽힌 적은 없어. 일본 국민의 의무로서 납세와 백합 보호만은 빠트린 적 없거든.”

“슬슬 회식 자리로 가야 안 늦겠어요.”

나의 손에서 반창고를 낚아챈 레이는 등을 돌린다.

“히이로 씨도 늦지 않게 하세요. 제 귀중한 시간을 빼앗았으
니까.”

“너도 나의 귀중한 구강 내 수분을 빼앗았잖아. 돌려내.”

싱긋 웃으며 발밑의 물웅덩이를 가리키더니 그녀는 떠나갔고,
나는 리무진을 탔으며── 산죠가의 회식은 무사히 끝났다.

무사하다고 단언해도 될지는 솔직히 잘 모르겠지만.

아무래도 나는 싹 무시하고 온화한 식사 모임이 치러졌으니까.

산죠가의 가명을 잇는 건 레이로 정해졌고, 장남인 나는 그냥
모종의 이유로 불려온 듯하다.

몇몇 사람을 죽인 듯한 위압감을 뽐내는 할망구들이 사이좋게
야쿠자처럼 기모노를 입고 늘어앉아 있는 모습은 그야말로 장
관이었다.

모두가 굽실거리며 그녀들의 비위를 맞추는 걸 보아 어지간히
대단한 사람이겠지.

레이 역시 그 대단한 사람들과 나란히 앉아 가식적인 미소로
대응하는 모습이 퍽 익숙해 보였다.

그에 비해 나한테는 아무도 인사하러 오지 않았다.

아무도 안 오길래 먼저 인사하러 갔더니 타고난 예의범절이
크리티컬을 날린 것인지, 히죽히죽 웃으면서 『백의성 연애 중○

군*』을 이야기하는 나를 공포에 빠진 표정으로 바라보고 있었다.

분가 사람들도 본가의 레이에게는 감히 대들지 못하는 듯했지만, 나는 길가의 돌멩이나 이산화탄소가 나오는 공기 오염기 취급이었다.

"히이로."

분위기가 한창 무르익었을 때.

사이다에서 뽀글뽀글 거품이 올라오게 하는 데도 질렸을 무렵, 오만함과 거만함으로 롯폰기에 빌딩 하나는 세울 법한 할머니가 말했다.

"너는 내년부터 호죠 마법 학원에 들어가거라."

호죠 마법 학원……, 에스코의 메인 무대인 마법 학원이다.

여기서 게임의 주인공은 히로인들과 만나게 된다.

히이로 역시 이 학원에 들어가 백합 사이에 끼게 된다. 최종적으로는 무참히 죽는다. 슬픈 일이지.

"어이쿠, 대답은 필요 없다. 너는 반드시 그래야 하니까. 산죠가에 태어난 이상, 너에게는 거부권 따위는 없거든. 슬슬 우리도 너를 어떻게든 해봐야겠다 싶어서 말이야."

참고로 몇몇 서브 엔딩에서 히이로는 짐짝을 제거한다는 의미로 산죠가에 의해 암살당한다. 아마 이놈은 불행이라는 별 아래 태평하게 돗자리를 깔고 드러누운 남자겠지.

"아니, 그나저나. 왜 마법 학원에?"

---

*병원에서 일하는 간호사들 간의 이야기를 그린 백합 게임

"독립이다, 독립. 너 몇 번 분가에 돈을 요구했다던데. 어린놈이 야비하게도 몰아붙였다고 들었다. 너처럼 힘을 주체 못 하는 바보는 마법을 배워서 힘 사용법을 익히는 게 좋아."

네, 다음 뺑——!

많은 기부금 덕에 산죠가의 입김이 센 학원에서 언제든 쉽게 샥샥(암살을 귀엽게 표현)할 수 있어서겠지! 용의주도하네, 좀 더 해버려! 단 내가 히이로가 아닐 때 말이야!

"뭐, 열심히 해보거라. 지원은 해 주마."

결국 이번 회식의 목적은 『너를 죽을 때까지 방치하거나, 물리적으로 죽이겠다』라고 나에게 선언하는 것이었다.

"그리고 얻은 지원이 이거, 란 말이지……."

무사히 회식 회장에서 자택인 산죠가 별택으로 돌아온 나는 침대 위에 굴러다니는 매직 디바이스(마도 촉매기)를 바라본다.

산죠가의 회식 다음 날 아침, 지금은 아침 7시다.

오전 6시에 일어나 러닝을 마치고 샤워를 한 뒤 자택으로 돌아온 참이기도 하다.

매직 디바이스.

옆에서 보면 일본도로만 보인다.

자세히 봤을 때 검집에 뭔가를 끼우는 듯한 홈 몇 개가 있고, 그 홈과 홈을 잇듯 직선과 곡선이 그어져서 문양처럼 세공되어 있을 뿐.

하지만 그게 평범한 검이 아니라는 건 뽑아 보면 대번에 알 수 있다.

이 검은 도신(刀身)이 없다.

날밑과 검집 입구가 소량의 마력으로 가볍게 고정되어 있고, 휘어 있는 손잡이 부분에는 방아쇠(트리거)가 있으며, 날밑 중심에는 포구 같은 것이 뚫려 있다.

왜 이런 구조냐 하면…… 조금 특수한, 에스코 특유의 마법 발동 방법 때문이다.

우선 이 세계에선 이 매직 디바이스를 통해서만 마법을 발동할 수 있다.

무턱대고 "파이어 볼!" 같은 걸 외쳐도 절대 아무것도 안 나온다. 나오는 것이라곤 갑자기 소리를 질러대는 광기뿐이다.

마법은 이 매직 디바이스의 트리거를 당김으로써 발동한다.

매직 디바이스는 검을 본뜬 것 이외에도 지팡이, 수정구슬, 팔찌, 성해포*, 머리 장식처럼 특이한 것이 있지만 어떤 촉매든 공통되는 것은 트리거가 있으며 그걸 당김으로써 발동한다는 것이다.

말은 그렇게 해도 그냥 트리거를 당기면 마법이 발동하는 것도 아니다.

검집의 홈 부분, 이곳을 슬롯이라고 부르는데 이 슬롯에 콘솔을 끼워야 한다.

무슨 콘솔을 끼우느냐에 따라 발동할 수 있는 마법이 달라지

---

*십자가에 못 박힌 예수의 시신을 감쌌던 베

고, 콘솔과 콘솔은 검집에 새겨진 도선으로 서로 이어져 있을 때 효과며 위력이 변한다.

이 콘솔의 조합이 바로 에스코의 전투와 깊게 얽혀 있다. 너무 엉뚱한 데 집중한 거 아니냐, 이 백합 게임.

"으엑, 이 콘솔, 거의 쓰레기잖아…… . 주인공 초기 장비보다 심각한데…… . 조합도 위력 특화뿐이고…… . 이대로는 아무 도움이 안 되겠어…… ."

매직 디바이스 쪽은 틀림없이 일급품이다.

역시 천하의 산죠가. 체면은 신경 쓰는지, 거의 평가받지 못하는 히이로에게도 좋은 무기를 준 모양이다.

하지만 콘솔 쪽은 쓰레기. 이런 건 세 살 아이의 교육용 완구 대용밖에 안 된다.

"안 되겠어. 압도적으로 콘솔이 부족해…… . 밥을 먹고 나서 던전에 갈까…… . 우선 입학하기 전까지 잠시라도 전력을 보충해야지. 언제 산죠가에 제거당할지…… ."

나는, 무아지경으로 매직 디바이스를 계속 만지작거렸고——.

"…………."

"우와?!"

어느새 말없이 방 한구석에 서 있던 소녀를 발견했다.

첫눈처럼 아름다운 백발, 그 새하얀 머리칼 사이로 엿보이는 눈은 심홍색으로 빛난다. 흰색과 검은색을 맞춘 메이드복은 그녀의 몸을 딱 맞게 감쌌고, 머리에 올린 화이트 브림은 그 사랑스러움을 강조했다.

원작 게임에서는 본 적 없는 캐릭터. 아마 엑스트라 캐릭터 중 하나겠지.

　가냘픈 체구를 가진 그녀는 고개를 갸웃거리며 이쪽을 바라본다.

　"식사, 인데요."

　"……네?"

　그녀는 엄지로 뒤쪽 문을 가리킨다.

　"식사인데요."

　"어, 아, 네……?"

　빙글. 발길을 돌린 그녀는 다시 이쪽을 돌아보며 말했다.

　"바~보."

　"뭐? 아니, 잠깐. 메이드 주제에."

　성가시다는 듯 떠나가려던 그녀는 뒤를 돌아본다.

　"뭔가요?"

　"왜 방금 주인인 나를 욕한 거지? 좋아하는 여자는 있어?"

　"설교인지 연애 얘기인지 둘 중 하나만 해 주시죠."

　"좋아하는 여자는 있어?"

　"그쪽인가요?"

　무표정한 메이드는 건실하게 답한다.

　"좋아하는 여자는 없습니다. 욕은 얼마 전 제 메이드 동료에게 욕설을 퍼부은 복수예요. 잘 알아들었냐? 이 어중간한 미남아. 와~아, 와~아, 자를 수 있으면 잘라 보시지, 썩은 금발~! 너희 엄마 배꼽은 왕 크다며~? 점에 확 털이나 나 버려라~!"

얼마 전이라면 내가 히이로로 전생하기 전인가?

그 망할 놈, 나중에 피어날 수도 있는 백합꽃을 더럽혔겠다. 언제 어느 때든 사람 신경을 긁어놓는 연중무휴 24시간 쓰레기 새끼가.

"그래, 그건 아무리 생각해 봐도 내 잘못이네. 네 욕도 기꺼이 감수할게. 그리고 그 아이한테 사과도 하러 갈게. 하지만 이것만은 가슴속에 새겨놔 줘……. 좋아하는 여자는 만들도록 해. 유쾌한 도련님과 약속한 거다."

그녀는 기계처럼 고개를 더 옆으로 꺾었다.

"……누구세요?"

"아니, 그러니까 유쾌한 도련님이라고."

"히이로라는 망할 놈은 지금까지 살면서 고개를 숙인 적이 한 번도 없을 텐데."

"뭐, 안심해. 무슨 일이든 처음은 있으니까. 나도 처음 유ㅇ히메를 읽었을 때는 충격을 받았거든."

더 고개를 기울이는 그녀에게 이끌려 피해자 메이드에게 사과한 나는 식사 후, 소화도 시킬 겸 던전으로 향했다.

향했는데.

"아니, 왜 따라와?"

"…………."

어째서인지 파티에 메이드가 가입했다.

나의 질문에 대답하는 대신 이름조차 알려주지 않은 백발 메이드는 한가하다는 듯 손톱을 만지작거리고 있다. 아무래도 백합 사이에 낀 남자의 호감도는 제로를 넘어 마이너스인 모양이다. 나도 같은 의견이다.

일단 메이드는 제쳐 두고.

나는 영혼에 새겨넣은 원작 게임 지식, 나의 기억을 불러들였다.

던전.

세계 각지에 발생한 이계로 가는 특이점……, 그곳에서는 사람들을 습격하는 마물이 나타나며 던전의 핵을 부술 때까지 입구는 닫히지 않는다.

기본적으로 이 마물에게는 마법 이외의 공격 수단이 통하지 않는다.

그렇기에 주인공 일행은 던전에서 나타난 마물에 대항하기 위해, 마법 학원에 다니게 된 것이다.

매직 디바이스의 사용법을 익히고 전 세계의 던전 핵을 부수기까지, 주인공 일행의 싸움은 끝나지 않는다!

그런 뜬금없는 내용을 설명서에 함께 적어두었는데 대부분 엔딩에서는 던전 따위 잊고 행복해진답니다.

던전은 전문기관의 관리하에 있어서 입구는 장벽으로 막혀 있다. 허가 없이 출입하는 건 금지되어 있으며, 허가증이 필요하지만 산죠가 도련님인 나에게는 쉽사리 허가가 떨어졌다.

하지만 그 과정에서 무시무시한 사실이 증명되었다.

아무래도 현 단계에서 나의 스코어는…… 제로라나 보다.

에스코의 세계에서는 소행, 활약, 사회 공헌도부터 이불 개키는 법까지 갖가지 것이 평가되며 정부에서 부여하는 『스코어』가 서열을 정한다.

이 세계에서는 모든 게 스코어로 정해진다.

가문의 격, 학교 내의 취급, 취업 시의 유리함, 음료의 질부터 저녁 반찬 수까지.

무엇보다 스코어는 금전적으로도 취급받는다. 돈 대신 스코어로 지불할 수도 있다.

스코어는 매직 디바이스에 연결되어 있다.

그렇기에 자판기에서 주스를 살 때도, 자판기 측에서 알아서 디바이스를 분석해 파는 음료를 바꾸기도 한다(0점인 나는 탄산 빠진 콜라밖에 못 산다).

내가 있는 도시 『도쿄』에는 스코어로만 구매할 수 있는 편의점이나 자판기가 대부분이다. 0점 밑바닥인 나는 굳이, 현금을 낼수 있는 역 앞 편의점까지 가서 물자를 조달해 올 정도다.

0점인 내게 던전 출입 허가증이 쉽게 발행된 것도 산죠가의 HMZ(할망즈)들이 손을 썼기 때문이겠지.

어쩌면 던전 내에서 죽어 주지 않을까…… 그런 어렴풋한 기대 같은 게 엿보인다.

자, 그럼 왜 나는 0점일까요?

이유는 간단하다.

나는 백합 사이에 낀 남자이자, 전 세계의 미움을 받고 있기 때문이다. 이 남자는 타고난 몸빵이다. 진로 희망 조사표에는 제1 희망부터 제3 희망까지 『샌드백』 같은 걸 적어내면 되지 않을까?

그런 나, 즉 히이로는 학원 내 생활…… 즉 게임 본편에서 비참한 죽음이 숙명적으로 정해져 있다.

파멸을 맞이하기 전에 산죠가의 직속 암살부대 정도는 물리칠 만한 힘을 손에 넣어야 하겠지.

그러기 위해서는 마법 습득과 강화가 필수다.

거기에는 콘솔이 필수이며, 각종 능력치도 성장시켜야 한다. 그렇기에 콘솔을 얻고 자신의 성장도 기대할 수 있는 던전에 온 것이다.

에스코 세계의 던전은 여러 갈래로 나뉜다.

동굴, 천공성, 세계수 같은 정통파부터 아무도 없는 백화점, 철거된 빌딩, 대량의 덫이 깔린 호화 저택처럼 일상에 얽힌 곳까지.

내가 온 던전은 초심자용이라는 '폐선(廢線)역 던전'이다. 지하 5층 정도 되는 깊이에 출현하는 마물도 어떻해야 지는지 모를 약한 캐릭터뿐이다.

나는 스트레칭하면서 자신의 매직 디바이스를 바라본다.

쿠키 마사무네(九鬼正宗)……, 실존하는 도검 중 하나이자 국보로 꼽히는 도검이다.

에스코 세계에서는 슬롯 3, 근력과 민첩 스킬을 상승시켜 주는 패시브 스킬이 탑재된 디바이스다. 어떤 슬롯에 콘솔을 끼우더라도 도선이 이어져 연쇄하기 때문에 쓰기에 편리하다.

게임 본편에서는 『타락 루트』에서 히이로와 첫 대면 때, 『죽여서라도 빼앗는다』라는 선택지를 고르면 여성 주인공이 입수할 수 있다. 그 선택지를 고른 순간, 히이로는 어째서인지 폭발해 산산이 조각나버린다. 선택지 하나에 죽는다니, 개발자의 살의가 무시무시하다.

나는 쿠키 마사무네에 『속성:빛』과 『생성:구슬』 콘솔을 끼우고 나서 트리거를 당겼다.

순식간에── 콘솔과 콘솔이 접속한다.

희푸른 선이 검을 훑고 지나가더니 마법이 발동한다.

발동── 라이트.

내 눈앞에 빛의 구슬이 출현한다.

"오오~!"

멋있다~!

역시 나도 남자라서 마법 같은 걸 실제로 발동하면 기분이 좋아진단 말이지.

"…………."

그나저나 아까부터 이쪽을 노려보는 메이드가 신경 쓰이네. 함정이라도 칠까.

"그럼 이제 라이트를 움직여 볼까!"

들으라는 듯 목소리를 높인 나는 손바닥을 들어 올렸다.

그대로 라이트를 쏘는 듯한 몸짓을 했다가, 미동조차 없는 라이트를 바라본다.

"어라라~? 이상하다~?"

메이드가 움찔 반응한다.

"왜 안 움직이지~? 어라라~? 불량품인가~?"

이쪽을 보면서 메이드는 꼼지락거리며 몸을 움직였다.

후후, 알려주고 싶지……. 알려주고 싶지……? 이해해……, 인간이란 생물은, 얼마든지 우위에 서고 싶어 하는 생물이니까……!

"하, 하는 수 없죠."

내 『어라라 공격』에 굴복했는지, 우쭐한 표정의 메이드가 터벅터벅 다가온다.

낚였다! 낚였구나, 낚였어!

나는 속으로 낚싯줄을 감으면서 90도 정도로 고개를 기울인 채 공세에 나섰다.

"모르겠네?! 모르겠어! 하나도 모르겠어요! 이런 게 무지의 지인가요?! 어쩌지, 머리가 좋아진 것 같아!"

"하는 수 없죠. 넙죽 엎드리세요, 알려드——."

"이리 줘."

갑자기 옆에서 다른 소녀가 나타나서는 매직 디바이스를 빼앗는다. 소녀는 열심히 나에게서 빼앗은 매직 디바이스를 만지기 시작했다.

"…………."

아니, 넌 누군데?!

비단실처럼 매끄러운 금발, 특징적인 이등변 삼각형의 귀.

은색 귀걸이를 한 그녀는 날씬한 체구를 가졌으며 엘프의 특징이라고도 할 수 있는 활을 지니고 있었다.

그녀가 가진 벽안은 달처럼 아름다워서 사람의 마음을 현혹

했다.

원작 게임 그대로의 노출이 많은 민족의상을 보면, 이 아름다운 소녀가 누구인지 알 수 있다.

"자, 이제 완벽해. 『조작』 계통의 콘솔을 끼워야 사출할 수 있으니까 조심하는 게 좋을걸."

엘프 공주님, 최강자, 히이로를 죽일 확률로는 1등, 네 히로인 중 하나.

"넌 던전 초보야?"

라피스 클루에 라 루메트——.

"죽기 전에 돌아가는 게 좋을걸."

메이드 대신 히로인이 낚였다.

갑작스러운 히로인의 습격에 경악한 나는 무심코 두 눈을 크게 떴다.

라피스는 엘프 나라 공주님이다. 종반에 주인공 일행이 찾는 『세계수 던전』은 그녀의 나라 일부라서, 그녀를 파티의 일원으로 들여야 들어갈 수 있다.

당연히 그녀는 산죠가 따위는 거뜬히 누르고도 남을 부자인 데다, 강하다. 원거리전에서는 최강이라고 해도 과언이 아니겠지.

그녀가 쓰는 매직 디바이스, 『보궁(寶弓) 비천작화(緋天灼華)』는 치트 무기다. 거리가 멀어지면 우선 접근하기 전에 죽는다. 게다가 콘솔 조합에 따라서는 중거리에서도 대응할 수 있어서 근거리전을 시도하는 것 말고는 승산이 없다.

『타락 루트』에서는 그녀와도 싸우게 되는데, 솔직히 최종 보스보다 더 세다.

그런 최강자 라피스 씨는 해악인 히이로 살처분율 제1위이기도 하다.

그녀의 루트에서 히이로가 몇 번을 죽었던지(한 마인의 사령술로 되살아나서 여러 번 살해당하는 철저함).

혹시라도 이 사람에게 잘못된 대응을 했다가는 OUT 취급당하며 벌레처럼 살해당할 것이다. 게임 내에서 가장 웃겼던 히이로의 사인은 그녀가 따로 빼둔 아이스크림을 먹은 것인데……, 이제는 웃을 수 없다. 정말 안 웃긴다.

"뭐야, 왜 그래?"

허리춤까지 흘러내린 금색 머리카락.

그녀의 등을 감싼 그 긴 머리칼은 어두컴컴한 폐역에서도 빛난다.

게임 캐릭터 같기만 한 아름다움을 뽐내며 그녀는 머리를 쓸어올린 채 이쪽을 바라본다.

"남자, 인가."

한 손을 입가에 대고 그녀는 웃는다.

"무심코 돕긴 했지만, 남자였다면 도울 필요 없었네."

나를 깔보는 말투지만 남자를 대하는 발언으로는 당연하다고도 할 수 있다.

백합에 남자는 금지, 백합 사이에 낀 남자는 죽는다. 그건 백합 계열의 불문율이다.

그런 건 상식이기에 이 에스코 세계에서는 남자는 무시당하거나 학대당하거나 둘 중 하나다. 나도 여자로 전생했더라면 남자는 무시했을 거고 히이로는 죽O버렸을 테니 할 말이 없다.

"게다가, 스코어는 0점."

매직 디바이스를 거치면 남의 스코어라도 누구든 볼 수 있다. 나의 스코어를 본 것인지 라피스는 키득거리며 웃는다.

"너, 얼른 가는 게 좋겠어. 스코어 0은 사망 보험도 못 들잖아?"

바보 취급한다는 건 알겠지만, 나로서는 지금 이걸 신경 쓸 때가 아니다.

그 녀석은…… 그 녀석은, 없겠지.

나는 두리번거리며 주변을 살핀 뒤 라피스보다 더 위험한, 이 단계에서 가장 만나고 싶지 않은 여성이 없다는 사실에 가슴을 쓸어내렸다.

"잠깐, 듣고 있어?!"

무시한 줄 알았는지 발끈한 라피스가 덤벼든다.

"아아, 미안해. 덕분에 살았어. 그럼 간다."

위험한 건 위험한 건데, 이 단계의 라피스는 보궁이 없고 초기 스테이터스 자체도 별 볼 일 없다. 안도한 나는 적당히 대꾸한다.

그게 아니꼬웠는지 떠나려는 나의 팔을 그녀가 붙들었다.

"기다려."

어쩌라고~! 얼른 가는 게 좋겠다더니 이대로 여기 있는 게 좋겠다는 거냐, 어쩌라고~!

"너, 내가 누군지 알아?"

"변태처럼 차려입은 엘프."

"아, 아냐! 이건 정장이라! 어, 어딜, 보는 거야?!"

"가슴, 허벅지, 가슴, 허벅지."

"누가 대답하래! 다시 보지 마! 좀 부끄러워해!"

치맛자락을 필사적으로 누르면서 얼굴을 붉힌 그녀가 노려본다.

원래 초기의 라피스는 호전적인 캐릭터다. 이미 늦었지만 대응이 잘못됐다고 생각하며 내 팔을 놓지 않는 그녀에게로 시선을 돌린다.

"…………."

솔직히 나는 주인공과 함께 있는 라피스가 좋은 것이지, 라피스 개인이 좋으냐고 물으면……, 으음……, 역시 이 아이의 매력은 마음을 허락한 주인공과 농담을 주고받을 때 드러난다고 보는데.

백합이란 둘이 나란히 있을 때 완성되는 것이라, 하나만 덜렁 줘도 곤란하다고 할까.

"뭐, 뭐야? 말해 두겠는데 난 스코어 3만 점이거든."

애수를 띤 납작한 가슴을 펴며 그녀가 으스댄다.

"너랑 3만 점 차이라고, 알아?"

"엥?! 그럼 즉?!"

나는 놀라는 표정을 지었고 라피스는 기대감에 환한 표정을 지었다.

"3만 점 차이라는…… 건가……?!"

도발당한 라피스는 말없이 허리 뒤의 활을 들었다.

"운이 좋네."

빠직빠직, 핏대를 세우면서 라피스는 속삭인다.

"운이 좋은 김에…… 전투 훈련을, 시켜주지……. 준비해……."

오, 이름만 훈련인 린치를 가하려는 거로군.

그녀 루트에서 훈련 도중에 사고사한 히이로가 몇 명인지. 죽어 간 히이로's에게 JOY를 표한다.

"기꺼이 받아들이겠지만 조건이 있어."

뭐, 무의식중에 부추긴 보람은 있었나.

"내가 이기면 네가 가진 콘솔을 받고 싶어."

이런 낮은 계층에서 자잘하게 낮은 레어도의 콘솔이나 캐고 있을 순 없지. 딱 좋은 기회다. 봉으로 삼자.

"뭐야, 이길 수 있을 것 같아?"

코웃음을 치며 그녀가 고개를 끄덕인다.

"이기면 하나가 다겠어? 전부 줄게."

"아, 그래……. 그럼 부정이 없도록 서로의 매직 디바이스를 교환해서 확인하자. 정정당당함을 제일로 여기는 산쵸가의 결투 매너야. 당신은 원거리 메인이니까 거리를 두는 게 좋으려나?"

고개를 끄덕인 그녀는 나에게 확인을 마친 쿠키 마사무네를 내밀었다.

"이 정도면 돼. 핸디캡이야."

그렇게 말할 줄 알았지.

나는 내심 회심의 미소를 지었다.

초기 스테이터스의 라피스는 딱히 근거리전에 약한 것도 아니고 말이지. 서서히 원거리전 특화형이 되어 가는 타입이다.

그러니까 그녀는 근거리전에도 자신이 있을 것이다. 이렇게 말할 것을 예상했다.

"그럼 시작한다."

"OK."

여유롭다는 듯 미소를 띤 라피스는 활을 한 손에 든다.

"메이드, 신호를 줘."

사태의 추이를 지켜보던 산죠가 메이드는 고개를 끄덕이며 한 손을 들었다.

그리고── 내린다.

"시작."

당연히 라피스는 거리를 벌리려 한다.

전개한 기계 활의 활시위에 손가락을 얹고 트리거를 당기자, 그녀의 몸이 강화되었고 뒤로 도약──할 수 없었다.

"어?!"

"자."

나는 쿠키 마사무네를 꺼내 들었고──.

"끝났어."

빛의 검을 그녀의 목덜미에 댔다.

지지지지지……, 물결치듯 흔들리며 모양을 바꾸는 빛의 검을 앞에 둔 그녀의 이마에서 땀이 흘러내린다.

"어, 어떻게……. 조, 조작 콘솔조차 몰랐는데……. 트리거에서 도검의 형태를 갖추는 과정이…… 너, 너무 빨라……. 게다가, 왜, 내 신체 강화가…… 발동 안 한 거지…….”

나는 다른 한쪽 손을 펼쳤다.

그곳에는 그녀의 디바이스에 부착돼 있었을 다섯 개의 콘솔이 있었다.

“엇?! 어, 어느새 뺀── 아까, 디바이스를 교환할 때! 하지만 모를 리가 없는데?!”

“대신, 남는 쓰레기 콘솔을 끼워놨거든. 아무래도 겉보기만으론 모르겠지. 달인이라면 무기의 무게로 위화감을 알아차린다는데……. 3만 점짜리 공주님께는 좀 버거웠나봐?”

라피스는 굴욕감에 얼굴을 새빨갛게 붉힌다.

“비, 비겁해……!”

“싸움에 비겁하고 말고가 어디 있어. 누가 『상대의 콘솔을 빼서는 안 된다』라고 했던가? 적대하는 상대에게 부주의하게 유일한 무기를 맡기는 사람이 바보지.”

나는 마법을 해제한 뒤 검을 검집에 도로 넣는다.

“약속대로 전부 가져간다. 배포도 크네. 고맙다.”

나는 그녀의 디바이스에서 빼낸 콘솔을 전부 가지고 가려다가 울상인 라피스를 보고 살며시 그것들을 바닥에 내려두었다.

“하, 하나만 받아 갈까나.”

여, 역시 히로인을 울리는 건…… 제 안에서 받아들일 수 없어서요…….

신나서 설치기는 했지만 새삼스레 불안해졌다. 원한을 품고 나중에 죽이러 오는 거 아닐까?

히로인과의 사이를 다지기보다 전력 강화에 집중한 건 실수 아닌가?

"고, 고생했어."

나는 살금살금 그 자리를 벗어나려다가—— 옷자락을 붙들렸다.

"…………더."

"네?"

"한 번 더!"

새빨간 눈으로 라피스가 소리친다.

"한 번 더, 승부해!"

"에엥……."

그 후 적당히 진 나는 "진지하게 해!"라며 아우성인 공주님을 남겨두고 던전 밖으로 도망쳤다.

그다음 날부터, 나는 던전에 들어갈 때마다 두 시선을 느끼게 되었다.

"…………."

"…………."

하나는 백발 메이드의 것이고, 또 하나는 금발 엘프의 것이다.

이 두 사람이 실은 사귀는 사이고 우리 속에서 "백합! 백합!"이라고 울부짖는 희귀한 짐승 『산죠 히이로』를 구경하며 그걸 화제 삼아 꽁냥거리는 거라면 전혀, 아무런 문제도 없을 텐데.

실제로 두 여자가 흥미 어린 시선을 보내는 건 나였다.

이계에 존재하는 엘프 왕국『알프 헤임』의 공주님, 원작 게임의 네 히로인 중 하나, 그리고 절세 미소녀…… 라피스 클루에 라루메트는 벽에 몸을 반쯤 숨긴 채 가만히 이쪽을 보고 있었다.

어제 변태라고 부른 게 통했는지 그녀는 엘프 정장 위에 헐렁헐렁한 파카를 걸쳤다. 그 탓에 아름다운 허벅지만 노출되어 오히려 섹시함이 증가했다.

왜 남자를 싫어할 텐데 나 같은 놈을 쫓아다니는 건지.

이유는 간단하다. 그녀는 처음 맛본 패배의 영향으로 철저하게 나를 짓밟아 놔야만 속이 풀리나 보다.

뭐, 확실히 그녀 입장에서 생각해 보면 납득이 간다.

스코어 3만 점짜리 공주님이 스코어 0점짜리 밑바닥 남자에게 졌다면 그건 위신과 긍지 문제니까. 깔보던 남자를 따라다녀서라도 다시 싸운 뒤 승리를 쟁취, 지난 승부 결과를 묻어버리고 싶은 거겠지.

게다가 라피스는 지난 승부 결과를 받아들이지 못한 눈치다.

그녀가 말하는 승부란, 하늘 아래 한 점 부끄럼 없이 정정당당하게『너 세구나!』,『너야말로』같은 풋풋한 대화를 거쳐 승부 후에 우정이 싹트는 타입의 소년 만화 정신이 넘쳐나는 행위다.

아마 라피스는 '그건 허를 찔린 거니까 노 카운트'라며, 제대로 붙으면 자기가 더 강하다고 생각하는 거겠지.

아니, 정말 그 말대로니까 그냥 좀 놔 주세요…….

그렇게 생각했기에 그녀의 재도전에 응해 승리를 선사하기도 했지만, 그녀는 내 숭고한 희생정신을 '진지하지 않다'라고 보는 듯하다.

진지한 게 뭔데. 나는 평생 진지하게 살았어. 숙제는 빠짐없이 제출했고 백합 게임 발매일 빼고는 꾀병으로 빠진 적도 없는 건강 우량아라고.

그 부당함에 축 처져 있는데 벽에 숨어 있던 라피스가 티 나게 헛기침을 하면서 다가온다.

"어라? 스코어 0이잖아, 왜 이런 데 있어? 우연이네. 오랜만이야."

"…………."

아니, 우연인 척하는 것도 정도가 있지. 벽 밖으로 한참 삐져나와 있었다고. 고등학생 남자의 와이셔츠급으로 삐져나와 있었단 말이다.

"여기서 만난 것도 인연인데 승부나 할까?"

"…………."

옛날 RPG 게임 급으로 갑작스럽게 승부를 요청하는 엘프. 눈과 눈이 마주치면 승부? 이게 무슨 포O몬 승부냐? 걷지도 않았는데 인카운트 하는 건 멈춰 주세요.

그녀는 들뜬 표정으로 눈앞에 있는 매직 디바이스 에렌베르크를 전개했고(평소에는 지팡이 상태로 접어둔다), 자세를 취하지 않는 나를 수상하다는 듯 바라봤다.

"왜 그래? 죽었어?"

"이게 어딜 봐서 죽은 얼굴이냐. 맥락도 없이 선 채로 죽을 리가 있나. 저기, 라피스 씨. 너랑 나는 거의 처음 보는 거고 남이야. 게다가 나는 남자고 너는 공주님이지. 이렇게 사이좋게 승부하는 모습을 누가 보기라도 하면 곤란하지 않을까?"

나는 나 몰라라 마법 병에 든 홍차를 마시는 백발 메이드를 가리켰다.

보는 눈도 있으니 이번에는 그만하자고…… 아니, 평생, 초연한 마음으로 가만히 계셔 달라고 부탁할 셈이었는데.

라피스는 코웃음을 치더니 마력으로 형상화한 활시위를 당겼다.

"그런 것보다 나는 스코어 0에게 진 채로 끝나는 게 더 싫어. 그리고 난 벌레든 남자든 그냥 아무렇지 않게 만질 수 있거든."

"남자인 나는 근방의 벌레 취급이신가, 공주님. 분에 넘치는 저평가에 그저 감읍할 따름이옵니다."

"착각하지 마. 깔보는 게 아니라, 이쪽 세계를 따라 하는 것뿐이거든. 실제로 내가 봐온 남자 대부분은 무능하거나 천박하거나 둘 중 하나였고. 네가 그렇다는 건 아니지만, 이 세계 대다수 인간은 남자 혐오일 거야."

"그렇다면 이렇게 즐겁게 이야기를 나누는 건 예외 중의 예외라는 건가."

"적어도 알프 헤임에서는 생각할 수 없지. 하지만 안심해. 난 그런 차별 의식이 없거든."

본래라면 이렇게 얘기만 나누어도 무례하다는 이유로 살해당해도 이상할 게 없다. 확실히 다른 사람에 비하면 차별 의식은 없을지 모른다. 다른 사람에 비하면.

"어쨌든 너와 친하게 지낼 생각은 없으니까……."

콘솔을 빛내면서 라피스는 천천히 눈을 내리뜬다.

"얼른 준비해. 둔해 빠진 게 미덕이라도 되는 줄 알아?"

"네네, 알겠습니다요. 사람을 재촉해서 일이 원만하게 풀린 사례는 없다는 걸 어른들이 안 알려주시던?"

하는 수 없지. 죽지 않을 만큼 얻어맞고 기분을 잘 가라앉혀 줄까.

본래 라피스가 원하는 룰에 따라 정면에서 겨루면 승산 따위는 없는 승부다. 섬세한 연기 없이 제대로 싸우는 걸로 그녀가 만족한다면, 상대하는 수밖에 없겠지.

나는 쿠키 마사무네를 뽑아 들고――, 기척――, 단숨에 달려 나갔다.

"하! 기습이라니, 여전히 비겁한 수만――."

"자세 낮춰!"

쿠우웅!

어마어마한 파쇄음과 함께 라피스 뒤에 있는 벽이 부서졌다. 그녀를 끌어안은 나는 머리를 스친 대검을 아슬아슬하게 피했다.

라피스를 끌어안은 채로 바닥을 구른 나는 그녀를 뒤에 숨긴 채 위쪽을 올려다본다.

한 쌍의 대검.

허공에 떠오른 거대한 갑옷 덩어리는, 그 알맹이일 보랏빛 안개를 틈새로 내뿜으며 교차시킨 대검을 한데 모은다.

아머 가이스트……, 본래라면 이 저난도 던전에 존재해서는

안 될 마물이다. 아연실색하게 바라보는 라피스와는 정반대로
나는 히죽 웃었다.

"레어 인카운트인가."

던전은 이계와 이어지는 특이점.

그 특이점은 늘 흔들리고 있어 불안정하다. 그렇기에 전혀 예
기치 못한 이계와 이어지기도 한다.

그때 발생하는 게 레어 인카운트로, 원작 게임 시점에서 말하
자면 던전을 헤매다 보면 낮은 확률로 마주치는 강적이다. 이
녀석을 이용하면, 본래라면 얻지 못할 레어 콘솔을 입수할 수
있으며 대량의 경험치로 캐릭터를 성장시킬 수 있게 된다.

제한 없는 스피드런에서는 난수 조정*으로 불려 나와 플레이
어의 양식이 되기에 『소환 경험치』라고 불리기도 하고, 평범한
플레이어에게는 방해꾼 취급받으며 불우한 취급을 받고 있다.

그나저나 하필 아머 가이스트라. 단단하고 체력이 좋아서 쓰러
트리는 데 시간이 걸릴 텐데. 라피스도 놀라서 도움이 안 되고.

"이럴 때는 도망이 제일이지. 어디 백합 활동을 위해 동아리
무소속이었던 내 귀가 능력을 선보여 볼까."

콘솔, 접속⋯⋯『생성:마력표층』, 『변화:시신경』, 『변화:근골격』.

내가 잡은 손잡이를 통해 희푸른 선이 쿠키 마사무네의 검집
을 훑고 지나간다.

발동, 강화 투영.

---

*게임에서 연산에 따라 생성되는 난수를 임의의 방식으로 조절하는 것

라피스에게 받은 『생성:마력표층』을 베이스로 신체 강화 마법을 발동한 나는 푸르고 흰 마력의 층에 뒤덮인다.

체내에서 마력을 계속 흘려보내는 마력선이 시신경과 접속해, 본래의 신체 스펙으로는 받아들일 수 없는 동작도 받아들일 수 있게 된다. 몸 안쪽에서 생성된 마력의 골조가 뼈와 근육을 뒤덮으며 능력을 끌어올린다.

"실례, 아가씨."

"어……, 어, 어?"

다리에서 힘이 풀린 라피스를 안아 들자 눈을 끔벅이던 그녀가 버둥거리며 발을 휘젓는다.

"자, 잠깐, 내려줘! 내 발로 걸을게!"

"미안하지만 여기서 네가 죽으면 곤란해. 내가 추구하는 백합을 위해 참아 주겠어?"

다리에서 힘이 풀린 탓인지 라피스의 모든 체중이 나에게 실린다.

공주님 안기를 한 탓에 허벅지며 옆구리가 닿을 수밖에 없었다. 남자인 내가 이렇게 그녀를 만지는 건 대역죄지만, 긴급 사태니까 어쩔 수 없다.

나는 백발 메이드가 도망친 것을 확인하고 아머 가이스트를 다시 돌아본다.

상처와 홈 투성이인 대형 갑옷은 슈욱, 슈욱 하고 보랏빛 연기를 뿜어냈고, 무거워 보이는 갑옷과는 정반대로 민첩한 동작으로 도망칠 길을 막으려 하고 있다. 공중에 떠오른 대검은 그 검

자체가 뜻을 가진 것처럼 바람을 가르는 소리를 내며 허공을 베었다.

라피스를 안아 든 채 나는 미소를 띤다.

정면에 있는 대형 갑옷은 말없이 나를 내려다본다.

"그럼……."

힘껏——.

"이얏!"

대검이 휘둘러졌다.

"꺄악!"

새된 라피스의 비명을 들으면서 나는 바로 옆으로 도약한다.

아까까지 내가 있던 곳에 대검이 꽂힌다. 굉음과 함께 날아든 검섬(劍閃)은 돌바닥에 힘껏 튕겨 나간다. 라피스를 안아 든 나는 날아든 돌멩이를 등으로 받아냈고, 돌의 산탄이 박혀 신음소리를 냈다.

두 번째 공격을 유도한 나는 그 참격을 간발의 차로 피한다.

"잠깐……."

라피스는 내가 흘린 피를 손으로 닦으면서 멍하니 눈을 크게 뜬다.

"너, 너, 뭐 하는 거야……. 다쳤, 잖아……!"

"뭐, 역시 무사히 나갈 수는 없겠지. 그 점에 불만을 표하셔도 스코어 0으로서는 고객 맞춤 응대가 불가능합니다요."

"그, 그게 아니라! 나 좀, 내려줘! 너, 스코어 0인 주제에! 내려 달래도! 기어서 도망칠 테니까! 너, 죽겠다니까?!"

"아니. 그런 건 잘 모르겠는데."

나는 웃는다.

"나는 스코어 0이라서."

슈욱.

보랏빛 연기를 뿜어내면서 무시무시한 기세로 갑옷 덩어리가 돌진한다. 마력을 띠어 희푸르게 빛나는 두 눈으로 그 모습을 포착한 나는 도약한다.

교착.

날아든 갑옷을 피한 뒤 그 위에 착지해 달린다. 갑옷 위에 푸르고 흰 마력선이 그어지고, 나는 날아든 대검을 피하면서 질주한다.

타악——.

갑옷을 박차고 점프한 나는 그대로 출구로 향하려 했지만——, 묵직한 소리와 함께 잔해가 무너지며 출구를 가로막았다.

뒤를 돌아본다.

무언가를 투척한 자세로 굳어 있는 갑옷. 고작 철 덩어리가 표정을 바꿀 수 있는 건 아니지만, 회심의 미소를 띤 듯했다.

『출구』라고 적힌 노란 역의 간판은 잔해 속에 파묻힌 채로 꽂혀 있었고……, 나는 아머 가이스트에게 미소를 지어 보였다.

"이거 참. 그렇게 내가 보고 싶어?"

뭔가가 소매를 잡아당긴다.

라피스가 불안스레 나를 올려다보고 있기에, 나는 웃어주었다.

"라피스, 승부할까?"

"……뭐?"

"저 철 덩어리."

나는 아머 가이스트를 엄지로 가리킨다.

"완벽하게 부수면 네가 이기는 거야. 못 부수면 내가 이기는 거고. 어때, 할래?"

"아니, 하지만…… 저런 걸……."

"엥? 뭐야, 도망치는 거야? 그렇게 건방을 떨어놓고? 농담이지? 승부하자고, 승부하자고 사람을 그렇게 따라다녀 놓고는?"

"따, 따라다닌 적 없어! 네, 네가 도망쳐서 그렇지! 그래서 따라다녔다고 할까…… 그게 뭐 잘못됐냐!"

갑자기 정색하는군, 이 공주님.

후후ー. 위협하는 라피스를 내려다보며 나는 쓰게 웃는다.

"하자, 스코어 0한테 지는 게 무서워?"

"누, 누가……. 하지만 난 다리에서 힘이 풀려서……. 못 뛰는데……."

"그럼 내가 네 다리가 되어 줄게. 공주님을 조심조심 옮기면서 얄미운 놈의 콧대를 꺾도록 돕는 거지."

"그게 뭐야."

라피스는 부드럽게 웃는다.

"네가 나를 도우면, 그건 더 이상 승부가 아니잖아."

"그건 어떻게 받아들이냐에 따라 다르지 않을까."

라피스는 소리를 내며 에렌베르크를 전개해 내 품 안에서 자세를 취한다.

그 의도를 파악한 나는 모든 출구를 봉쇄한 아머 가이스트에게 미소를 지어 보였다.

"간다, 철 덩어리."

나는 두 다리에 힘을 주었고——,

"납작하게 패서 재활용 쓰레기로 만들어 주는 거야."

달렸다.

순간 회전하면서 날아온 대검이 내 뺨을 스쳤고, 그 피가 라피스 얼굴에 튀었다. 그래도 그녀는 눈을 감지 않고 새하얀 장궁을 당겼다.

"스코어 0!"

그녀가 소리치자 나는 브레이크를 걸었다.

"왼쪽으로 세 걸음!"

"오케이!"

1, 2——.

"3!"

딱 세 걸음 갔을 때 라피스가 쏘아낸 마력의 활은 바람을 가르며 대형 갑옷에게로 날아갔고——, 튕겨 나갔다.

"안 돼! 단단해서 안 먹혀!"

"라피스, 틈새야!"

나는 원작 게임에서 확인했던 약점을 라피스에게 제시한다.

"갑옷 틈새로 화살을 쏴!"

순간적인 판단을 거쳐 라피스는 잇달아 세 개의 화살을 쏜다.

그 손에서 엘프의 매직 애로가 바람 가르는 소리를 내며 쏘아

져 나온다. 그녀의 뜻에 따라 자유자재로 변화하는 마환(魔幻)의
화살이다.

파아앗!

물리법칙을 초월해 기이한 곡선을 그린 화살은 커다란 갑옷
틈새에 박혔고——, 공간을 진동시키는 듯한 비명이 공기를 타
고 전해져 우리의 살에 소름이 돋았다.

""됐다!!""

나와 라피스는 동시에 소리친 뒤 단숨에 가속했다.

내가 발을 내디딜 때마다 마력의 흔적이 푸르고 흰 궤적으로
지면에 남았고, 돌로 된 바닥이 깨지며 공중으로 튀어 올랐다.

가속, 가속, 가속!

시간과 시간의 틈새를 질주하는 나는 대검과 대검이 만들어낸
격자 사이를 통과했고, 그것을 발판 삼아—— 점프했다.

"라피스!"

허공, 정지, 장전!

온몸과 정신, 모든 마력을 화살 하나에 담은 라피스는 내 손에
서 던져진 채, 머리 한참 위에서 자기 눈앞에 있는 적을 주시했다.

"꿰뚫어——."

그녀는 소리치며 커다랗고 희푸른 화살을 쏘아냈다.

"라아아아아아아아아아아아아아아아아아아아아아아아아아
아아아아아아아아아아아아아아아아아아아아아아아아아아아아
아아아아아아아아아아아아아아아아아아아아아!"

팟——, 쿵——!

무시무시한 기세로 흔들리면서 떨어진 매직 애로는 대형 갑옷의 투구 틈새로 빨려들었고, 지면을 꿰뚫으며 하늘부터 땅까지 푸르고 흰 선을 그었다.

잠깐의 정적이 흐른 후.

귀를 찌르는 듯한 단말마가 터져 나왔고, 커다란 갑옷은 온몸을 벽과 바닥에 문질러대며 자신을 가둔 관 속에서 날뛰었다──. 그리고 격렬한 통증과 패배감에 시달리며 희푸른 빛에 감싸여 사라졌다.

"아, 앗, 꺄아아아아아아아아아아악!"

"영차."

비명과 함께 떨어진 공주님을 받아들자 그녀는 만면의 미소를 띠며 매달린다.

"됐어! 됐어, 됐어, 됐다고! 이겼어, 이겼어, 이겼어! 너 정말 스코어 0이야?! 굉장해, 굉장해, 굉장하다고! 해냈다아!"

"저……, 그런 건 여자한테 해 주실래요……. 정말 죄송하지만……, 노 땡큐라……."

그녀가 나에게서 팟 손을 뗀다.

얼굴을 새빨갛게 붉힌 라피스는 당황한 듯 입을 뻐끔거리며 "미, 미안! 아, 아니! 저, 저기! 내! 내려갈래!" 하고 날뛰기 시작한다.

너무 날뛰길래 하는 수 없이 라피스를 내려주자, 여전히 다리에 힘이 풀린 그녀는 무방비한 모습으로 땅 위에 쓰러졌다.

"…………."

"어? 어딜 보는."

어디 걸려서 찢어졌나?

확 트여서 훤히 드러난 허벅지를 바라보는데, 얼굴이 빨개진 라피스가 두 손으로 잽싸게 그곳을 눌렀다. 나는 웃옷을 덮어주면서 그녀를 안아 든다.

"그럼 갈까?"

"으, 응......."

닫힌 비상구문을 발로 걷어차서 여는데 그녀가 나를 올려다보며 살며시 속삭인다.

"너."

"응?"

"이름이…… 뭐야……?"

겨우 문이 열리면서── 빛이 비쳐 든다.

거북한 듯 얼굴을 붉힌 라피스의 금발이 햇볕을 쬔 황금빛 들판처럼 아름답게 빛난다.

"야마다."

나는 상큼한 미소와 함께 속삭인다.

"야마다 타로*."

"타로……."

어째서인지 그녀는 즐거운 듯 키득거리며 웃는다.

"남자 중에도…… 너 같은 사람이 있구나……."

---

*한국의 홍길동 등과 같이, 일본의 공기관 등에서 샘플로 흔히 쓰는 가명

나는 그 섬뜩한 말을 환청이라 판단하고 밖으로 가는 계단을 오르면서 이로써 라피스 건은 끝났을 거라고 믿었다.

당당히 가명을 댔으니 더는 그녀와 얽힐 일도 없을 것이라고.

그렇게, 믿었다.

*

이른 아침 러닝 웨어를 입고 러닝을 시작한다.

기분 좋은 아침이다.

아침 해는 반짝이고 새들은 지저귀며, 세계는 히이로 이외의 것을 축복한다.

호흡은 두 번 들이쉬고 두 번 뱉는다. 리듬감 있게.

"후, 후, 헉, 헉······!"

트리거를 당긴 상태다.

강화된 하반신.

희푸른 마력선이 그어진 두 다리는 몸을 쭉쭉 앞으로 잡아당겼고, 풍경이 눈 깜짝할 새 지나간다.

마법의 기점이 되는 건 매직 디바이스.

하지만 그 마법을 어떻게 활용하고 증대시켜 자기 것으로 삼을지는 마법사(에스코 세계 내의 마법 사용자의 통칭)의 실력에 달렸다.

게임스럽게 말하자면 파라미터다.

체력, 근력, 마력, 지성, 민첩성.

에스코 세계 내의 능력치는 이 다섯 종류지만, 가장 중요시되는 능력치는 마력이다.

마력은 마법의 기초다.

아무리 강한 매직 디바이스, 콘솔을 가졌더라도 마법사의 마력이 쓰레기라면 라이트를 한 발 쏘면 마력이 소진된다.

바꿔 말하자면 아무리 약한 디바이스라도 마력이 높으면 일격필살의 라이트를 쏠 수 있다는 거다.

이 마력을 올리려면 오로지 꾸준히 단련하는 수밖에 없다.

이 세상 밖에서 컨트롤러를 쥐었을 때는 『단련』 커맨드를 계획에 세팅하고 그중 마력 강화를 선택하면 됐지만, 이렇게 게임 세계로 온 지금 효율 있게 마력을 끌어 올리기 위해서는 마력 강화 러닝이 필요하다.

신체 강화 계통의 콘솔을 끼우고 하반신 강화에 주력해 러닝을 하는 게 고작이지만──.

"우왁, 뭐야. 저 사람 빠르네?!"

"마법인가?! 그래도 너무 빠르지 않아?!"

서서히 그 효과가 드러나기 시작했다. 적어도 이 새벽 5시에 나보다 빠르게 뛰는 녀석은 없는 듯하다.

나는 속도를 늦추고 일부러 2인조 러너에게 부딪쳤다.

"꺄악!"

"괘, 괜찮아?"

소녀가 함께 달리던 소녀의 품에 안긴다.

"……아."

"미, 미안……. 바로, 떨어질게……."

"아냐, 됐어……. 조금만 더, 이대로……."

길거리 백합이다, 미안!

계단 난간을 뛰어넘어 그대로 도약, 힘껏 가로지른다.

공원 내에 착지.

내 도약과 착지를 지켜보던 여성은 멍해져서는 요가를 중단했다.

달리면서 나는 앞으로의 계획을 생각한다.

메인은 학원 입학 후다.

우선 사망 플래그투성이인 학원 편에 대비해 능력치를 높이자. 이건 필수 사항이다. 원작의 히이로처럼 개죽음당하기는 싫으니까.

방해꾼 캐릭터 히이로는 모든 플레이어의 미움을 한 몸에 받는 존재지만 능력치 자체는 그렇게 나쁘지 않다.

나쁘기는커녕 좋다고 할 수 있다.

장비한 쿠키 마사무네는 어떻게 운용하느냐에 따라 엔딩 언저리에서도 쓸 수 있다. 미움을 받는 존재라서 그런지, 체력이 유독 높으며 명문가 산죠가의 혈통을 이은 남자인 만큼 마력 성장 가능성이 크다.

제대로 단련하면 최종 보스전에서도 활약할 수 있겠지.

뭐, 대체로 그 전에 죽지만요(웃음).

그런 이유로 능력치를 꾸준히 높이면 돌발적인 히이로 사망 이벤트는 어떻게든 할 수 있겠지.

능력치 상승에 이어 중요시되는 건 스코어 상승인데, 이건 그만 포기하는 게 좋을지도 모른다.

그 후로 여러 번 던전에 들어가 봤지만 스코어는 0점에 고정되어 꼼짝조차 하지 않는다. 무슨 짓을 해도 안 오른다.

스코어 평가기관에 문의했더니 바로 통화가 끊겼고 몇 초 후에는 수신 거부당했다(역시 좀 울었음).

아마 히이로의 스코어는 앞으로도 오를 일이 없겠지.

스코어가 정말 중요해지는 건 학원 입학 후다. 뭔가 빠져나갈 만한 구멍 같은 걸 찾아서 스코어를 올리지 않으면 갖은 폐해를 보게 되리라.

그보다 슬슬 탄산 빠진 콜라 이외의 음료를 마시고 싶다. 눈물 난다고.

능력치와 스코어 이외에 중요한 건 히로인의 호감도 정도지만, 지금 그들과 얽히는 건 좋은 방법은 아니다.

물론 히로인들의 호감도를 높이면 라피스처럼 『반드시 히이로를 죽이는 우먼』의 공격을 피할 수 있을지 모른다.

하지만 그 과정에서 히이로가 『백합 사이에 낀 남자』로 판정되면, 이 세계가 어떻게 히이로를 처리할지 모른다.

갑자기 최종 보스가 내려와서 GAME OVER 되는 일도 충분히 있을 수 있다. 아니, 정말 있을 법하다. 고작 남의 아이스크림 좀 먹었다고 킬 스코어 가산에 공헌하는 녀석이거든, 이 녀석은.

게다가 나는 주인공과 히로인이 맺어지는 걸 보고 싶다고. 멀

리서나마 백합 꽃에 물을 주는 포지션이 딱이다.

그런 이유로『승부하자, 승부!』하고 따라다니는 승부에 환장하는 엘프와 연을 끊게 되어 다행인데.

"…………."

나는 힐끗, 나무 위에 숨은 엘프를 살핀다.

진한 녹색 로브와 후드로 모습을 감춘 미소녀가 여기저기 내 러닝 코스에 배치돼 있었다.

그녀들은 매직 디바이스를 통해 연락을 주고받는다.

뭐지, 저 섬뜩한 엘프 감시망은……?

힘이 쭉 빠지는 걸 느끼며 나는 대낮부터 당당히 코주부 안경을 걸치고 쌍안경으로 이쪽을 감시하는 메이드를 바라본다.

"…………."

아니, 저 녀석도 대체 뭔데! 끈질긴 물때처럼 계속 따라오잖아!

나는 순식간에 다가가 메이드의 코주부 안경을 치운다.

"이봐, 미스 코주부 안경."

"이쪽은 메이드 델타. 네, 변장해서 안 들켰습니다. 후후, 저 남자 정말 얼빠졌네요."

"듣고 있는 거지? 청각이 안경에 딸려 있나."

"후후, 안 들켰어요."

"들켰잖아! 눈앞에 있는 현실에서 도피하지 마! 숨바꼭질할 때 안 들켰다고 주장하다가 혼자만 남아 오열하는 타입이냐?"

백발의 메이드는 나에게서 안경을 뺏더니 냉큼 도망쳤다.

나는 한숨을 내쉬며 엘프 집단의 감시하에 러닝을 재개했다.

위험한 느낌이 든다. 본래의 히이로는 미움받는 입장이고 아무도 다가오지 않는 인간일 텐데. 백합 사이에 낀 것도 아닌데, 왜 이렇게 주목받는 건데. 조금 더 히이로답게 굴 걸 그랬나. 뭐, 어렵겠지만.

"덥다⋯⋯."

나는 2시간 정도 뛴 다음 산죠가 별택으로 돌아왔다.

우선 샤워부터 하자. 차가운 물을 마시고 싶다. 오는 길에는 스코어로 지불하는 자판기뿐이라서 탄산 빠진 콜라밖에 못 마셨다. 목이 수분을 원하고 있다. 탄산 빠진 콜라 이외의 것을 보급하고 싶다. 마시면서 백합을 드링킹하고 싶다.

나는 현관문을 열려다가──.

"늦어."

"우왁?!"

눈앞에 떨어진 금빛의 존재에 경악하며 물러났다.

눈앞에 내려온 예술품, 아니, 엘프 공주님⋯⋯ 라피스 클루에라 루메트는 시원해 보이는 원피스 차림으로 머리카락을 쓸어 올린다.

"허가도 없이 2시간이나 달리지 마. 계속 밖에서 기다렸거든. 레이디를 기다리게 하는 건 신사가 할 짓이 아니야. 연락 정도는 해 줄 수 있잖아. 알브들의 세밀한 팀워크에 의한 보고와 연락, 상담이 없었다면 그냥 갔어."

"⋯⋯⋯⋯⋯."

말문이 막힌 내 가슴을 콕콕 찌르며 핏줄을 세운 그녀는 더욱 더 다가온다.

"나한테서 도망칠 수 있을 줄 알았어~, 산죠 히이로? 아아, 아니지. 상큼하게 웃으며 가명을 알려준 야마다 타로인가~?"

라피스는 "흥" 하고 걷어찬 짐으로 내 무릎을 친다.

"얕보지 마. 네 개인정보쯤은 쉽게 알아볼 수 있으니까. 스코어 0에 던전에 드나들 수 있는 귀족은 그렇게 흔하지 않고, 직속 메이드를 파보니 바로 이 집이 나왔다고."

어안이 벙벙해 있는 내 앞에서 아름다운 금발을 나부낀 공주님은 미소 짓는다.

"나, 오늘부터 여기 살래."

"……뭐?"

짐을 들어 올린 그녀는 자기 집인 양 산죠가 별택으로 들어간다.

"그보다~? 네 방은 위야~? 난 2층 구석방 중 네 방이랑 붙어 있는 곳이 좋은데~? 그쪽이 편하잖아~?"

"……아아."

나는 잠깐 넋을 놓고 있다가——.

"뭐어어어어어어어어어어어어어어어어어어어어어어어?!"

황급히 그녀를 따라갔다.

라피스는 캐리어를 끌며 척척 집 안으로 침입한다.

감탄스러울 만큼 태연하다. 오랜만에 자기 집으로 돌아온 듯한 느낌으로 그녀는 두리번거리며 엔트런스를 살폈다.

엔트런스에는 붉은 카펫이 깔렸으며, 2층으로 가는 나선 계단이 있다.

나선 계단과 엔트런스 사이에 있는 것은 복도. 그 벽에는 동서 고금의 그림이 걸려 있다.

복도에 걸린 그림은 진품인지 위품인지 알 수 없지만, 카츠시카 호쿠사이의 『후가쿠 36경』, 구스타프 클림트의 『키스』, 요하네스 베르메르의 『진주 귀걸이를 한 소녀』…… 그 옆에 내가 붙인 나ㅇ리 작가님의 『유루ㅇ리』 포스터가 있다.

라피스는 얼굴을 들이밀더니 가만히 포스터를 바라본다.

"……이건 뭐야?"

"신이 만들어서 내려주신 예술이지. 내 안의 루브르 미술관에 걸려 있어. 내 고향이라고 해도 상관없어."

"흐음—. 이런 걸 좋아하는구나……. 오……."

"아, 이봐! 그러니까 잠깐 기다리래도!"

덜덜, 덜덜.

캐리어를 끌면서 라피스는 복도를 지나 댄스 파티가 열릴 법한 대형 홀에 다다른다.

기본적으로 산죠가 별택에서는 여기서 식사를 하게 되어 있다. 라피스는 거대한 다이닝 테이블을 힐끗 살피고 열심히 청소 중인 메이드들을 보더니, 척척 안으로 걸어 들어간다.

대형 홀이 있는 1층에는 오락실, 서고와 독서실, 갤러리, 시청각실, 응접실, 화장실이 두 개. 이동복도를 사이에 두고 큰 전통식 방, 서양식 방과 욕실(온천)이 두 개, 화장실과 수납실이 세 개에 객실이 다섯 개 있다.

1층 각종 방을 돌아본 라피스는 그 위치를 확인하고는 나에게 "여긴 어디 쓰는 거야?"라고 묻는다.

내가 친절하고 정중하게 "오늘 영업은 끝났습니다. 돌아가 주시죠"라고 말하며 미소 짓자, 그녀는 메이드에게 같은 질문을 던져 답을 듣고는 2층으로 올라갔다.

2층은 객실이 메인이다.

객실은 일본식, 서양식, 장난기가 나온 것인지 중화풍 방도 있었다.

그런 객실이 한 다스 정도 있으며 오락실과 욕실(온천 아님), 화장실이 드문드문 배치되어 있다.

"히이로 방은 이쪽이야? 아니면 저쪽? 난 그 옆으로 할래."

웃는 내가 현관 밖을 가리키자 라피스는 메이드에게 묻더니 "여기가 히이로 방이라면 나는 이쪽이네" 하고 멋대로 짐을 옮긴다.

캐리어에서 해방된 라피스는 속이 시원하다는 듯 몸을 쭉 펴더니만 이번에는 3층으로 올라간다.

3층은 탑 같은 구조의 별 관측대가 있다.

천문대에 있을 법한 무식하게 큰 망원경이 설치되어 있어서 별을 보라는 분위기를 있는 대로 느낄 수 있다.

별 관측대로 가려면 사다리를 올라가야 하는데, 그 사다리를 짚은 라피스는 나를 돌아본다.

"오늘 난 스커트거든. 먼저 가 줄래?"

"그럼 내 바지를 빌려줄게."

대답 대신 뻥뻥 걷어차였고, 나는 하는 수 없이 먼저 별 관측대로 올라간다.

"우와아!"

뒤이어 올라온 라피스는 자신을 빙 둘러싼 구형 천장을 통해 한눈에 보이는 푸른 하늘과 거리를 바라보며 환성을 질렀다.

원래 별 관측대는 사람이 둘 정도 올라가면 꽉 차서 나중에 올라온 라피스와 나는 팔과 어깨가 맞닿았고, 은은하게 그녀의 향이 풍겼다.

지한제인지 샴푸인지.

그런 건 모르겠고 당사자에게 물을 수도 없지만, 남자의 땀 냄새와는 한참 거리가 먼 좋은 냄새가 난다. 남자인 나와의 접촉에 공주님은 딱히 아무 생각도 안 드는지, 웃으면서 풍경을 만끽 중이었다.

아니, 이게 뭐야. 이상하잖아. 내가 아는 라피스는 히이로와 닿는 건 녀석을 죽일 때뿐인 줄로만 아는 훌륭한 무사인데. 애초에 높은 스코어를 가진 엘프 공주님이 스코어 0인 남자와 붙어 있는 지금 상황이 이상하다.

혹시 던전에서 함께 싸우는 사이 나를 친구나 애완동물 같은 걸로 생각하게 됐나……. 황송한 사태에 나는 식은땀을 삐질삐질 흘렸고 어떡해야 할지 머리를 굴리기 시작했다.

"히이로."

가까운 거리에서 아름다운 푸른 눈이 나를 바라본다. 길이가 짧은 원피스 자락 사이로 건강하게 탄 허벅지가 엿보인다.

무릎을 가지런히 모으고 앉은 라피스는 햇빛을 빨아들인 금색 긴 머리카락을 어깨로 흘려보내며 이쪽을 바라보고 수줍어한다.

"다음은 정원? 안내해 줄래?"

"아니, 아니. 잠시만. 오늘부터 여기 산다는 건 농담이지? 세련된 조크 맞지? 뭐가 어떻게 됐길래 남자 따위와 동거 선언할 생각을 한 거야? 여자와 살아도 되는 건 여자뿐이라고, 도덕과 윤리 수업에서 안 가르쳐줬어?"

"하지만 같이 살면 언제든 승부할 수 있잖아?"

"……뭐?"

상상의 틀을 벗어난 답에 나는 무심코 입을 벌린 채 멍해 있었다.

"나랑 히이로는 지금으로선 실력이 막상막하잖아?"

"뭐야, 그 『잖아』는. 가볍게 간식 먹는 느낌으로 동의를 구하지 마. 나와 너는 전혀 대등하지 못해. 실력 차가 커도 너무 커서 콜드 게임 수준이야. 나는 오열하면서 고시엔 흙을 챙겨서 이만 가볼 테니까 너도 가."

"그러니까 너랑 결착을 지을 때까지는 함께 살려고. 그쪽이 더 승부하기 쉽고 편하니까."

"아니, 내 장문의 대사를 하나도 안 들었잖아……. 아랫사람은 반론은커녕 입을 열 수조차 없다는 건가……."

"자, 그럼 설명은 끝! 정원을 안내해 줘—!"

완고하게 고집을 꺾지 않는 라피스 앞에서 나는 고개를 덜컥 떨어뜨렸다.

"······정원 보면 부탁이니까 좀 가자?"

대답 대신 여전히 미소를 띤 채로 이쪽을 바라보는 라피스는 마성 그 자체여서, 이 나이에 이미 사람 홀리는 법을 익힌 듯했다.

나와 라피스는 3층에서 2층으로, 1층으로 내려와 정원으로 나간다.

별택에 갖춰진 정원은 정원이라고 해도 되나 의심스러울 만큼 넓다.

입주식 메이드용 집이 한 채, 전투 훈련용 훈련장에 샤워실(나만 쓰는데 샤워실이 한 다스 정도 있음)까지 있을 정도니까.

잉어가 우글우글한 연못이 있는 정원에 1층과 이동복도로 이어진 노천탕, 매직 디바이스가 장식된 무기고, 빗장이 걸린 창고.

별택 전체의 외관은 무가의 저택이라는 느낌이다.

가문(家紋)이 들어간 큰 문은 훌륭했고, 대마(對魔) 장벽이 쳐진 담의 박력은 어마어마했다.

이 별택은 후계자인 레이 것이며 나는 어디까지나 기간 한정으로 임대하고 있는 몸에 불과하다. 레이가 사는 본택은 더 굉장해서 산죠가의 무시무시한 권력을 알 수 있다.

그런 별택이 통째로 나 하나를 위해 준비된 것이다.

당연히 처치 곤란이다.

이 망할 백합 사이에 낀 남자 즉 히이로인 나조차 어떻게 다뤄야 할지 몰라 쩔쩔매고 있다.

누군가와 이 불안을 나눌 수 있다면.

그렇게 생각했다.

그렇게…… 생각했는데…….

"안내 고마워. 조금 좁지만 마음에 들어. 난 일본이 너무 좋거든. 이런 분위기의 집에 살아보고 싶었어."

"…………."

백합 게임 히로인과 동거하고 싶다고 한 사람은 아무도 없거든.

"네, 반입입니다! 반입, 안 비키면 그냥 치어버릴 거예요!"

"와, 난 1층 구석 방이야! 좋았어!"

"우와, 치사해! 그럼 나는 2층 창문 있는 방으로 할래."

"…………."

알브인지 뭔지 하는 라피스의 호위 12명(전원, 미소녀 엘프)과 함께 살고 싶다고 한 사람은 아무도 없거든.

"저기, 히이로 씨~? 샴푸는 뭘 쓰면 되나요~?"

"…………."

처음 보는 데도 멋대로 욕실로 들어와 알몸으로 샴푸 사용 허가를 얻으려 하는 엘프와 동거하고 싶다고 한 적 없다고.

"저기, 히이로. 우선 이 집의 룰 같은 걸 알려줄래? 별로 침략하려는 건 아니고, 잘되면 좋겠다고 생각 중이야. 우선 난 샤워하고 올게. 먼저 방에서 기다려."

"…………."

"공주님~! 왠지 여기 비밀 통로가 있어, 비밀 통로~! 성과 비교하면 좁지만 무슨 장치가 잔뜩 있어서 즐거워~!"

"…………."

"히이로 씨~? 듣고 있어요~? 샴푸 말이에요, 샴푸~?"

"…………."

"그리고 히이로, 난 침대가 아니면 못 자. 하지만 역시 기왕 사는 거 전통식 방이 좋지 않을까? 프라이빗 룸과 침실을 나눠도 될까? 별 상관 없지? 야호, 고마워—!"

"…………."

나는 말없이 밖으로 뛰쳐나왔고 마력으로 하반신을 강화한다.

그대로 저녁놀이 진 하늘을 향해 뛴다——.

"무슨 야겜이냐!"

그리고 소리친다.

나는 착지하며 외친다.

"무슨 야겜이냐고!"

그대로 주먹으로 땅을 친다.

"야겜 도입부 같잖아아아아!"

숨을 거칠게 몰아쉬면서 나는 공원으로 이동해 벤치에 앉았다.

이상하다.

나는 내 안에서 소용돌이치는 의문을 토로했다.

이러면 야겜이잖아……. 왜 일이 이렇게……. 백합 게임인데 왜 남자 중심으로 이벤트가 발생하냐고……. 영문도 모른 채 이삿짐 옮기는 걸 거들다 보니 벌써 저녁이고……. 아무리 봐도 잘못됐어. 욕실 문을 열면 "꺄—, 진ㅇ는 변태야!" 같은 해프닝이 벌어지는 거잖아, 이거.

혼자 벤치에 앉아 눈물을 흘린다.

나는…… 나는…… 대체 어디서부터 잘못된 선택을……. 그냥 나는 그녀들의 덧없는 연심을 지켜주고 싶었을 뿐인데……. 백합 게임 엑스트라 캐릭터로 전생해서 교실 한구석에서 '우후후' 하고 웃으면서 백합을 바라보고 싶었을 뿐인데…….

낙담해 있던 나는 퍼뜩 정신을 되찾았다.

아니, 지금의 나에게 낙담해 있을 시간은 없다.

『같이 살면 언제든 승부할 수 있으니까』 같은 어이없는 이유로 나와 같이 살기 시작한 엘프 공주님은 둘째 치고.

라피스가 나와 함께 산다는 건……『그것』도, 함께 따라온다는 것이다.

최악의 시나리오가 머릿속을 스쳐서 오싹한 한기를 느꼈다.

현 단계의 내가 그것과 접촉했을 경우 아마 승률은 1%도 없다. 승부조차 되지 않겠지. 일축당할 거다. 온갖 패턴의 전술을 시험해 봐도 그녀를 이길 루트는 단 하나도 없으리라.

접촉하면 끝이다.

히이로를 적시하고 전자동으로 백합 사이에 낀 남자를 쥐어짜는 단죄자(슬레이어)……, 승산이 없다면 피하는 수밖에 없다.

최악의 상황은 라피스가 없을 때 그것과 접촉하는 것이다.

첫 만남은 라피스를 통해, 그것도 우호적인 장면에서 전투 의사가 없다는 걸 드러낸 상태여야 한다.

싸우는 건 당치도 않은 소리다.

그렇다면 오늘 저녁쯤, 이려나……?

나는 손목시계를 확인하고 멍해졌다.

이런! 지금 당장에라도 이 세계에서 가장 솜씨가 좋은 셰프를 불러야 해! 흰 요리사 모자가 세상에서 가장 잘 어울리는 요리사를! 산죠가의 권력을 풀로 써서 환대해야 한다고! 내 목숨이 위험해! 히이로는 죽을 거야!

서두르자, 나는 자리에서 일어났다——. 오싹.

한기.

어디서인지 마력이 올라오고 있다.

명수의 시야.

시야에…… 들어와 있다.

시선이 나를 꿰뚫는다. 한 발짝도 움직일 수 없어서 거기 못 박혀 있었다. 식은땀이 삘삘 흘러내렸고 온몸이 위험하다고 부르짖었다.

은색.

은색의 위기가 서 있다.

은색의 긴 머리, 동양과 서양을 합쳐놓은 듯한 전투복, 키를 능가하는 장검을 허리에 찼다. 아름다운 장신의 엘프가 반짝반짝 빛나는 푸른 눈으로 나를 똑바로 응시 중이다.

살기가 바늘처럼 내 살을 파고든다.

저녁놀의 붉은빛에 은색의 아름다움이 뚜렷하게 부각된다.

그녀는 장검을 스으윽 빼 들더니 검집을 버렸다.

"라피스를 쓰러트린 강자라고 들었습니다."

방울 소리를 연상케 하는 아름다운 목소리로 그녀는 중얼거렸다.

"승부하죠."

딸랑, 딸랑.

검집이 땅에 떨어지는 소리가 났고――, 그녀의 눈이 푸르고 희게 뜨인다.

"산죠 히이로. 저는 당신에게――."

지금 가장 만나고 싶지 않았던 최강은, 조용히 입가를 들어 올렸다.

"관심이 있어요."

아, 죽었다…….

우뚝 멈춰 선 내 머릿속에 눈앞의 여자를 표현하는 하나의 질문이 떠올랐다.

에스코 세계의 최강은 누구인가――?

개발팀의 질문에 유저가 한 답은 하나.

아스테밀 클루에 라 킬리시아.

미들네임에 위치한 '클루에 라'는 엘프 세계에서는 씨족 명을 뜻한다.

그녀는 엘프 왕국 『알프 헤임』의 공주 라피스 클루에 라 루메트와 같은 선조를 둔 엘프다.

라피스의 선생이자 호위, 엘프계 최강의 전사, 이 세계 마법사의 최고 계위인 『조(祖)』의 보유자이기도 하다.

그녀의 장점은 근거리, 중거리, 원거리……. 모든 것을 커버하고도 남는 전투 유연성이다.

원작 게임 시점에서 말하자면 근거리전에는 『체력』과 『근력』, 중~원거리전은 『마력』, 『민첩성』, 『지성』 능력치가 필요하다.

에스코 세계에서 엘프는 『마력』과 『민첩성』을 올리기 쉽지만, 『체력』과 『근력』은 잘 안 오른다.

그렇기에 엘프는 근거리전이 약할 터.

그럴 텐데 이 아스테밀은 전부 오른다. 쑥쑥 오른다.

하루를 마칠 때 주인공과 함께 행동한 동료도 선택한 단련 내용에 따라 능력치가 상승하는데……, 어째서인지 『마력』을 올리는 훈련을 하는데 함께 『체력』과 『근력』도 상승한다(플레이어는 이 현상을 『뒤에서 연습한 것』이라고 했다).

처음 봤을 때 나는 버그인가 했다.

에스코는 난이도가 물이라서 주인공의 능력치는 딱히 의식하지 않더라도 팍팍 오른다. 하지만 아스테밀의 능력치는 이 성장 속도마저 웃돌아 쑥쑥, 쑥쑥 오른다.

두려움마저 느껴지는 성장 속도다.

게다가 그녀는 가입 시에 『보궁 비천작화』까지 가져온다. 치트에 치트, 아주 배가 두둑하다. 주인공을 버려두고 송사리들을 쓰러뜨려 가는 광경은 게임 밸런스 붕괴의 두려움을 느끼게 했다.

이 자식! 파○택틱스의 성검과 같은 위치에 있다!

나는 황급히 그녀를 파티에서 뺐지만 그럴 필요는 없었다.

왜 그녀가 이렇게 세냐 하면 서포트 캐릭터이기 때문이다.

동료로서 싸워주는 건 초반뿐이고 어떤 이벤트 이후로는 영구이탈해서 『보궁 비천작화』는 라피스가 이어받게 된다.

그러니 이렇게 강하지, 라고 안심했지만 역설적으로 말하자면 초반에 그녀 이상으로 맹위를 떨치는 존재는 없다고도 할 수 있다.

늘 그렇듯 아스테밀은 히이로를 눈엣가시 취급 중이다.

아스테밀이 활약하는 건 초반, 루트 분기 전의 라피스와의 이벤트 내인데 그 잠깐 사이에도 히이로의 얼굴을 검집으로 파괴하질 않나, 히이로를 잘게 썰어버리질 않나, 산죠가 별택을 습격해 폭사시키질 않나. 엄청난 대활약을 보인 덕에 플레이어에게는 단죄자라고 불리며 인기를 독차지했다.

그리고, 그런 단죄자를 아까 '그것'이라 불렀는데.

왜 이름을 불러선 안 될 그 사람 같은 처지에 두었냐 하면, 섣불리 이름을 꺼내면 출현 플래그가 설 것 같았기 때문이다.

라피스의 호위니까 그녀 옆에 있는 건 당연하지만, 출현 플래그를 채우지 못했으니 초반을 넘길 수 있지 않을까 했다.

하지만 지금.

내 눈앞에는 최강의 이름을 가진 귀신이 서 있다.

그녀가 찬 키보다 긴 장검. 저건 매직 디바이스가 아니라 그녀가 『무명묘비(無銘墓碑)』라고 부르는 평범한 일반도다.

그녀의 매직 디바이스는 『보궁 비천작화』다.

무명묘비를 장비하고 있다는 건 아직 진지하게 싸울 마음이 있는 게 아니라 상황을 보는 단계임을 뜻했다.

"…………."

뭐, 이 여자는 검술도 괴물급이지만! 상황을 보든 뭐든 히이로 따위에게 승산은 없어!

"……준비해."

준비하면 죽잖아! 누가 하겠냐, 얼간아!

나는 웃으면서 양손을 들어 올렸다.

"저기, 잘은 모르겠지만 우선 서로 얘기를——."

살기——온다——, 발도, 트리거.

술식 동기, 마파(魔波) 간섭, 연산 완료.

콘솔, 접속……『생성:마력표층』, 『변화:시신경』, 『변화:근골격』.

희푸른 선이 검집을 훑고 지나가자 마법이 발동한다.

발동, 강화 투영——. 희푸른 마력으로 뒤덮인 안구가 검섬을 포착한다.

나는 과감히 몸을 젖히며 피했다.

머리카락 몇 가닥이 일자로 잘려 바람을 타고 날아간다.

"방금 걸 피한 건가요."

기쁘다는 듯 아스테밀은 미소 짓는다.

나는 마력을 하반신으로 돌린 뒤, 힘껏 뒤로 점프한다.

식은땀이 뻘뻘 흘러내리며 가슴께로 떨어졌다.

순간적으로 트리거를 당긴 건 요행이라고 볼 수밖에 없었다.

아무리 생각해 봐도 목을 노린 거지. 죽일 생각이세요? 아니, 혹시 직전에 멈출 생각이었나? 모르겠다. 실력 차이가 너무 크다.

피를 닦아내듯 장검을 휘두른 아스테밀은 웃으면서 이쪽으로 다가온다.

"그럼 다음."

아, 이거 정말 수를 쓰지 않으면 죽겠다.

나는, 힘껏, 뒤로 점프했고—— 검집에 검을 집어넣은 아스테밀이 내 뒤로 워프한다.

아니, 너 어느새 검집을 주워온 거야?! 그보다 이 시점에서 순간이동 콘솔을 가지고 있어?! 발도술 캐릭터가 아무렇지 않게 워프하지 마! 히이로 죽는다!

순간이동 전에 내 두 팔은 바쁘게 움직이기 시작했다.

순식간에 교체한다——, 『속성:빛』, 『생성:구슬』, 『조작:파열』.

발동, 라이트.

나와 아스테밀 사이에 생겨난 라이트가 깨진다.

눈 부신 광선이 사방팔방으로 흩어졌고 정면에서 아스테밀의 두 눈에 들어갔다.

눈속임, 성공!

나는 그대로 등을 돌려 도망치려다가——살기를 느꼈고——순식간에 바닥을 굴렀다.

"응."

눈을 감은 아스테밀은 칭 소리를 내며 검을 검집에 담는다.

"여기까지는 만점이군요. 훌륭해요."

스륵……, 내 뒤에 있던 판이 베여서 슬라이드됐다.

비스듬하게 잘린 거대 판자가 점점 무너져 내려, 어마어마한 충격이 땅을 통해 전해졌다.

몇 초 늦게 내 뺨에서 피가 흐르기 시작했다.

으앙~, 죽는다~!

두 번째 공격이 날아오기 전에 나는 필사적으로 노주했다.

마력은 전부 하반신에.

전력으로 발을 구르고 희푸른 마력을 분출하면서 미끄러지듯 도망친다. 무지막지한 위력의 참격이 내 뒤를 따랐고 내 러닝 코스는 잘게 잘려 나갔다.

선생님! 히이로가 괴롭힘당해요!(선생님의 답변: 이 반에 괴롭힘은 없단다)

"사, 살려줘~!"

나는 한심한 목소리를 내며 코너를 꺾는다.

벽을 박찬 아스테밀이 스피드를 유지한 채로 뒤를 쫓는다.

"…………."

쿠우웅.

기다리고 있던 나는 마력을 전부 쿠키 마사무네 쪽으로 돌린 뒤, 온힘을 다해 위에서 휘둘렀다.

발도하기엔 늦었어, 됐다──!

푸우욱.

내 칼날이 무명묘비의 칼자루 끝에 깊숙이 박힌다.

"…………윽?!"

이, 이 녀석?! 검을 뽑기엔 늦었다고 해서 검집으로 받아내?! 반사신경이 뭐 이래?!

"……굉장해."

아스테밀은 웃으면서 앞차기를 날린다.

"으윽?!"

완전히 중심을 잃은 나는 물러났다.

거리를 둔 그녀는 하늘 높이 손끝을 들어 올린다.

"지나간 회모(懷慕)를 노래하라."

나는 경악스러움에 움직임이 둔해졌다.

왜냐면 알고 있기 때문이다.

"하늘은 닫혔고 현실의 죽음은 읊는다, 인간의 세상은 뒤엉켜 있으니. 나라에 맹세하자, 벗에게 약정을, 자신의 신조는 이 손에. 자, 노래하라. 다 같이 노래하라. 울프 헤임의 불빛은 저기 있나니."

특별한 매직 디바이스는 고유 마법을 가졌으며 그 마법은 특유의 트리거를 통해 발동한다.

"나의 선조여, 만리의 사수여, 가려내기 어려운 과거여."

그래, 그건──.

"내 팔에 안겨 인도하라."

영창이라고 불린다.

"오거라, 보궁."

마력의 분류(奔流)가 아스테밀을 감싸며 그녀의 은발이 거꾸로 선다.

공중에 뜬 그녀의 뒤쪽 공간이 찢겨나가고 거기서 『보궁』이 나오려 하고 있었다.

그녀는 무자비하게 나를 가리킨다.

"비천──."

"어라, 아스테밀. 왜 이런 데서 보궁을 꺼내려 하는 거야?"

그녀의 목소리에 아스테밀의 마력이 잠잠해진다.

"라피스……."

다가온 라피스는 수상하다는 듯 나와 아스테밀을 순서대로 본다.

"어째서, 여기에?"

"왜긴……. 이 길은 히이로의 러닝 코스잖아. 갑자기 뛰쳐나가길래 데리러 가줄까 했지."

라피스의 뒤로 이동한 나는 히죽 웃는다.

아스테밀은 멍해져서는…… 한 손으로 얼굴을 가리고 웃기 시작했다.

"그래, 졌군요. 놀랐어요. 제 이상을 아득히 뛰어넘는군요. 설마 보궁까지 쓰게 될 줄이야."

아무래도 아스테밀 역시 알아차린 모양이다.

정면에서 싸우면 내가 이기지 못한다는 건 명백했다.

그래서 나는 이기는 게 아니라 지는 것을 목표로 했다.

필사적으로 몸을 보호하며 딱 산죠가 별택과 공원 중간지점인 이곳으로 향했다. 갑자기 뛰쳐나간 나를 라피스나 알브가 찾는다면 우선 이 러닝 코스를 따라올 거라고 짐작했다.

결과적으로 나는 내기에서 이겼다.

살아 있단 건…… 참 멋진 거야……!

"히이로."

내가 감동하든 말든 아스테밀이 다가온다.

"당신에게는 보기 드문 재능이 있어요. 언젠가 나조차도 뛰어넘겠죠. 그러니까 괜찮다면 나의——."

그녀는 아름다운 미소를 지으며 손을 내밀었다.

"제자가 되지 않겠어요?"

…………네?

*

설정자료집에 따르면.

에스코 세계의 마법은 전부 기술이라는 틀 안에 자리하고 있다.

매직 디바이스는 마법사의 트리거에 의해 마파라고 불리는 동기신호를 일으킨다.

그 마파에 의해 마술 연산자(에스코 세계의 가공 입자)와의 동기가 이뤄진다. 동기 후, 콘솔과 콘솔을 이은 도선을 통해 구축된 마법진(진형으로 표현된 입력신호)을 발동.

마술 연산자는 이송, 포착, 진동, 분류, 농축 등, 마법진에 의한 조종을 통해 마법을 발동시킨다.

즉, 이 매직 디바이스는 입자에 간섭하는 나노 머티리얼 기술의 일종이라나 보다.

마력이란 생체 내의 내인성 마술 연산자량이며, 매직 디바이스를 거친 마법은 생물체의 외인성 마술 연산자에 작용하는 간섭 요소에 불과하다나 어떻다나.

아니, 그렇게 공을 들일 거면 뜬금없이 던전 같은 판타지 요소나 넣지 말지?

아마 개발자 중에 설정 덕후가 있었겠지.

어떤 의미로 보면 혼돈이라고도 할 수 있다니까, 이 백합 게임.

개발팀 내에 백합을 사랑하는 녀석이 있나 하면, 판타지를 사랑하는 녀석도 있고. 설정 짜는 걸 사랑하는 녀석이 있나 하면 책략이 휘몰아치는 음모론자까지도 존재해서 이런 혼돈의 카오스 같은 게임이 된 거다.

나쁘게 말하면 통일성이 없고 좋게 말하면 심오하다.

일부 사람이 『이건 백합 게임이 아니다』라고 하는 것도 당연하다. 루트에 따라서는 거의 백합 요소가 없으니까.

백합 게임으로서 세상의 빛을 봤음에도 불구하고 산죠 히이로 같은 남캐가 있는 것부터가 개발팀 머리의 나사가 풀려 있다는 걸 보여준다.

하지만 이 게임에도 장점은 있다.

이 게임 내에서 한 노력은 확실히 결실을 본다는 것이다.

"…………."

지금은 새벽 4시.

"으~음……, 상쾌한 아침이네요, 히이로. 다소 쌀쌀하긴 하지만 몸을 좀 풀어주면 따뜻해지겠죠."

노력은 올바른 형태로 결실을 볼 수 있지만——.

"…………."

아스테밀(최강)을 스승으로 삼아 새벽 4시에 기상하고 미소녀들과 동거하면서 강해지고 싶다고 한 사람은 아무도 없다.

"저기, 죄송한데 잠깐 할 말이 있거든요."

"네, 뭔가요……. 앗, 잠깐. 그 전에."

어제 입은 전투복과는 전혀 다르다.

귀여운 트레이닝복을 입은 은발의 엘프는 뒤로 묶은 장발을 살랑이면서 나를 지목한다.

"존댓말 금지!"

"네?"

"라피스에게도 말했지만 사제 관계에 존댓말은 필요 없어요. 제자와는 편하게 대화하고 싶거든요."

무슨 말을 하는 거야, 이 녀석…….

내 머릿속에 게임에서 히이로의 안면을 뭉개버리는 아스테밀의 모습이 선명히 떠오른다.

그때의 나는 박수갈채를 보내고 휘파람을 불며 신바람이 나서 노래를 불렀지만……. 히이로가 된 지금으로서는 그녀의 무시무시함을 알기도 하기에 편하게 대화할 마음이 들지 않는다.

"아니, 하지만 아스테밀 씨도 존댓말을 쓰잖아요……?"

"스으~스응~니임~!"

뺨을 부풀린 아스테밀은 팔짱을 낀 채 고개를 팩 돌린다.

"스승님이라고 부를 때까지 대답 안 해요."

이, 이 인간…… 420세(인간 나이로 환산하면 21세) 주제에……, 자기가 귀여운 줄 아나……. 귀엽네, 제길……! 그런 태도는 운명의 여자한테나 보이라고……! 나한테도 그런 모습을 조금은 엿보게 해주세요……!

흡사 검귀와도 같은 박력은 어디 간 것인지.

『얼른 안 불러 주려나~? 아직인가아~?』하는 것처럼 이쪽을 힐끗거리는 그녀는 그냥 성가시고 귀여운 소녀였다.

원래 아스테밀은 경계심이 강한 캐릭터다.

그래서 허가 없이 무례하게 라피스에게 접근하는 히이로를 계속 적시했다. 호위로서 퍼펙트하게 자신과 호위 대상(라피스) 사이로 끼어들려 하는 남자를 제거했다.

이번의 히이로도 그 케이스에 해당한다.

아니, 하지만 완전히 낀 느낌이잖아? 라피스는 나랑 같이 살겠다는데? 왜, 그 상황에서 나를 제자로 삼겠다는 선택지가 나오는데?

하지만 이건 좋은 기회일지도 모른다.

적어도 제자가 되면 아스테밀이라는 최강의 카드를 무효화할 수 있다. 히이로의 사망 플래그는 수도 없이 많지만, 아스테밀을 적대하는 루트는 그야말로 가시밭길이다. 게다가 운이 다하면 확실하게 죽는다.

솔직히 라피스든 아스테밀이든, 히이로 따위와 얽히지 않았으면 한다.

왜냐하면 그건, 백합이 아니잖아?! 그렇지?!

하지만 이제 와서 강제로 내쫓는다고 하더라도 라피스든 아스테밀이든 나를 따라올 테고……, 산죠가의 도련님인 히이로는 너무 눈에 띄어서 숨을 수도 없을 텐데……. 애초에 시나리오 관계상, 도저히 둘과의 접촉은 피할 수 없다. 그냥 받아들이는 수밖에.

"……스, 스승님."

그래서 나는 모깃소리처럼 작게 그녀를 불렀다.

"네?"

눈을 반짝이며 아스테밀은 고개를 휙 돌렸다.

"뭐라고요? 방금 뭐라고 불렀어요? 저요? 어? 뭐라고? 뭐라고 불렀어요?"

귀, 귀찮게…….

"스, 스승님."

"네! 네네! 스승님이에요—! 네, 스승님 여기 있어요—!"

짜증 나아아아아아아아아아아아아아아아! 아아아아아아아아아아아아아아! 짜증 난다고ㅇㅇㅇㅇㅇㅇㅇㅇㅇㅇㅇㅇㅇㅇ ㅇㅇㅇㅇㅇㅇㅇㅇㅇㅇㅇ!

폴짝폴짝 뛰면서 아스테밀은 손을 든다.

스승으로서 제자에게 한심한 꼴을 보이고 있다는 건 모르나 보다. 화들짝 놀라며 굳어버린 그녀는 어험, 하고 헛기침하더니 뺨을 붉혔다.

"조, 조금 신이 나서 그만. 뭐죠, 나의 애제자."

『애(愛)』는 떼. 아직도 신나 있는 게 티 난다고.

"아니, 불러 달라길래 불렀을 뿐이야. 연습시켜줄 거지? 잘 부탁드립니다, 같은 대사라도 하는 게 낫나?"

"오오~!"

편하게 말하라는 명령을 충실히 따르며 의욕을 보이는 점이 마음에 든 모양이다.

기쁘다는 듯 고개를 여러 번 끄덕인 아스테밀은 장검을 뽑아 들었다.

"그럼 우선, 워밍업부터."

"……아니, 잠깐. 잠시만. 왜 워밍업인데 무명묘비를 뽑아 드는데?"

웃는 얼굴로 그녀는 칼끝을 나에게 들이밀었다.

"왜냐하면, 준비 체조에는 날붙이가 필요하잖아?"

"무슨 말인지 모르겠는데요, 댁 머릿속의 이문화를 저한테 강요하지 마시죠. 우선 현대 일본의 유서 깊은 워밍업, 라디오 체조 공부부터 하고 나서 수행에 들어가지 않으실래요, 스승님……?"

"그럼 갑니다."

"제자를 두고 혼자 멋대로 가지 마시지?! 무슨 머릿속에 근육으로 수행 순서를 입력해 넣은 사람도 아니고?! 아니, 자, 자자자, 잠깐──."

아, 아, 아……. 아앗~!(죽음)

나는 어찌어찌 죽을 각오로 워밍업을 넘겼다.

제대로 검을 휘두른 적조차 없는 아마추어한테 웃으며 진검을 휘두르는 엘프 괴물을 상대하라니, 반쯤 울상인 나는 간신히 따라갔다. 왜 내 목이 아직 붙어 있는지 솔직히 잘 모르겠다.

만족한 듯한 스승님은 벌렁 자빠진 나를 앞에 두고 호흡 하나 흐트러지지 않은 채 웃고 있었다.

"히이로는 체력이 없네요. 이건 앞으로의 과제로 삼을까요?"

댁이 차고 넘치는 거야, 이 고릴라야! 히이로의 초기 스테이터스는 나름 체력이 두드러지는데, 같은 운동을 해도 너만 숨 하나 헐떡이지 않는 게 말이 되냐! 개발자 양반! 수정 패치가 필요해,

수정 패치!

"하지만 끝까지 따라온 강한 의지는 높게 살게요. 우리 아스테밀류(流)는 『살을 내어주고 뼈도 내어주며 내가 이긴다』에 뜻을 두고 있거든요."

"사, 살이랑 뼈를 다 내주면 죽을 텐데……?"

"죽지 마세요."

이거 그냥 고릴라의 인간 학대 아니냐.

하늘을 보고 벌러덩 드러누워 씩씩거리는데 뭔가 차가운 게 와 닿는다.

스포츠 음료다.

미소를 띤 스승님이 몸을 굽힌 채 나를 보고 웃고 있었다.

"휴식 겸, 앉아서 공부할까요?"

스승님, 사랑해요……. 고릴라라고 해서 미안합니다……!

"그 후에 바로 재개하죠."

드러밍은 혼자 해, 이 고릴라!

갑자기 한 팔이 쑥 들려 올라갔고, 나는 벤치에 앉았다.

옆에 앉은 스승님은 꼼지락꼼지락 손가락으로 내 흐트러진 머리를 정돈한다.

"후후……, 단련 중이라지만 조금은 보는 눈을 신경 써야죠."

그런 건 여자한테 해줘.

그렇게 말하고 싶었지만, 내 목에서는 거친 숨밖에 안 나온다.

부지런히 스승님이 챙겨준 보람이 있었는지 겨우 회복했고 강의가 시작됐다.

"히이로는 단련 속성을 『빛』으로 정한 건가요?"

"으음……. 솔직히 고민 중이야."

속성……, 즉 이건 속성 능력치를 가리킨다.

기초 능력치인 체력, 근력, 마력, 지성, 민첩성과는 별개로, 마법 위력 및 효과, 경우에 따라서는 발동 마법과도 연관이 있는 속성 능력치라는 게 존재한다.

속성의 내용 자체는 고전적이다.

불, 물, 바람, 땅, 빛, 어둠, 무(無).

콘솔에는 불, 물, 바람, 땅, 빛, 어둠의 6가지 종류가 존재하며 각각을 슬롯에 끼움으로써 각 속성 마법을 발동하며 속성 능력치를 높일 수 있다.

이 6가지 속성의 콘솔 없이 마법을 발동할 경우, 무속성 능력치가 상승한다.

엥? 그럼 무속성만 마구 올리면 되지 않나?

그렇게 생각하겠지. 나도 그랬으니까.

그러나 이 게임에서 가장 약한 속성은 의심할 여지 없이 무속성이다.

어째서냐 하면 6가지 속성(불, 물, 바람, 땅, 빛, 어둠)은 발동한 마법에 속성치가 그대로 붙는 데 반해, 무속성은 자신의 무속성치에 맞는 고정 설정치만 붙기 때문이다.

단순한 이미지로 말하자면 6가지 속성은 능력치×속성치로 2배의 대미지를.

그에 비해 무속성은 능력치×고정치로 1.2배의 대미지를.

게다가 그 고정치가 짜서 정신이 아득해질 만큼 오랜 시간을 들여 무속성을 계속 단련해도 다소의 시간을 소비한 6가지 속성보다 낮은 고정치만 담기는 경우가 쌔고 쌨다.

그렇기에 무속성은 보조 정도로 다루는 게 무난하다.

예를 들어 신체 강화나, 순간적인 마력 장벽이나, 무기에 마력을 부여할 때처럼. 다른 6가지 속성은 슬롯을 하나 메우게 되기에 매직 디바이스를 어떻게 커스텀하느냐에 따라 도움이 될 때도 있다.

그런 이유로 앞으로 올릴 것이 6가지 속성 중 하나임은 분명하다.

쿠키 마사무네는 초기부터 빛 속성 콘솔이 끼워져 있다.

그런 흐름 탓인지 게임 내의 히이로도 신나서 빛 속성 마법을 조작했지만, 아니, 그냥 죽어라, 넌.

네가 빛 속성일 리가 있냐. 빛으로 가득한 백합 사이에 낀 너는 천성이 어둠 속성이지만, 무가 되길 바라니까 무속성이나 써라. 무로 돌아가, 즉 죽어.

그럼 나는 어떤 속성을 단련하면 좋을까.

에스코 세계의 이론을 따르면 한 속성을 특화하거나, 메인과 서브로 나뉘는 2가지 속성을 택하면 되겠지만……. 히이로와 세트가 되긴 죽어도 싫으니까 빛 속성은 피해서 2가지 속성을 중심으로 짜볼까.

"히이로는 빛을 단련하면 될 것 같은데요."

"네?"

머릿속으로 중얼중얼하고 있는데 뜻밖의 어드바이스가 들려왔다.

"아니, 왜?"

"검술과 빛 속성은 의외로 상성이 좋거든요. 워프도 빛 속성과 조합하면 광속 이동이 가능하고요."

아니, 그게 되는 건 댁뿐이야. 마력이 부족하거든? 이 게임에서 광속 이동을 쓸 수 있는 치트캐는 댁 정도밖에 없다고.

"아니, 하지만 전 빛은 싫은――."

"서브 속성은 어떡할래요? 후보는 있어요?"

이, 이 여자……!

스승의 특권이라는 듯 흥얼흥얼하면서 아스테밀이 다가온다. 왜 이렇게 밀착하는지 모르겠는데, 아마 내 속성을 정하는 데 푹 빠져서 아무것도 모르고 있겠지.

"물이려나."

"왜? 이유, 플리즈, 입니다?"

"물은 다른 속성과 조합하기 편하잖아? 뭐, 여러 속성의 조합을 생각하면 슬롯이 3개인 쿠키 마사무네는 포기해야 하겠지만……. 그래도 장래를 생각하면 물이 가장 적합할 것 같아."

"히이로는 신중하군요. 기특하기도 해라."

"머리를 쓰다듬는 거나 그런 건 전부 라피스한테 해줘. 아, 할 때는 나도 불러주고. 가 아니라."

내 머리를 계속 쓰다듬는 스승님을 무시하고 나는 말을 잇는다.

"나는 검 이외의 것도 쓰려고 하는데……, 활 좀, 가르쳐 줄래?"

"활을?"

어리둥절한 눈치로 아스테밀은 손을 거둔다.

"평범한 활이요? 아니면 매직 디바이스?"

"평범한 활. 한동안은 쿠키 마사무네를 쓸 생각이거든. 내 마력량을 보면 매직 디바이스를 두 개나 지니기는 아직 힘들 테고. 평범한 활을 배워서 중거리까지 커버할 수 있게 하고 싶어."

아스테밀은 왠지 모르게 득의양양하게 웃었다.

"그럼 검술과 함께 궁술 연습도 할까요? 독학한 것치고는 잘하고 있지만, 히이로의 검술은 엉성하고 애초에 그 마력 강화를 위해 하는 러닝도 용케 그걸로 여기까지 성장했다 싶은 수준의 것이라……. 우선 단련 메뉴를 다시 짜야겠어요."

"좋았어! 그럼 우선 산쵸가로 돌아가서 작전 회의부터 하자! 이러고 있을 때가 아니지! 당장 가서——."

덥석, 뭔가가 어깨를 붙든다.

뒤를 돌아보니 웃는 얼굴의 스승님이 서 있었다.

"아직 오늘의 단련이 덜 끝났잖아요……?"

"히익?!"

"검을 뽑으세요……. 단련 메뉴를 정하기 전까지 즐겁디즐거운 실전 형식으로 갈 테니까……. 후후, 이 재능의 원석을, 반드시 쓸 만하게 다듬어 보이겠어요……."

"저기, 정말, 오늘은, 더는 못——."

그 후, 나는 죽기 직전까지 얻어맞았다.

볼일이 있다는 스승님과 헤어져 비트적거리며 산죠가 별택으로 향한다.

"우선…… 샤워부터 하자, 샤워부터……. 피와 땀과 흙먼지를 씻어내고 싶어……. 뭐야, 저 괴물은……. 계속 상대하다간 죽겠어……."

별택에 도착한 나는 훈련장으로 들어간 뒤, 샤워실로 이동했다.

몽롱해 있던 나는 빠르게 옷을 벗고 잘 확인조차 하지 않은 채 샤워 커튼을 걷었다.

"…………."

"…………."

그곳에는 발가벗은 라피스가 있었다.

그녀는 입가를 파르르 떨면서 이쪽을 물끄러미 바라본다.

"…………."

나는 멍하니 그녀의 피부가 핑크빛으로 물들어 가는 걸 지켜보고 있었다.

"꺄……."

그녀는 입을 연다.

"꺄아아아!"

네네, 야겜이네. 야겜이야. 아, 진짜 재미있다.

비명을 지른 라피스는 그 자리에 주저앉는다. 돌풍이 분다 했더니 내 목에 칼날이 대어져 있었다.

알프 헤임의 공주인 라피스를 수호하는 알브 중 하나── 무어 하센프톤 키르는, 살의가 드러나는 눈으로 아래에서 나를 올려다본다.

샤테(그림자 손)라고 불리는 손바닥에 숨길 수 있는 소형 만곡도……, 무어는 서서히 그 칼날을 내 목에 들이밀었다.

다른 하브들 역시 차례차례 돌입해 제각기 다른 반응을 보였다.

"뭐야, 히이로 씨임까……. 괜히 뛰었네. 제 체력 돌려주세요."

"사, 산죠 히이로! 다, 당신, 끝끝내 공주님에게 마수를! 전 처음부터 이 남자 얼굴에서 변태스러움이 묻어난다 싶었어요!"

우당탕탕 정신이 없는 와중에 위축된 라피스는 빨개진 얼굴로 필사적으로 두 팔을 휘젓는다.

"아, 아니야! 내, 내가 허가 없이 샤워하다가! 원래 이 집에는 히이로뿐이고, 히이로 말고는 쓰는 사람이 없길래! 그, 그러니까 내 잘못이야!"

"하지만 공주님, 알몸을 보인 건 맞잖아요? 사고라도 해도 알프 헤임의 기준으론 좀 그런 것 같은데요."

서로를 마주 보는 엘프들. 아무도 공주님이 알몸이라는 데는 관심이 없나 보다.

나는 무어의 샤테를 손끝으로 치우고 나서 탈의실의 수건을 라피스 쪽으로 던졌다.

"고, 고마워……."

"뭐, 나도 라피스가 여기서 살기 시작했단 건 알고 있었으니까. 이럴 수도 있다는 걸 생각했어야 하는데. 물론 책임은 질게. 자."

허리에 수건을 감은 나는 배를 내밀고 바른 자세로 앉은 뒤, 쿠키 마사무네의 칼끝을 배꼽 근처에 가져다 댔다.

"할복할까……."

"와—, 와—! 내가 멋대로 들이닥친 거잖아! 왜 히이로가 배를, 갈라야 하는데?! 바보, 바보, 멍청이!"

알몸에 수건을 감은 상태로 라피스는 부지런히 나를 말린다.

백합을 더럽힌 자의 말로로서는 지극히 당연한 대응이었지만, 라피스가 너무나도 필사적이기도 해서 나는 손을 거두었다.

용서받은 나는 샤워 후에 큰 전통식 방으로 향했다.

회색 빅 쉘터 파카에 반바지.

실내복을 입은 라피스는 다다미 방에 털푸덕 앉아 미안하다는 표정으로 내 쪽을 올려다봤다.

그 주변에 흩어져 앉은 알브들은 게임하고 화장하고 매직 디바이스 손질을 하는 등, 제 할 일을 하고 있었지만 내가 들어오자마자 각각 다른 반응을 보였다.

대략 반반이라고 해야 하나.

나에게 적의를 드러내는 엘프와 나에게 호의적인 반응을 보이는 엘프.

조금 전 나에게 암살 도구를 들이민 무어는 적의는커녕 살의를 보이고 있으며, 나에게서 라피스를 보호하듯 앞으로 나와 있다. 그런 한편 리더인 듯한 금발 곱슬머리 엘프——, 미라 아하트 샤텐은 손질 중이던 활에서 손을 떼고 말을 걸었다.

"아~, 히이로 씨. 조금 전에는 소란 피워서 죄송함다. 저희 애들이 아무래도 버릇이 안 좋아서……. 툭하면 죽이려 든다니까요."

이 세계에서 히이로의 목숨은 민들레 솜털보다 더 가벼우니 하는 수 없지.

"아니, 됐어. 라피스의 알몸을 위부터 아래까지 뇌에 각인시킨 나한테도 잘못은 있으니까."

"왜 말을 그런 식으로 해?! 응?!"

나한테 정이 떨어져서 냉큼 이 집을 나가서 미소녀(가능하다면 주인공으로)와 행복을 잡았으면 하니까.

얼굴을 새빨갛게 붉힌 라피스가 덤벼들었지만 무시하고 라피스의 호위들을 바라본다.

알브.

엘프 왕국 알프 헤임의 공주 라피스 클루에 라 루메트의 열두 방패.

엘프 세계에는 열세 가지 씨족이 존재하며 왕의 혈통인『클루에라』를 제외한 열두 씨족들 중 가장 강한 자가 알브로 선출된다.

즉, 이 알브들은 엘프계의 엘리트다.

엘프하면 활과 마법의 이미지가 강하지만, 예외로 아스테밀처럼 근접전이 특기인 자도 있다.

이미 욕실에서 몸소 체험했지만 알브 중에는 샤테라는 비밀 단도를 쓰는 암살자 비슷한 자도 있다. 거리를 좁히면 이기겠지 하고 방심했다간 대번에 사냥당하겠지.

알브들의 가장 큰 특징은 『눈』이다.

콘솔을 쓰면 동체시력 및 시신경은 강화할 수 있지만, 그녀들은 맨눈으로 몇 km 앞을 정확히 내다본다. 게다가 평범한 활을 이용해 그 거리 앞에 있는 적의 눈알을 정확하게 맞힐 수도 있다.

이른바 조시(眺視)라고 하나 보다.

숲과 공존하는 수렵 민족 엘프에게 시력은 무엇과도 바꿀 수 없는 무기 중 하나이다. 게다가 어둠조차도 내다보기에 평소부터 암시 고글을 끼고 다니는 것이나 다름없다.

게다가 그녀들은 렌즈라고 불리는 장거리 사격용 마법까지 쓴다. 그 마법을 쓰는 그녀들에게 거리를 두게 되면 거의 승산은 없다.

대량의 화살을 맞고 게임 오버겠지.

당연히 알브는 강한 캐릭터다.

라피스의 필두 호위인 아스테밀 같은 치트가 있어서 아무래도 눈에 띄지 않지만, 실제로는 꽤 강하다.

『타락 루트』에서는 라피스전의 전초전으로서 알브 4인조가 세 번에 걸쳐 앞을 가로막는다.

그리고, 이게, 정말 강하다.

물 난이도 게임으로 불리는 에스코이긴 하나, 『타락 루트』는 다른 게임과 비교해도 어렵다는 말을 듣는다. 루트상의 알브도 꽤 강한 캐릭터로 설정되어서 무턱대고 덤볐다간 패배를 맛보게 된다.

그런 이유로 나로서는 이 알브들을 적대하기 싫다.

개죽음은 사양하고 싶다. 미래의 백합을 위한 사인이 아니고서야 나는 도저히 이 목숨을 바칠 마음이 들지 않는다.

히이로는 기분 나쁘고 거지 같고 꼴사나운 3K 남이긴 하지만, 주인공의 방패 정도는 될 테니까 그때까지 목숨을 보전하는 게 나의 의무라고도 할 수 있다. 굳이 솔선수범해서 주인공의 방패 수를 줄이는 건 백합을 저버리는 행위리라.

"…………."

무어가 나를 노려본다.

강한 살의를 느낀다. 이대로 가다간 자다가 목숨이 날아갈지 모른다.

실제로 히이로의 사인은 배리에이션이 풍부하고 다방면에 걸쳐 있어서, 알브에게 살해당하는 패턴도 당연히 망라해 있다.

물론 라피스와 히이로가 함께 살기 시작하는 흡사 지옥 같은 시추에이션은 원작에 있지도 않지만, 이번 욕실 사건을 계기로 다음 날 아침 히이로가 눈을 뜨지 못하는 경우도 있을 법하다.

꼴좋다, 쓰레기 자식! 다시는 일어나지 마, 등신아!

그렇게 화면을 통해 이 세계를 바라보던 때의 나였다면, 칭찬의 말을 퍼부었을 게 분명하다. 삼각 모자를 쓰고 폭죽을 터뜨리며 승리를 축하하는 케이크를 퍼먹었겠지만, 전술한 대로 나는 방패도 되지 못한 채 개죽음당할 마음이 없다.

대책을 세워야 한다. 적어도 살해당하지 않을 만한 호감도가 필요하다.

뭐가 아쉬워서 백합 게임에서 남자인 내가 여자의 호감도를 높여야 하냐……, 생각은 그렇게 하지만 이미 다른 방법이 없다.

"어머."

알브들을 바라보던 내 뒤에서 맹장지 문이 열리고 양손 가득 과자 봉투를 안은 아스테밀이 들어온다.

"뭐죠, 이 살벌한 분위기는? 내 애제자와 알브 사이에 정체 모를 앙금이 생겼네요. 후훗, 그 원인을 저는 다 꿰뚫어 보고 있어요!"

스승님은 우리를 향해 검지를 척하고 들이밀었다.

"저녁 메뉴가 닭튀김인지 햄버그인지를 두고 싸우는 거죠?!"

"머리가 꽃밭이라 부럽네 정말! 머리에 비둘기라도 들었냐?! 엉?! 괘종시계처럼 입으로 꺼내서 시간 좀 알려주지?!"

"아아! 벌써 애제자가 비뚤어져 버렸네요! 최강인 저조차 제자의 폭주는 막을 수 없단 걸까요? 이게, 최강이 짊어져야 할 업보!"

"……떠들썩한 게 참 부럽네요."

스승의 멱살을 잡고 짤짤 흔드는데 그 뒤로 히이로의 여동생……, 산죠 레이가 나타난다.

두 눈은 한겨울의 꽁꽁 언 밤하늘을 연상케 한다.

탐스럽게 뻗은 흑발은 완벽이라고 해도 될 만큼 가지런했으며 너무나도 아름다워서 엘프들 역시 넋을 잃었다.

얼굴과 전신의 밸런스가 좋아서인지 서 있기만 해도 의연한 미가 전해졌고, 그녀가 띤 분위기가 자리를 지배하는 듯한 느낌마저 받았다.

"집에 오다가 붕어빵을 사는 김에 주워 왔어요."

"남의 동생을 돌멩이 줍듯 데려오지 마실래요?"

"히이로 씨."

긴 머리카락을 쓸어올리며 그녀는 나를 노려본다.

"본가에도 정보가 들어가고 있어요. 저질스럽고 우스운 풍문이라 직접 보기 전까진 믿지 않았는데, 설마 정말 알프 헤임 엘프들을 별택에 끌어들였을 줄이야……. 첩으로 두려고요?"

"뭐?"

그 말을 들은 체구가 작은 은발의 엘프—— 시이 플루아테 라이아가 레이에게 다가간다.

"무슨 소리야? 우리뿐이면 또 모를까, 공주님까지 첩실 취급하는 건 아니겠지?"

레이는 훗, 하고 입꼬리를 들어 올린다.

"엘프는 엘프. 그 이상도 이하도 아니에요. 이계의 천치가……, 주제도 모르고 산죠가에서 얼쩡거리다니 정신 차리세요."

"……뭐야?"

두 사람은 서로를 노려보았고—— 나는 그 사이에 끼어들었다.

"자, 거기까지. 레이, 마음에도 없는 소리 하지 마. 산죠가의 동향은 상관없지만, 괜히 오해받잖아. 싸우려고 온 건 아닐 텐데."

"……건방지긴. 어차피 당신도 같으면서."

불쑥 중얼거린 레이는 인위적인 미소를 띤다.

"실례했습니다, 히이로 씨. 중재 감사드려요. 하지만 제 볼일은 당신의 발칙한 소문을 제 눈으로 직접 확인하는 것 하나예요."

"흐음, 그거 이상한걸. 산죠가의 문제아이자 호색한인 산죠 히이로가 여자 좀 별택에 끌어들였다고 차기 당주께서 굳이 확인하러 왔다? 그런 일상다반사까지 체크하시는 거라면 내가 아침에 뭘 먹었는지도 확인했겠지?"

"…………."

자기 한쪽 팔을 움켜쥔 레이가 고개를 돌리자 대기 중이던 백발 메이드가 앞으로 나선다.

"레이 님."

"물러나세요, 스노우. 일개 하녀가 산죠가의 얘기에 참견하려고요?"

"……실례했습니다."

아무도 믿지 않는 눈이다.

초기의 산죠 레이는, 산죠가의 어둠에 붙들려 본심과는 반대되는 말만 하려 한다.

뭔가 나를 만나러 올 만한 일이 있었던 건 분명한데 원작 게임을 플레이한 나조차 그 용건을 유추할 수 없었다. 내가 아는 한, 레이가 히이로에게 볼일이 있거나 상담을 하러 오는 이벤트는 전무하다.

아무리 그게 오빠라도 백합 게임 히로인이 남자를 만나러 가는 이벤트는 싫잖아. 현재진행형으로 나는 싫어. 하지만 이대로 그냥 둬선 안 될 것 같다.

머리를 굴리던 나는 웃으면서 입을 열었다.

"레이, 너 오늘은 자고 가라."

"……네?"

경멸의 눈빛을 보낸 레이는 내 얼굴을 보고 덩달아 웃는다.

"그래, 혈연관계가 옅은 저까지도 건드리려고요? 언젠가 당신이라면 그럴 수도 있겠다 싶었지만요."

그러더니 그녀는 슬프다는 듯 속삭인다.

"……처음부터 기대 따위 안 했어."

본래라면 들리지 않을 만큼 작은 음량이었지만 내 귀는 그 목소리를 감지했다.

그래서 나는 그녀가 경계하지 않도록 웃으며 거리를 두었다.

"라피스."

"어, 왜……?"

"이 아이는 내 여동생 산죠 레이야. 오늘 네 방에 재워줘. 공주님처럼 정중히 대해주고. 엘프계의 프린세스라면 사람 대접하는 법은 알고 있겠지?"

"……누가 자고 간다고 했어요?"

"내가. 그럼 잘 부탁해. 참고로 이 모임은 촬영해서 나중에 나한테 보내주면 흐느껴 울 거야. 무릎까지도 꿇을 테니까 잘 부탁해."

"어, 싫어……. 무릎은 꿇지 말아줄래……?"

그렇게 말하는 라피스 옆에서 싱글벙글 지켜보던 스승님은 팔짱을 끼더니 고개를 끄덕였다.

"그럼 그렇게 정해졌으니."

우리는 전원 스승님에게 이끌려 별택 훈련장으로 이동했다.

"친목회를 겸해 배틀이나 할까요!"

"……뭐?"

산죠가, 별택 훈련장.

겉보기에는 검도장 그 자체고 목재 바닥에는 왁스가 칠해져 있으며 벽에는 목검이나 죽도가 걸려 있다. 눈높이와 발치에 있는 창문으로 비치는 저녁놀은 벽과 바닥을 불그스름하게 물들인다.

목검과 죽도는 내가 아는 흔해 빠진 게 아니라 모두 매직 디바이스였다. 겉보기엔 평범한 목검과 죽도지만, 슬롯이 있으며 마력으로 소재를 자잘하게 변화시킬 수 있다나 보다.

총 16명이 들어와도 아직 여유로울 만큼 넓은 훈련장 중심에서 우두커니 서 있던 나는 큰 소리로 외쳤다.

"이상하잖아! ……내 온몸은 벌써 아작이 났거든! 친목회를 겸한 배틀이라니, 소년 만화냐?! 점○나 선데○나 매거○이냐고?!"

"코로코○ 코믹*이에요."

아스테밀이 시원스러운 얼굴로 답했다.

"어디서 연재하는지는 상관없어! 그렇게 두들겨 맞은 후에 축 처져서 돌아왔는데, 갑자기 배틀 만화로 진입한 소년 입장도 좀 생각해 봐! 내내 싸우기만 하면 독자가 떨어져 나가잖아! 나는 고상한 시민이지, 전투 민족이 아니거든!"

"히이로, 혹시 지금 울어요?"

---

*일본의 아동용 만화지

"운다 왜! 오열한다! 눈물이 멎질 않는다고! 바싹 말라버리겠어! 이렇게 되면 1억 리터의 눈물로 스승을 익사시키는 수밖에!"

"하지만 전 수영할 수 있어요."

"내 슬픔 속을 헤엄치지 마……!"

입을 누른 나는 울면서 그 자리에 웅크린다.

"히이로."

무슨 트라우마라도 있는지, 영혼 없는 눈으로 나에게 다가온 라피스는 떨면서 오른쪽 위의 허공을 바라본다.

"저거한텐 무슨 말을 해도 소용없어……. 난 공주인데, 이런 일, 저런 일…… 단련하다 죽느냐 아니냐를 뛰어넘어……. 아, 어쩌지, 기억이 되살아나……."

"라피스, 정신 차려! 즐거운 생각을 해! 예를 들어, 오늘 나는…… 새벽 4시부터 단련밖에 안 했는데……. 아, 어쩌지. 기억이 되살아나……."

둘이서 파들파들 떠는데 레이는 크게 한숨을 내쉬었다.

"……바보 같아."

그녀는 훈련장을 나가려다가──, 그 뒤로 내던져진 목검에 반응해 바로 뒤를 돌아보며 그걸 움켜쥐었다.

"…………."

레이는 목검을 든 채로 그것을 던진 은발의 엘프── 알브 중 하나 시이를 노려본다.

"도망치는 거야?"

"도망친다는 말의 뜻을──."

레이는 미소를 띠고 있다.

"지금부터 몸소 깨닫게 해드리죠."

어느새 내 앞에도 알브인 무어가 선 채 이쪽을 날카롭게 쏘아 보고 있었다.

나는 조금 전 베인 목의 상처를 쓸면서 웃었다.

"화해의 악수라도 할래?"

"…………."

내민 손은 무시당했고, 나는 쓰게 웃으며 손을 거뒀다.

"그럼 친목회란 명목의 산죠가와 알프 헤임의 친선시합이 있 겠습니다. 친선시합이라지만, 진지하게 해 주었으면 하므로 승 자에게는 한 가지 특권을 드리죠."

손가락을 세운 스승은 미소 짓는다.

"산죠가 쪽이 승리하면 알프 헤임 측은 이제 다시는 그들에게 적의를 품지 않는다. 반대로 알프 헤임이 승리하면 저녁 메뉴에 참견할 권리를 얻습니다."

"에엥~? 그게 뭐야. 기껏 이겨도 저녁 메뉴에 참견하는 게 다 라고?"

"식객 주제에 뻔뻔스러운 소리하지 마. 괜한 소동을 벌여서 집으로 쳐들어온 건 우리인데? 알아?"

리더인 미라가 웃으며 던진 질문에 불평한 엘프는 말문이 막 혔고, 투덜투덜대면서 물러난다.

"그럼 평범하게 하면 알브가 이기는 게 당연하니까. 하나 핸 디캡을 둘까요? ……라피스."

트라우마에 떨던 라피스는 아스테밀의 부름에 정신을 차리고 고개를 든다.

"산죠가 편에서 싸우세요. 레이와 히이로에게 붙어서, 2인 1조로 싸워도 좋아요. 알브는 한 번이라도 지면 패배하는 걸로."

시이와 무어도 불평 하나 없이 그 조건을 받아들인다.

그건 자기 실력에 자신이 있다는 뜻으로, 그녀들은 그 자부심이 교만도 뭣도 아닌 사실임을 표정으로 대변했다.

"나는 창을 쓸 텐데 괜찮나요?"

"물론 상관없어요."

레이는 벽에 걸려 있던 끝에 솜이 달린 연습용 창을 든다.

빙글빙글 회전시키며 느낌을 확인한 그녀는 겨드랑이로 창을 멈춘다. 그 가볍고 화려한 동작에 나와 라피스는 경탄의 숨을 내쉬었다.

역시 네 히로인 중 하나……, 숙달됐군.

가만히 레이를 바라보는데 레이가 웃으며 노려본다.

"왜요?"

"아니, 이길 수 있겠어? 어때?"

"못 이기겠죠."

너무나도 쉽게 레이는 단언했다.

"하지만 그건 서로 만전인 상황에서 싸웠을 경우예요. 이 도장에는 그녀들의 특기인 활이 없으니, 라피스 씨를 잘 이용하면 승기가 생기지 않을까요?"

"그래……. 부탁할게. 메인 탱커."

"나 라피스 클루에 라 루메트는 알프 헤임의 공주거든? 또 메인 탱커라고 부르면 확 다시는 앞을 못 보는 얼굴로 만들어 버린다?"

활짝 웃으며 협박하자 나는 두 손을 들고 항복했다. 그런 나를 보고 라피스는 민망하다는 듯 눈을 내리떴다.

"미안, 히이로. 일이 이렇게 돼서. 다들 나쁜 애들은 아닌데 과잉보호하는 기질이 있어서……, 쳐들어온 건 우리인데, 정말 미안해."

"신경 쓰지 마. 알아. 나도 공주님의 알몸을 감상했으니 쌤쌤이지. 오히려 나는 저 애들이 마음에 드는걸. 정말이야. 나를 적대하는 알브들이 좋아."

라피스가 미소를 짓는다.

"그건 그렇고 여기서는 나가. 다시는 돌아오지 마."

라피스가 정색한다.

"아니, 정말, 나한테도 사정이 있거든. 이해해줘. 지키고 싶은 게 있거든. 진짜, 네가 이대로 여기 있으면 정말로 곤란──."

훌쩍훌쩍하는 소리가 들려온다 했더니.

"히, 히이로……. 그, 그렇게, 내가 싫어……?"

라피스는 양쪽 손등으로 눈가를 훔치면서 울기 시작했다.

화들짝 놀란 나는 그녀를 바라봤다.

"나, 난, 이쪽 세계에 친구가 없어서……. 히, 히이로랑 던전에서 승부하는 게 즐거워서……. 히, 히이로는, 매, 맨 처음에, 내가 심한 말을 했는데 잘해 줬잖아……. 그, 그래서, 나는……."

"노, 농담이야. 농담! 거짓말, 거짓말, 거짓말이야! 그냥 계속 있어도 돼! 문제없어! 괜찮아, 괜찮아! 울 거 없어! 괜찮아, 괜찮아!"

아무리 그래도 히로인을 울리는 건 아니잖아?! 내 욕망의 근원인 백합을 위해서라지만, 그 근간인 히로인이 우는 건 안 돼! 좀 그쳐주세요!

필사적으로 눈물을 그치게 하려는데 그녀는 글썽이는 눈으로 나를 올려다본다.

"저, 정말……? 미, 민폐 아니야……?"

"물론, 물론이지! 민폐는 무슨! 민폐를 넘어 곤란할 정도니까 괜찮아, 괜찮아!"

"다행이다……."

다행이냐고.

"하, 하지만. 라피스 씨. 나는 남자고, 그, 이 세계에서 남자 취급은 당신도 잘 알 텐데. 처음 봤을 때 나를 엄청 깔봤잖아?"

"그때는 히이로를 잘 몰랐으니까……. 남자는 경계하라고 어른들도 그러셨고……. 하지만, 히이로를 아는 지금이라면 괜찮아……."

수줍어하는 라피스는 눈물을 글썽이며 나에게 아름답게 웃어 보였다.

"남자든 여자든 상관없어. 히이로는 히이로잖아?"

"라피스……."

눌러앉으려고 좋은 사람인 척하긴……. 됐으니까 좀 나가…….

내 어떤 점이 그렇게 마음에 들었는지 모르겠지만, 외톨이 공주님께 『친구』 취급당한 나는 도망칠 곳이 없다는 걸 깨닫고 각오를 다진다.

창을 든 레이는 우리 대화를 관심 없다는 눈으로 보고 있었다.

"사이가 참 좋네요. 눈물 젖은 우정 놀이가 끝났다면 공주님을 이쪽으로 넘겨주시겠어요?"

"잘 에스코트해. 아무리 이래 봬도 공주님이니까."

"어딜 어떻게 보나 공주님이거든……?"

초전.

시이가 앞으로 나섰고 레이와 라피스가 나란히 상대했다.

"끄으~. 여기 활 같은 건 없어? 검이랑 소검이랑 창이랑 언월도? 전부 내 취향이 아닌데?"

시이는 목검을 들었고 라피스도 당황하더니 목검을 들었다.

"라피스, 그렇게 긴장하지 마. 괜찮아."

내가 격려하자 라피스는 기쁘다는 듯이 웃는다.

"맞아도 아마 그렇게 아프진 않을 거야."

"나중에 안면을, 변형시켜 버릴 거야……!"

"양측, 준비."

은발을 나부끼는 시이와 레이가 시선을 나누었다.

"미안하지만 난 이 세상에서 가장 싫은 게 힘 조절이거든. 다음으로 싫은 건 눈앞에서 거들먹거리는 녀석이고."

"저도예요, 꼬맹이."

"시작!"

돌진——, 레이가 든 창이 무시무시한 기세로 시이에게 날아든다.

그걸.

"뭐?!"

엘프는 아무렇지 않게 피했다. 그리고 목검 날을 창 자루 위에서 미끄러뜨리며, 소리없이 자기 몸까지도 미끄러뜨린 뒤——쳤다.

파아앙!

상쾌한 타격음이다.

검으로 그 일격을 받아낸 라피스는 얼굴을 찡그리며 밀어내려 했지만 오히려 밀려난다. 비틀거린 그녀는 앞으로 나왔지만 내민 발이 휘청였고, 힘껏 파고든 시이 쪽으로 요란하게 쓰러졌다.

이제 레이와 일대일.

두 눈을 빛낸 시이는 허리에 숨겼던 검을 들고 맹렬한 기세로 달려간다. 아니, 달려간다기보다 도약했다.

탕, 탕, 탕!

고작 세 걸음 만에 거리를 좁히고 맹금처럼 점프한 시이는 머리 위에서 덤벼들었다. 그 참격을 창으로 막은 레이는 얼굴을 찡그리면서도 튕겨냈고, 잽싸게 창을 회전시켜 사각에서 얼굴 옆면을 노린다.

휘잉!

바람을 가르는 소리, 날이 아니라 손잡이 쪽.

반대 방향에서 날아든 일격에 시이는 잽싸게 반응했고—— 그걸 무릎으로 튕겨내더니 빙글빙글 회전하면서 발뒤꿈치로 레이를 내리친다.

"윽!"

쇄골을 맞았는지 레이는 순간적으로 물러났다. 그 반응 덕에 피해는 적었다.

스승님은 유효타로 인정하지 않았고, 자리에서 일어난 라피스는 뒤에서 은빛 그림자에게 맹렬히 덤벼든다.

하지만 그 공격은 아마추어의 임시변통이었다. 뒤도 돌아보지 않은 시이의 다리후리기에 털푸덕 그 자리에서 엉덩방아를 찧는다.

"괜찮아, 라피스?! 내 얼굴 전에 네 엉덩이가 변형된 거 아냐?!"

"시끄러워! 닥쳐, 바보야!"

"바보 눈엔 바보만 보인다지, 바보, 바보, 바―보―."

진지하게 걱정하는데 욕만 들은 나는 충격에 망연자실했지만, 사태는 계속해서 흘러간다.

두 눈을 크게 뜬 레이가 눈에 들어오지조차 않는 속도로 찔러 들어갔다.

빨라!

그 공격은 아무리 엘프의 동체시력이라도 감지할 수 없었―― 탁――, 시이가 목검 끝으로 그것을 막자 레이는 경악하며 벙벙해했다.

그 틈을 놓칠 직이 아닌지라 시이는 위에서 검을 휘둘렀고――.

"어라?"

내가 소리치는 사이 살금살금 시이 뒤로 조용히 다가간 라피스가 쓰러진 채로 옷을 잡아당겼다.

비틀거린 시이의 검섬이 꺾이고 레이는 그 틈을 노렸다.

거의 동시에 서로의 급소에 유효타가 먹혀, 그 자리에 정적이 찾아든다.

"……무승부, 로군요."

와아──.

처음부터 참가할 마음이 없던 일부 알브가 환호하며 양쪽에게 환성을 보낸다.

"꽤 하는걸."

웃으면서 흐트러진 은발을 정돈한 시이는 레이에게 손을 내밀었다.

"굉장한 찌르기였어. 무례를 사과할게. 오랜만에 피가 들끓었어, 고마워."

말없이, 레이는 그 손을 잡았다.

깔끔한 선수들의 악수, 서로가 여자라면 백합을 연상하지 않는 게 실례다.

레이와 시이가 라이벌 관계가 되어 장래에는 연인 사이가 되는 망상을 하는데……, 흑발을 나부끼며 무어가 내 앞에 섰다.

"그럼 다음."

목제 단도를 거꾸로 든 그녀는 적의를 드러내며 나를 노려본다.

"이봐, 이봐."

나는 웃으면서 무어를 노려봤다.

"그렇게 나와도 되겠어? 앞으로 엉망으로 당할 텐데?"

"내 뒤에 숨으면서 거들먹거리지 마시지?"

나는 라피스 옆으로 끌려 나왔고 서로 목검을 든 채 나란히 섰다.

"양측 준비."

나와 라피스는 자세를 취했고——.

"시작!"

눈앞에 있는 무어가 사라졌다.

"히이로, 뒤에!"

순간적으로 몸을 비틀면서 목검을 휘둘렀다.

운 좋게 그 일격이 상대의 공격을 막아낸다.

손끝부터 팔까지 충격 때문에 저릿저릿하다. 단도라곤 볼 수 없을 위력이라 무심코 얼굴을 찡그렸지만, 상대는 그런 걸 신경조차 쓰지 않는다.

자세를 낮춘 무어는 바닥을 미끄러지다시피 하며 사각에서 참격을 날린다.

"우와, 잠깐, 난, 아, 아마추어인데?!"

검 휘두르는 법도 제대로 배우지 못한 나는 주춤하면서 필사적으로 몸을 지켜나간다. 스텝을 밟으면서 후퇴해 상대의 공격을 라피스에게로 유도했고, 그 참격이 느슨해진 것을 확인하고——웃었다.

"라피스."

"왜?"

내가 라피스에게 한 가지 책략을 귀띔하자 그녀는 어이가 없다는 듯 웃었다.

"비겁해."

"잔꾀와 백합은 어릴 적부터 즐겨오고 있는지라."

나와 라피스는 등을 맞댔고──.

"호오."

스승님이 웃는 것과 동시에 정면에 있는 나에게 아래에서 공격이 날아든다.

그 순간 나와 라피스는 회전했다.

경악하며 눈을 크게 뜬 무어의 검섬이 뒤틀렸다. 라피스가 그걸 옆에서 쳐서 튕겨낸 순간, 팔과 팔을 맞잡고 박자를 맞춘 우리는 한 번 더 회전했다.

나는 곧장 허리 쪽에서 검을 휘둘렀다.

"⋯⋯⋯⋯웃?!"

투우욱.

나는 상대가 다시 공격을 시작하자마자 팔을 치고 라피스와 교대한다.

"큭⋯⋯, 웃⋯⋯!"

괴로워하는 표정을 띤 무어는 뒤를 잡으려 했지만, 나와 라피스는 빙글빙글 회전하며 그렇게 두지 않았다.

서로 팔짱을 끼고 등을 밀착시킨 우리는 방어와 공격을 분담했다.

그건 라피스의 호위인 알브가 만에 하나라도 라피스에게 해를 입힐 수는 없다는 충성심을 이용한 것이었다.

"……비열한 놈!"

처음으로 감정을 드러낸 무어에게 나는 웃어 보인다.

서로 팔을 치면서.

박자 있게 리듬을 탄 우리는 땀을 흘리며 서로를 보고 웃는다.

만면의 미소를 띤 라피스는 남자와 접촉하는 데 아무 주저가 없는지 즐겁게 내 팔을 치고 당기면서 계속 회전한다.

그건 일종의 무도 같았다.

공주님을 에스코트하고 에스코트받으며, 저녁놀에 물든 무도회에서 우리는 계속해서 빙글빙글 돈다.

그리고 마침내.

"앗."

무어의 단도가 튕겨 나가고 파고들 여지가 생겼다.

"히이로!"

나는 무시무시한 기세로 돌며 힘껏 텅 빈 몸통을 후리려다——, 상대의 절망에 물든 표정을 보고 허공을 휘적였다.

"어?"

라피스의 얼빠진 소리가 들려왔고 단도가 내 몸통을 친다.

"한판."

스승님의 선언이 들리자 알브들은 박수갈채를 보낸다.

무어는 동료 엘프들에게 시달리면서 자기 단도를 내려다봤다가 내 목검을 올려다봤고, 그리고 내 얼굴을 바라봤다.

"아—!"

라피스는 웃으면서 내 팔을 투닥투닥 친다.

"바보, 바보, 바보! 저게 맞았으면 분명 이겼는데! 바보, 바보, 바보! 다음에 꼭 벌충해야 해! 바보, 바보, 바보!"

"아파, 아파. 미안해. 발이 미끄러져서……. 아파, 아파……. 미안, 미안해. 아파, 아—— 야?! 아프다고 하잖아?!"

통통통통, 남의 등을 북처럼 치는 공주님을 무시한 나는 샤워를 위해 도장을 나서려 했다.

"…………."

미닫이문 앞에서 대기 중이던 레이가 물끄러미 나를 바라봤다.

"어라, 샤워실 위치는 알지? 난 욕실로 갈 테니까 샤워실은 여자들이 써——."

"왜."

"뭐?"

휘익.

고개를 돌린 레이는 아름다운 흑발을 쓸어 올리면서 밖으로 나갔다.

내 등에 매달리다시피 하며 때리던 라피스는 입을 떡 벌리더니 나를 올려다본다.

"저건 뭐야?"

"저녁 메뉴라도 물어보려고 했던 거 아니야?"

"난 햄버그."

"아무도 너한테 물어본 적 없어."

"말투가 그게 뭐야~! 난 공주거든~!"

뒤에서 라피스는 내 옷자락을 잡아당긴다.

뭐야, 얘는. 둘만 남자마자 뜬금없이 어리광을 부리네. 어느새 친구로 판단한 건가. 그것도 곤란한데.

적당히 고집쟁이 공주 전하를 상대하고 나서 욕실에서 땀을 씻어낸 나는 알브들에게 원하는 저녁 메뉴를 물었다.

"""""""""""""""카레."""""""""""""""

"재패니즈 카레 만만세냐……."

유일하게 구석에 웅크려 앉은 무어는 대답이 없었고, 메모장을 든 나는 그녀 쪽으로 고개를 돌렸다.

"너는?"

"…………."

쓰게 웃으며 나는 11명의 엘프를 다시 돌아본다.

"이 아이가 좋아하는 건?"

"""""""""""""""카레."""""""""""""""

"카레냐고……."

산죠가 별택에서 살기 시작하고 어느새 나에게 호의적으로 변한 메이드들에게 부탁해 조리장을 빌린다.

이 세계에 온 초기에는 두려움과 혐오와 경멸이 뒤섞인 눈길을 보내온 하녀들도, 이젠 부드러운 미소를 보내게 되었다. 히이로 따위에게 그런 배려는 필요 없지만, 기존이 너무 심했던 거고 이렇게 변하는 것도 별수 없는 일이리라.

나는 밖에서 사 온 루를 가정과 수업이나 캠프에서 익힌 지식을 살려 후둑후둑 냄비에 부어 넣었고, 적당히 졸인 다음 흰쌀밥에 끼얹어 제공했다.

넓은 방에 모여 있던 알프 헤임과 산죠가 멤버들은 내 특제 카레를 입에 넣더니 제각기 찬사를 쏟아냈다.

"""""""""""""""카레.""""""""""""""

"오케이, 좋아! 카레를 만들었어!"

시중에서 파는 루로 만드니 카레는 카레인지라, 엘프의 혀를 만족시키는 건 쉬웠다.

저녁 식사를 마친 후, 스승님과 라피스가 "같이 놀자"라고 재촉해서 나는 크툴루 신화 TRPG 룰 북을 엘프 무리에게 던졌다.

"""""""""""""""........................?"""""""""""""""

효과는 뛰어났고 엘프들은 의문을 표현하면서 말없이 놀이법을 찾기 시작했다.

크크큭……, 룰을 이해한 후 내가 작성한 백합 시나리오를 던져주면 백합을 넘어 백합 백화요란을 볼 수 있으리라는 계획이다.

나는 백합 IQ가 180에 달하는 내 유능함에 무심코 히죽히죽 웃으며 1층 대욕실로 향하려다가, 계단을 오르는 여동생을 발견했다.

그녀는 2층에서 3층으로, 별 관측대까지 올라갔고──.

"……무슨 일이죠?"

미행을 간파당한 나는 별 관측대로 가는 사다리 아래에서 모습을 드러냈다.

동그란 달이 떠 있다.

천창을 통해 비치는 달빛 아래 무료하게 무릎을 모으고 앉은 레이는 달에서 추방된 가구야 공주처럼 애처로움을 띠고 있었다.

씻고 나온 건가?

살짝 젖은 검고 긴 머리카락은 달빛을 받아 번들거리며 빛나고 있다.

그녀는 달빛을 통해 무언가를 보고 있었다.

생선 비늘을 이어 하트 모양으로 만든 액세서리다. 그걸 바라보던 아름다운 눈이 가만히 이쪽을 향한다.

"볼일이 있으면 올라오세요."

"아니, 나는."

토라진 듯, 레이는 고개를 돌린다. 그 태도에 못 이겨 하는 수 없이 나는 사다리를 올라가 그녀 옆에 앉았다.

이 정도로 좁으면 당연히 어깨와 팔이 맞닿게 된다.

열기를 띤 레이의 살 촉감이 현실미를 띠며 나에게 전해졌고, 살과 천을 통해 느릿한 심장 소리가 들렸다.

"…………."

"…………."

레이는 말없이 머리카락을 쓸어 올린다.

목덜미가 살짝 붉게 물들어 있다. 부끄러워할 정도면 남자인 날 옆에 앉히지 말지 그랬냐고 생각했다.

숨이 턱턱 막히는 듯한, 한없이 달콤새콤한 침묵이 이어졌고——.

"왜."

겨우 레이는 입을 열었다.

"왜 일부러 헛손질한 거죠?"

순간 무슨 이야기인지 이해하지 못하고 굳어 있다가…… 저녁 친목회 때 무어와 한 승부 이야기라는 걸 깨달았다.

"들켰어?"

"네."

"음, 뭐라고 할까."

나는 달을 올려다보며 속삭인다.

"졌어, 나는."

"네?"

물끄러미 나를 노려보는 시선에 쓰게 웃었다.

"그 아이는 내가 베려고 했을 때, 이 세상이 끝난 듯한 표정을 지었어. 자기가 지면 나 같은 놈이 라피스에게 접근하는 걸 허가하는 셈이니까. 그게 싫어서 그런 표정을 지었구나 하는 생각을 하니, 그 마음이 너무 귀중해서……. 그래서 진 거야."

"의미를 모르겠어요."

"그렇겠지~! 이 경지까지 이르지 못했으니까~!"

얇은 유카타를 입은 레이는 뺨을 무릎에 대고 가만히 나를 바라본다.

"…………."

달빛 아래 그녀의 몸 선이 부각되며 요염한 아름다움이 돋보였다.

"……저는."

핑크빛 입술을 떼며 그녀는 속삭인다.

"저는…… 아무도 안 믿어요. 가짜 애정을 쏟아부은 양아버지, 양어머니……. 뭐든 저에게 사 주시는 친척들도……. 무엇보다 저에게 『산쬬 레이』를 강요하는 어른들도……, 그리고, 당신도……."

"…………."

"착한 척은."

두 손을 움켜쥔 레이는 불쾌한 듯 내뱉는다.

"이놈이고 저놈이고…… 저를 이용하고……, 뭐가……, 뭐가, 가족이란 건지……. 믿었는데……, 몇 번이고…… 믿었는데……, 당신도…… 존경했는데……, 한 번도…… 단 한 번도…… 나를 도와주지 않았으면서……!"

그녀는 나를 노려본다.

"이제 와서…… 이제 와서, 착한 척하지 마……!"

그녀의 눈에는 눈물이 맺혀 있었다.

벌떡 일어난 레이는 별 관측대 아래로 뛰어 내려가더니 도망치듯 1층으로 달려가 버렸다.

어릴 적부터 산쬬가의 애증극에 말려들어 아무것도 모를 때부터 계속 이용당해 온 소녀……. 그게 레이이며 히이로 역시 오빠라는 입장을 이용해 그녀를 뜻대로 이용해 왔다.

그녀 말처럼 이제 와서 믿을 수는 없으리라. 기대했다가 배신당하느라 겁쟁이가 된 그녀는 자신을 지키기 위해 무슨 말이라도 할 수밖에 없었겠지.

그 정도로 저 애를 몰아붙인 건 누구일까——. 남겨진 나는 허공을 노려보다가 아래쪽에서 기척을 느꼈다.

"히이로 님."

아름다운 흰 머리가 흰빛 아래서 반짝반짝 빛난다. 백발의 메이드는 당장에라도 울 듯한 얼굴로 나를 올려다보고 있었다.

"부탁이 있어요."

고개를 깊게 숙인 그녀는 떨리는 손으로 나에게 한 장의 카드를 내밀었다.

그건 산죠 그룹이 운영하는 레스토랑 회원증이었다. 그녀는 온몸을 떨면서 움츠러든 채 팔을 계속해서 뻗는다.

"1주일 후 토요일……, 여기서 식사해 주시겠어요……?"

"…………."

떨리는 목소리로 그녀는 필사적으로 말을 잇는다.

"다, 당신에게, 이런 부탁을 하는 게…… 이상하다는 건 알아요……. 저, 저는, 잘못된 선택을 한 걸지 몰라요……. 하지만…… 저에게는…… 저에게는…… 당신밖에…… 당신밖에, 기댈 사람이 없어요……."

눈물에 젖은 두 눈이 정면으로 나를 바라본다. 작은 메이드는 얼굴을 찡그리면서 눈꼬리에 맺힌 눈물을 흘렸다.

"도와줘요……."

이건.

이건, 주인공이 해야 할 이벤트다.

그러니까 히이로는 얽혀서는 안 되고, 묘한 관계를 가졌다가는 내가 사랑하는 백합을 망칠지도 모른다.

하지만.

하지만 그녀는 울고 있다.

──이제 와서 착한 척하지 마······!

레이도 울고 있었다.

지금 이 자리에 주인공은 없다. 여기서 내가 저 아이를 구하지 않으면, 분명 입학 전에 깊은 마음의 상처를 입게 된다.

그건 분명 게임 시나리오로서는 옳은 전개다. 그 상처가 주인공과 히로인을 이어줄지도 모른다.

하지만.

하지만 여기서 내가 그녀를 구하지 않으면── 그녀는, 또 배신당할 것이다.

몇 번씩 배신당해 왔는데 또 나에게 배신당해 울 것이다. 수없이 반복되어 온 절망이 그녀를 덮치겠지.

나는 나에게 묻는다──. 그런 걸 용납할 수 있을까?

나는, 나를 굽힐 수 없다.

설령 내가 히이로가 되었더라도 그것만은 굽혀서는 안 된다.

나는.

나는 이 아이들이 계속 우는 미래를 용납할 수 없다.

그래서 나는 별 관측대 아래로 뛰어 내려갔고──, 그 카드를 받아들었다──. 그리고 그녀 옆을 지나며 머리를 부드럽게 두드렸다.

"나만 믿어."

오열하면서, 눈물을 뚝뚝 흘리며 그녀는 다시 깊게 고개를 숙였다.

*

흰 팔다리.

얇은 파카에 반바지……. 늘 어깨와 허리까지 흘러내리게 두는 금발은 묶어서 포니테일로 했다. 깊게 눌러쓴 야구 모자 틈새로는 아름다운 푸른 눈동자가 엿보였으며 눈을 깜빡일 때마다 빛이 더해 가는 듯했다.

바람이 불어 그녀의 긴 머리카락이 흔들린다.

그럴 때마다 황금빛 유사가 공기 중으로 흘러내리는 듯했다.

"…………."

그런 미소녀는 내 팔을 꼭 붙들었다.

아니, 왜죠……?

그녀의 아담한 가슴이 팔에 닿아 있다. 이걸 지적하면 죽이려나, 멍하니 생각한다.

왜냐하면 그녀는 라피스 클루에 라 루메트.

엘프 왕국 알프 헤임을 다스리는 혈족의 외동딸이다. 진짜 공주님이며, 본래라면 남자 따위가 접촉할 수 있는 존재가 아니다.

남자가 건드릴 수 없는 성역.

에스코를 플레이하던 때는 그런 분위기마저 느꼈던 그녀인데,

나에게 딱 붙어 연인처럼 걷는다.

그녀는 백합 게임의 히로인이다.

그에 비해 나는 백합 사이에 낀 쓰레기 남자.

본래 얽혀서는 안 될 우리는 사이좋게, 찰싹 달라붙어 역 앞의 길을 걷는 중이다.

그 모순에 구토기마저 느끼며 나는 그녀에게 속삭였다.

"······라피스."

"응, 왜? 아, 근데 점심은 어쩔래? 뭐 먹고 싶은 거 있어? 히이로는 좋아하는 음식 있어?"

"백합?"

"꽃을 먹는다고?!"

"아니, 아니야······. 잠시만······. 나는, 죽도록 혼란스러워······. 분명 점심때이긴 한데, 일단 현재 상황을 정리해도 될까······?"

그 긴 속눈썹을 셀 수 있을 만큼 가까운 거리.

초고정밀로 만든 3D 모델 아닐까? 싶을 만큼, 현실미 없는 아름다운 존안으로 라피스는 이쪽을 올려다본다.

"그러든지?"

"오늘 난 우리 나라가 공인하는 휴일을 맞았고 쨍쨍 빛나는 태양 아래로 뛰쳐나가 국사와도 관련된 중요한 일을 소화해야 해. 그리고 그건 나 혼자 해야 하고."

나는 그녀를 핼쑥한 얼굴로 바라본다.

"그런데 왜 새끼 오리처럼 졸졸 따라오는 거야?"

"그럼 안 돼?"

"안 되니까 하는 말이야."

"아아~, 히이로는 그렇게 말하는구나~! 집에서 심심해 죽으려 하는 나를 부르지도 않고 무자비하게 혼자 데이트를 가는구나~? 아아~, 어디 사는 누구누구 씨 때문에 난 일단 부하의 범주에 드는 알브에게 졌는데 말이지~?"

"……그에 대한 책임으로 고집불통 공주님을 즐겁게 해주라고?"

"응─, 뭐? 그런 셈이지?"

귀엽게 어리광을 부리듯 라피스는 싱긋 웃는다.

"아니, 너를 끌어들일 순 없어. 또 멋대로 공주님을 데리고 다녔다간 알브에게 죽을지도 모르는데……. 게다가 이거 봐."

나는 내 팔을 끌어안은 라피스를 바라본다.

"왜 이렇게 된 거야?"

"그러니까 말했잖아."

라피스는 내 팔을 흔든다.

"변~장~!"

싱글벙글 웃는 라피스 앞에서 나는 한숨을 내쉬었다.

"……아니, 너 변장이 무슨 뜻인지 알아?"

"내가 바보인 줄 알아? 알거든. 잊지 않고 모자도 썼고, 어디에나 있을 법한 여자아이처럼 차려입었잖아. 게다가 남자인 너와 팔짱을 끼고 걸으면 아무도 나를 라피스 클루에 라 루메트로 보지 않을걸. 유명인이기에 드는 고민이지. 거리를 걷기만 해도 말을 붙여서 난감하다니까. 처음 보는데 고백 같은 걸 해와서 큰일이야."

고의가 아니었다고 해도 그녀의 알몸을 보고야 만 내가 지금
까지 살아 있는 건 스승님과 라피스가 알브와의 사이를 잘 중재
해 준 덕이다.

　본래라면 히이로는 그 순간 죽었을 거다.

　만약 얼마 전까지의 히이로였더라면 라피스의 알몸을 본 순간
목숨을 잃었을 거다. 알브들에 의해 고슴도치가 되어 그 피로
『알브』라는 유언을 남겼겠지.

　라피스도 히이로를 용서하지는 않았을 거다.

　원작에서는 히이로가 보기만 해도 『두드러기가 난다』라며 노
골적으로 혐오를 드러냈으니까. 아이스크림 좀 먹었다고 살해
당하는 남자가 그녀의 알몸을 보면 눈알을 터뜨리는 정도로 끝
나지 않으리라.

　"그래, 남자 따위와 그 라피스 공주가 팔짱을 끼고 걸을 리 없
지. 하지만 역시 이건 아니잖아. 아무리 그래도 일국의 공주인
데 나와의 남녀 관계를 의심당하면 어쩌려고."

　"뭐? 뭐야, 히이로. 팔짱 좀 꼈다고 의식하는 거야? 아하, 귀
여운 면도 다 있네."

　"…………뭐?"

　키득키득 웃는 라피스는 내 팔을 콕콕 찔렀다.

　"하지만 연인이 아니더라도 여자끼리 팔짱 끼고 걷는 건 다반
사인걸, 다반사. 나도 자주 아스테밀이랑 팔짱을 낀 채 걷고."

　듣고 보니 확실히 자주 붙어 있긴 하다.

　역 앞 길을 걷는 여자들은 너나 할 것 없이 팔짱을 낀 채 즐겁

게 걷고 있다.

"그렇기에 남녀 관계 따윈 말도 안 돼. 남장한 누군가와 팔짱을 끼고 걷는구나 하고 말겠지. 가끔 그런 커플도 있고. 히이로 스코어를 보면 뒤집히지 않을까?"

"아아, 네. 그렇군요."

"뭐, 하지만, 나는, 히이로를 남자로서……, 아니, 한 인간으로서 인정해. 그 아스테밀에게도 인정받을 정도니까. 나와의 승부를 피해 도망치는 히이로를 쫓아가서 집에 눌러앉길 잘했다고 생각해. 히이로는 재미있기도 하고."

"그거 고맙네."

나 혼자 의식해 봤자 무슨 소용이랴.

라피스는 그냥 허수아비랑 팔짱을 끼고 있는 거다. 그런 식으로 생각하기로 했다.

"그럼 공주님, 오늘은 뭘 원하시나요?"

"옷! 슬슬 학기도 시작할 테고, 시작하면 바로 그게 있잖아? 드레스라도 사 둘까 해서."

어렴풋이 깨닫기는 했지만.

나와 라피스, 레이, 게다가 남은 두 히로인……. 그리고 주인공이 호쿄 학원에 입학하는 날이 다가오고 있었다.

마침내 시작된 것이다.

에스코 세계의 메인, 히이로를 향한 무한한 살의, 사망 플래그투성이인 호쿄 학원에서의 나날이.

라피스가 기대하는 『그것』이란…… 나는 시나리오가 어떤지 알기에……. 음, 뭐, 기대해 주세요……. 저는 주인공과 당신의 활약을 구석에서 응원할 테니까요.

"하지만 그 전에 점심이라도 먹을까? 어디 좋은 곳 알아?"

"응……, 아아……."

나는 주머니 속을 뒤적인다.

몇 초 후, 산죠 그룹이 운영하는 레스토랑 회원증을 꺼냈다. 어젯밤 산죠가 메이드…… 스노우가 눈물과 함께 건넨 것이었다.

"레스토랑도 괜찮아?"

"어, 뭐야, 사주게?!"

"뭐야, 도련님을 뭐로 보고. 지폐로 수영장을 꽉 채울 만큼 돈은 많거든."

우쭐한 얼굴로 검은 신용 카드를 내보이자 라피스의 눈이 동그래진다.

"……그게, 돈이, 많은 거야?"

이 순수 공주님이! 히이로의 유일한 어필 포인트를 짓밟지 말아줘!

약간 그 격차에 낙담한다.

그러면서도 나는 허리에 찬 쿠키 마사무네를 확인한다.

"라피스, 매직 디바이스는 갖고 있어?"

"어, 응."

라피스는 접어서 허리춤에 매달고 있던 기계궁을 손가락으로 친다.

"그 살벌한 건 안 써도 돼. 아니, 무슨 일이 있어도 쓰지 마.

미리 사과할게, 미안."

"어? 왜, 무슨 뜻이야?"

"아니, 일단……. 잠깐, 전화 한 통만 하고 올게."

만일에 대비해.

아니, 아마, 만일로 끝나지 않겠지만……. 손을 써 둬야지. 역시 위험하니까.

나는 전화를 걸었다.

*

선택지는 존재하지 않는다.

빨강이 좋다느니 파랑이 좋다느니.

짧은 머리가 좋다느니 긴 머리가 좋다느니.

이런 여자와 사귀고 싶다느니, 행복한 가정을 꾸리고 싶다느니, 사랑하는 사람과 여생을 보내고 싶다느니.

그런 선택은 내가 가는 길 앞에는 존재하지 않는다. 희미하게밖에 보이지 않던 미래 끝, 여러 갈래로 나뉜 길 대다수는 막혔고, 아름답게 포장하고 꽃을 심어놓은 보기 좋은 길을 가게끔 정해져 있었다.

처음 산죠가 본가에 발을 내디뎠을 때, 낳아준 어머니가 사준 아동용 운동화를 벗겨낸 고용인들이 그것을 쓰레기통에 버린 순간.

나에게는 선택지가 존재하지 않는다는 걸 깨달았다.

등을 편 채 조신하게 걸어라, 다다미 틀로부터 16번째 코에 앉아라, 브루크뮐러를 다 배우면 소나티네를 배우고, 의원 선생님을 만날 때면 계속 웃으며 상대의 취미에 맞는 화제를 5분에서 10분 사이 입에 담아라.

실패하면 머리채를 잡히거나 뺨을 맞는다.

머리채 잡히는 게 싫었다. 아버지가 칭찬해 준 것이었으니까.

뺨을 맞는 게 싫었다. 어머니가 칭찬해 준 것이었으니까.

레이 머리카락은 곱구나, 레이 얼굴은 엄마 아빠를 쏙 닮았어.

머리가 빠지고 뺨이 부으면 처음에는 울었는데, 적응해 가면서 아무래도 상관없어졌다.

"너는 산죠가의 여자다."

집안의 높으신 어르신을 비롯해 나를 때리는 여성들의 입에서는 시큼한 냄새가 났다.

지옥에서 올라온 악취가 내 심장에마저 손을 뻗었고, 서서히 얼룩이 커졌다.

"그 이상도 그 이하도 아니다. 너처럼 꾀죄죄한 계집이 이 집에서 살아가기 위해서는 교양과 지식과 살아가는 법을 익히는 수밖에 없어. 선택지는 달리 없다. 역대 산죠가의 여자는 이보다 더 심한 일도 당했어."

"…………."

"흥."

손가락 틈새에 있던 내 머리카락이 바닥에 홀홀 떨어졌고 입가에서 피를 흘리며 나는 다다미 눈을 세었다.

"더러운 머리카락과 얼굴이구나."

"…………."

——다다미 틀로부터 16번째 코에 앉아라.

"…………."

내 몸은 가르침을 충실히 이행해 16번째 코에 납죽 엎드렸다.

시간은 흐른다.

시간의 흐름은 잔인하다지만 한없이 자비롭기도 했다.

해가, 달이, 날이 지났고 그 시간의 흐름에 몸을 맡긴 나는 변했다. 마음이 둔해짐에 따라 몸은 반응하지 않게 되었다.

이 집에 오고 겨우 나는 내 어린 마음속에 있던 행복이 어디서 비롯된 것인지 알았다.

지금까지 내가 느꼈던 『행복』의 감정은 친아버지, 어머니가 준 것이었다.

생일에 커다란 케이크를 먹었을 때나 따뜻한 이불 속에서 그림책 읽어주는 것을 들었을 때, 끝없이 넓은 놀이공원을 뛰놀다가 지쳐서 등에 업혔을 때, 보드게임을 하다가 아빠 엄마가 봐준 덕에 이겼을 때도.

내가 웃는 얼굴로 누리며 느꼈던 『행복』은.

모두, 모두, 모두…… 부모님이 준 것이다.

이제 그 두 분은 없다.

생일이면 커다란 케이크 대신 의원 선생님 접대를. 따뜻한 이불은 차가운 바닥이 되었다. 끝없이 넓은 놀이공원은 더는 떠올릴 수 없다. 배낭에 담아 온 보드게임은 정원에서 불태워졌다.

나는 분명, 이제『행복』하지 않은 것이다.

아빠 엄마가 만들어 준『행복』은 전부 잃었으니까, 앞으로 나는 자신을『행복』하게 해야 한다.

흐릿한 시선 끝.

평소처럼 다다미 틀로부터 16번째 코로 물러나 드러누워 있던 내 손끝은 아무것도 없는 공백을 가리키고 있었다──.

"하지만……."

살며시 나는 속삭였다.

"어떻게 행복해지면 되지……?"

공백은 답이 없다. 나를 포함해 그곳에는 아무것도 존재하지 않으니까.

나에게는 친구가 없다. 가족도 없다. 아무것도 없다.

그래서 누구나 가짜 미소를 띠고 있는 와중에, 진짜 가족을 원하게 되었다.

"……먹으렴."

정원에 있는 작은 연못.

그곳에는 수많은 비단잉어가 헤엄치고 있으며, 내가 먹이를 가져가면 잉어 떼가 다가온다. 잉어 집단은 수면에 거품을 일으키며 입을 뻐끔거렸고, 사랑스럽게 웃으며 먹이를 달라고 졸라댄다.

홍백 잉어, 대정삼색, 백사, 은린 홍백, 은린 삼색, 송엽 황금……. 다양한 종류의 비단잉어가 헤엄치는 와중에, 다른 잉어와 떨어진 채 내가 먹이를 가져와도 다가오지 않는 암컷 잉어가 딱 한 마리 있다는 걸 알았다.

하트 모양이 들어간 홍백 잉어다.

한없이 약해 보이고 겁을 먹고 있어 혼자 헤엄치는 홍백.

그 잉어에 내 모습을 겹쳐본 나는 그 잉어와 친구가 되고 싶어서 매일같이 연못을 찾으며 어떻게든 먹이를 주려 했다.

매일, 매일, 정말 매일.

산죠가의 무서운 여성들에게는 들키지 않게 조심해 가며 잉어를 만나러 갔고—— 어느 날, 먹이 없이 연못을 산책하러 간 나는 아름다운 파문을 그리며 수면에 모습을 드러낸 하트 모양 잉어를 발견했다.

"…………."

말없이.

나를 바라보던 잉어는 꼬리로 수면을 친다.

"꺄악!"

잉어는 물속으로 들어갔고 젖어버린 난 오랜만에 웃었다.

"저기, 나랑 가족이 되어 줄래?"

대답하듯, 잉어는 고개를 내밀고는 입을 뻐끔거렸다.

그날 이후. 산죠가 지붕 아래서 나와 그 잉어의 교류가 시작되었고 뻔질나게 연못을 찾던 나는 속내를 모두 그 잉어에게 털어두었다. 내 마음을 비춘 거울처럼 꼬리를 살랑살랑 흔들며 헤엄치는 잉어는 말없이 내 얘기를 듣고는 가끔 맞장구치듯 물보라를 일으켰다.

즐거웠다.

그 잉어만 있으면 난 살아갈 수 있으리라고 생각했다. 그 잉어라면 나를 『행복』하게 해 줄 거라고 생각했다. 이제 산죠가의 레이가 아니어도 된다고 생각했다.

그래서 나는.

배가 갈라진 채 장기를 드러낸 잉어를 보고—— 할 말을 잃었다.

멀거니.

갈라진 하트 모양을 내놓은 채, 하나뿐이던 가족은 숨이 끊어져 있었다.

연기처럼 검붉은 피의 띠가 연못 위에 떠다녔고, 색을 잃은 장기는 수면을 둥둥 떠다녔으며, 잉어가 자랑하던 하트 모양은 날붙이에 갈기갈기 찢겨 나가 있었다.

"멍청한 것."

이름도 모르는 분가 사람이 비웃었다.

"풋내기 촌것 주제에, 편하게 산죠가를 이을 생각은 하지 마라."

"…………."

잉어들이 엉망으로 찢겨 나간 장기를 쪼았으며, 그것들은 더욱 가늘어져 점점 먹혀 갔다. 말을 잃은 나는 멍하니 그 자리에 서 있었다.

아아, 그래.

이건 내가 보는 세계가 아니야——. 산죠 레이가 보는 세계지.

가족은 무로 변해갔고, 나는 산죠 레이가 될 의무를 자기 자신에게 지웠다.

내가 『산죠 레이』가 되어 감에 따라 머리끝부터 발끝까지, 어깨 끝부터 발꿈치까지, 엄지부터 검지까지 모든 게 보이지 않는 실에 매여 자신을 조종하는 듯했다.

원투, 원투, 네, 발을 앞으로 내밀고, 거기서 물러나지 말고 가슴을 펴세요.

꼭두각시가 된 나는 잘 만들어진 인형처럼 『맞지 않는』 방법을 택했고, 표정근의 실을 잡아당겼다.

자, 미소를 띠고. 가장 아름다운 각도로. 아름다워 보이게끔.

"레이 씨는 꼭 인형 같네요."

네, 맞아요.

"하하핫, 산죠가 뒤를 이을 아가씨는 완벽하고 흠 없는 전통 인형 같군."

원투, 원투.

"부러워라. 당신은 자기 의사 없이 춤을 추는 전기 인형이로 군요."

얼굴 오른쪽 절반에 화상 자국이 남은 여자는 앞머리로 흉터를 가린 채 그렇게 말했다.

"아가씨."

큰 키. 눈 밑에 낀 기미, 병적일 만큼 흰 피부.

왼쪽 손등에 마법진을 그려 넣고 손가락에는 룬 문자의 타투를 새긴 여성은 담배를 피우면서 웃는다.

"크큭, 재주가 없군요……. 실이 다 보여요."

아아, 당신에게도 보이는군요.

무대 뒤에 숨은 나는 배우고 외운 대로 계속 마리오네트를 조종한다. 거칠고 조잡하게 다루는 『산죠 레이』는 대호평을 받았고 모두가 박수를 보내며 아름답다고, 아름답다고 돈다발을 던진다.

청중을 바라보며 겨우 나는 이해한다.

아아, 뭐야. 이렇게 쉬운 일이었나.

나는 무대 뒤에서 웃는다.

산죠 레이를 행복하게 만드는 건 이렇게 간단한 일이었다.

겨우 나는 편해졌다고 생각했다. 이대로 계속 산죠 레이를 조작하면 행복해질 수 있다고 느꼈다.

하지만.

"……또 히이로인가."

"슬슬 그 눈엣가시를 처리할 방법을 찾아야겠어."

"참 나, 왜 사내 따위를 낳았는지."

내 마음을 어지럽히는 노이즈가 들리기 시작한다.

산죠 히이로.

세상 어딘가에 존재하는 나의 오빠——, 아니, 다른 집에서 데려와 산죠 레이가 된 나의 오빠가 되고야 만 남자.

이 세계에 딱 하나 존재하는 가족.

——오라버니.

그런 말을 마음속에서 뱉자, 잃어버렸을 마음이 희미하게 빛을 발했다.

나만의 안전한 공백.

차가운 이불 속으로 기어들어 가 몸을 웅크린 나는 어둠 속에서 숨을 죽인 채 깍지를 낀다.

"······오라버니."

어떤 사람일까.

어떻게 생겼을까, 좋아하는 음식은 뭘까. 휴일에는 뭘 하면서 보낼까. 나에 관해 알고 있을까. 만나면 머리를 쓰다듬어 주려나.『레이, 혼자 잘했다』하고 칭찬해 주면 좋을 텐데.

배신당할 것을 알면서도.

점점, 점점, 내 가슴속에서 기대가 부풀었고 언젠가 마주할 그 순간을 생각하면『행복』해졌다.

전에 아직 친부모님이 계셨을 때, TV를 봐도 됐을 때.

사이좋은 남매가 나오는 애니메이션을 봤는데, 그 둘은 늘 사이가 좋았으며 오빠는 어떤 때든 동생의 편이라고 했다. 무슨 일이 있어도 동생을 지키는 게 오빠의 역할이라고 단언했다.

멍청한 나는 이 집에서 배운 걸 깜빡 잊었다.

그 달콤하고 황홀한 꿈에 매달려 사랑에 빠진 소녀 같은 심경으로 오빠라는 이름의 왕자님이 나를 구해 줄 거라 계속 믿어 왔다.

하지만 아무리 시간이 흘러도 하나뿐인 오빠는 만나러 와 주지 않았다.

귀에 들어오는 오빠의 소문은 형편없었다.

내가 힘든 일을 당할 때 오빠는 여자와 놀고, 호화객선을 대절해 파티를 벌였으며, 산죠가의 이름을 이용해 무고한 사람을 괴롭혔고, 방탕하게 놀고 있다고……. 하지만 마침내 나에게 그의 편지가 도착했다.

단숨에 얼굴이 후끈거렸다.

만면의 미소를 띤 나는 조급한 마음을 억누르며 떨리는 손으로 편지를 개봉했고 내용을 확인했다.

"…………어?"

그건 돈을 달라는 연락이었다.

부탁을 가장한 협박성 문구가 나열돼 있었다. 돈 이외에도 본가에서 일하는 하인 셋의 연락처를 보내라는 거만한 명령이 적혀 있다.

"후……. 후훗……."

무심코 나는 웃음을 터뜨렸고 고개를 숙인 채 눈물을 흘렸다.

그날은 내 생일이었다.

그러나 편지에는 그에 대한 언급은 일언반구조차 없었다.

또 시간이 흘렀다.

히이로가 보고 싶다고 연락해 왔다.

"…………."

더는 내가 기대하는 일은 없었다.

평소처럼 실을 조종해 나는 산죠 레이로서 히이로를 대했고, 백발의 소녀를 맡아 달라는 의뢰를 수락했다.

"……그럴게요."

이제 모든 게 아무래도 상관없었다.

백발의 소녀는 자신을 『스노우』라고 소개했고, 산죠가 내에서는 당연하다고 할 수 있는 꾸짖음과 심술로부터 어째서인지 나를 지키려 했다. 그게 자기 사명이라는 듯, 그녀는 자신을 방패 삼았고 눈 깜짝할 사이에 상처투성이가 되었다.

하지만 스노우는 나처럼 망가지지 않았다.

그저 똑바로 앞을 바라보며 수단을 가리지 않고 오로지 나를 지키기 위해 산죠가 내에서 지위를 쌓아 갔다.

"……왜."

나는 그녀에게 물었다.

"……왜 나를 돕는 거야?"

"약속했으니까."

백발의 소녀는 웃으며 답했다.

"정말 좋아하는 사람과 약속했으니까."

"…………."

"레이 님."

차가운 이불 속에서 내 두 손을 꼭 쥔 그녀는 속삭였다.

"분명 도와줄 거예요. 분명 레이 님을 도와줄 거예요. 그 사람이라면, 분명 레이 님을 웃게 해 줄 거예요."

"……누가?"

스노우는 뺨을 붉히며 수줍어한다.

"히어로."

"…………."

"정말 있어요, 레이 님. 세상에는 누군가를 살리기 위해 살아 가는 사람이. 있다고요. 누군가의 미소를 지키기 위해서라면 목숨을 걸 수 있는 사람이. 그 사람이라면, 분명."

차가운 이불이——.

"당신을 구할 거예요."

따뜻해진다.

기나긴 시간에 걸쳐 스노우는 나를 지키며 따뜻하게 해주었고, 얼어붙은 마음을 녹인 뒤 그 녹는 모습을 지켜봤다.

스노우(눈).

그녀는 이름에 어울리지 않는 따스함을 지녔으며, 차가운 이불은 따뜻해져 갔다. 공백은 메워졌고 미소를 띠게 되었으며 나는 무대 뒤에서 무대 위를 살며시 엿보았다.

어느새 나는 진심으로 스노우를 내 가족처럼 여기게 되었다.

그리고 수면에 떠오른 붉은 물체를 떠올렸다.

소스라치게 두려운 미래를 떠올린 나는 그녀를 지키기 위해 별택에서 일할 것을 명령했고, 운 나쁘게도 히이로가 그 별택에 정착하게 되었다.

"레이 님."

그리고.

진심으로 기쁘다는 듯 새하얀 그녀는 속삭였다.

"산죠 히이로는 다시 태어났어요."

그 보고를 듣고 나는 기쁨보다 허무감을 느꼈다. 분노와 증오가 솟구쳤으며 체념이 세상을 가득 메웠다.

이제 와서.

이제 와서, 내 마음을 어지럽히지 마.

이제 와서, 산죠 레이 이외의 삶을 어떻게 살라고.

그래서 나는 웃으며 그 보고를 흘려넘겼다.

아무것도 변한 것은 없다. 나는 이제, 아무것도 믿지 않을 것이다.

진심으로 좋아했던 잉어 친구. 그 비늘로 만든 하트 모양 액세서리를 서랍장 깊숙이 밀어 넣고 다시는 열지 않도록 눈을 감는다.

또 누군가에게 뺏기지 않도록. 처음부터 포기한 채로 사는 것이다.

지금까지도 그래왔고, 앞으로도—— 나는 산죠 레이니까.

*

통화를 마치고 돌아온 나의 팔을 라피스는 또 두 팔로 끌어안는다.

"오래 기다리셨죠, 공주님. 이 어리석은 산죠 히이로, 자신을 길가의 돌멩이로 여기며 에스코트하겠습니다."

"으, 응…… 아까부터 왜 그래?"

"아니, 그냥. 그보다 오늘은 이 나, 산죠 히이로의 진가를 보여줄게."

나는 대담하게 웃는다.

"오늘 한정으로 전부 내가 살게."

머리를 쓸어올리며 나는 라피스에게 엄지를 들어 보였다.

"얼마든지 먹어. 돈만은 차고 넘치니까."

"꺄―! 히이로, 멋있어―!"

나와 라피스는 신이 나서 고층 빌딩 최상층에 있는 레스토랑으로 향했고――.

"스코어가 0인 분은 들어오실 수 없습니다."

"…………."

"안 됩니다."

대번에 문전박대당했다.

"…………."

"그, 그렇게 울상 지을 거 없어! 왜, 나는 공주님이니까! 레스토랑은 질리도록 가봤거든! 햄버거라도 먹자, 햄버거! 패스트푸드점의 콜라는 맛있잖아!"

"………………미안해."

"괘, 괜찮대도! 그렇게 낙담하지 마!"

나는 라피스의 다독임을 받으며 가게에서 나가려다가――, 익숙한 목소리에―― 뒤를 돌아본다.

"……라피스."

"괜찮다니까! 나랑 히이로 사이에 뭘!"

"밖에 나가 있어. 1시간 정도면 돌아올 거야."

"뭐?"

나는 라피스를 두고 걷기 시작한다.

"소, 손님. 이러시면 곤란합니다……."

가게로 들어가려는 나를 턱시도 차림의 웨이트리스가 막으려 했지만——, 협박 삼아 트리거로 마력을 방출하자 쩔쩔매며 뒤로 물러난다.

"당신, 스코어를 잘못 잰 거 아니야?"

나는 싱긋 웃으며 묻는다.

"그렇지?"

"네, 네……. 잘못 쟀네요……."

계속해서 땀을 뻘뻘 흘리는 그녀를 밀어내고 안으로 들어간다.

낮부터 바쁜 오케스트라 악단 옆을 지나 안으로, 안으로, 벽한 면이 유리로 된 테이블 자리로 향했다……. 산죠가 사람들에게 둘러싸여 눈물을 흘리는 산죠 레이가 있다.

——저는 아무도 안 믿어요.

뚜욱.

내 안에서 무언가가 소리를 내며 끊긴다.

드레스 코드를 당당하게 무시한, 본래라면 여기 있어선 안 될 스코어 0은 요란한 소리와 함께 홀 중심을 가로질렀다.

우아하게 점심 식사 중이던 숙녀들은 수군거렸고, 초대하지 않은 손님을 발견한 산죠가 호위가 매직 디바이스를 빼 든다.

하지만 나는 아랑곳하지 않았고 걸음을 멈출 생각도 없었다.

칼과 칼.

그 틈새로 당당히 미소를 띤 채 다가가는 스코어 0의 남자.

그 모습을 본 할망구들은 경악스러운 표정을 띠며 고개를 든다.

"안녕."

가능한 한 신경을 거스르게끔, 불쾌감을 느끼게끔, 경박해 보이게끔.

원작의 히이로를 그대로 연기한 나는 산죠가 테이블에 도착했고—— 있는 힘껏 소리를 내며 테이블 위에 두 다리를 내던진다.

"꽤 즐거워들 보이시는걸."

그녀들은 놀란 기색을 숨기려 하지 않았고——, 나는 히죽히죽 웃었다.

"나도 끼워줘."

사태를 파악하지 못한 걸까?

그저 멍하니 입을 벌린 채로 꼴사나운 추태를 보이는 노파들을 바라보며, 나는 테이블 위의 생수를 들이켰다.

"이봐, 바보처럼 멍하니 있지 말고 새로 난입한 잘생긴 오빠한테 와인이라도 좀 따라줘. 미성년 음주로 신고한 뒤 피해자 코스프레로 감방에 처넣어 줄 테니까."

"히이로 씨……."

레이는 당황해서 눈물을 닦으면서 입을 연다.

"어, 어떻게, 여기에?"

"어떻게 오긴."

미소를 띤 나는 설정자료집에 나와 있던 내용을 떠올린다.

"오늘은 네 생일이잖아?"

레이는 천천히, 아름다운 두 눈을 크게 떴다.

"오빠로서 동생 생일을 축하하는 건 당연한 거지. 기왕이면 생일 파티에도 참석하려고."

"스, 스노우는……?"

"역시 그 메이드는 네가 세워둔 거구나. 굳이 감시꾼을 세웠다는 건 만에 하나 이 비밀리에 치러지는 회식을 나한테 들키면 곤란하기 때문이겠지."

경위는 대강 이해했다.

나를 감시하던 그 백발 메이드 스노우가 누구 사주를 받았는지. 당연히 산죠가 별택에 일하고 있으니 산죠가 사람이라는 셈이다.

그게 가능한 건 에스코 세계에서 툭하면 히이로를 죽이려 들던 산죠가의 본체, 혹은 차기 당주인 레이……. 다만 그 메이드는 굳이 티가 나게끔 나를 감시한 듯하다.

그렇다면 그 이유는 쉽게 알 수 있다.

산죠 레이가 자기 주인이라는 걸 간파했으면 해서다.

확인하는 의미도 있었겠지.

던전까지 따라와 굳이 티가 나게끔 감시하고 내가 어떻게 반응할지 시험했다.

그리고 그 심사에 합격한 나에게 직접적인 레이의 구조 의뢰……. 즉 이 레스토랑 회원증을 건넸다.

본래 운명의 상대인 주인공 옆에서 행복하게 웃고 있어야 할 산죠 레이는 머리끝까지 똥통에 처박힌 듯한 녀석들에게 둘러싸여 울고 있었다.

용서할 수 없다.

왜냐하면 나는—— 백합을 수호하는 사람이니까.

"이봐, 망할 할망구들. 재밌었어? 어린 여자 하나를 둘러싸고 괴롭히면서……. 너무 고상한 취미라서 나로서는 이해가 안 되지만 꼭 좀 설문조사에 협력해 줘."

산죠가의 높으신 분들을 부르자, 그녀들은 티가 날 정도로 술렁였다.

"히이로……. 너 어디서 건방지게, 누구한테 말을 거는 거냐?"

"이 자리에 망할 할망구가 어디 또 있나? 그냥 할망구는 있어도 망할이 붙는 할망구는 산죠가에나 있을 텐데."

"너, 누굴 바보 취급하는지 아는——."

"댁들이야말로 누굴 울렸는지 아는 거지?!"

나는 힘껏 발꿈치로 테이블을 내리쳤다.

쨍그랑!

요란한 소리를 내며 빈 접시와 식기가 튀어 올랐다가 원래 자리에 착지했다. 깍짓손을 끼고 머리 뒤에 얹으며 나는 히죽히죽 웃는다.

"미, 미친 거냐. 히이로?"

"말 좀 가려서 해, 망할 할망구. 천하의 산죠가 사람이 총출동해서 소녀를 힐문하면서 식사 중이잖아? 조금 더 고상하고 우아한 말로 상대를 존중해야지? 친절하고 정중하게, 조곤조곤, 넌더리가 날 정도로 거친 말로 알려줄까? 아앙? 어?"

나는 뒤에서 내 목덜미를 노리던 호위에게 말한다.

움찔한 그녀가 손에 든 도형(刀型) 매직 디바이스를 떨었다.

"관둬. 다른 손님도 계신 와중에 백주 대낮부터 순수한 소년을 죽였다간 산죠가는 끝장이야."

"윽……, 기, 기척을……?"

"거기 앉아 있어. 금방 끝나니까."

시선으로 위협해서 입을 다물게 한 나는 다리를 다시 꼬며 이 자리를 지배한다.

실제로는…… 식은땀이 삘삘 나고 있었다.

아니, 기척 그런 걸 내가 어떻게 느끼냐. 운 좋게 스푼에 비쳐서 허세 좀 부린 것뿐이야.

아무리 그래도 이 인원을 혼자 상대하기는 무리다. 호위 하나 둘이라면 또 모를까, 이 머릿수가 동시에 덤벼들면 죽는다.

백합을 더럽혔다는 사실에 발끈해서 그만, 생각 없이 돌입했는데……. 이 상황을 어쩌나.

나는 이마로 흘러내리는 땀을 자연스럽게 닦아낸다.

스승과의 단련을 마친 직후라 마력 따윈 거의 안 남았거든. 온몸이 넝마라 검도 제대로 못 다뤄.

그래도 내 우선순위는 백합>>>>>>>>>>>>>>>>>>나>>기타다.

걸자, 이 목숨을. 미래의 백합을 위해.

비장의 수단이 기능할 때까지 살해당하지 않고 끝나면 내 승리다. 백합의 수호자로서 실력을 좀 발휘해 볼까?!

"레이."

"……네."

"무슨 일이야? 너한테 직접 듣고 싶어."

"그, 그건……."

"안심해."

나는 그녀를 향해 웃어 보인다.

"무슨 일이 있어도 난 너를 지킬 거야. 뭐, 이 얼굴로 믿으라고 하기도 뭣하지만."

"사, 산죠가는———."

"레이! 너 그 말을 하면 끝이야! 아는 거지?! 이봐, 뭣들 하는 거야!"

충혈된 눈으로 할망구는 호위들을 부른다.

"여긴 위부터 아래까지 통째로 산죠가가 보유한 빌딩이야. 방법이라면 얼마든지 있을 텐데! 얼른 정리해!"

희푸른 빛———, 그들이 한꺼번에 트리거를 당기자 우리 주변에 검은 안개가 자욱하게 끼었다.

이봐, 이봐. 진심이야?!

호위들을 총동원해서 가림막용 셧다운(어둠 속성 마법)을 쓴다고?! 이런 대낮부터 어떻게든 백합 사이에 낀 남자를 말살할 셈이냐?!

이 짙은 살의, 진심으로 공감이 가는걸! '좋아요' 연타다!

산죠가의 입김이 들어간 웨이트리스는 프로로서 명령을 충실히 이행했고, 밖으로 손님들을 유도했다.

나는 테이블 위를 미끄러져 이동한 뒤 레이를 안아 든다.

"꺄악!"

"미안. 이건 어쩔 수가 없어. 일단 물러날게⋯⋯. 아앗?!"

푸쉬익!

검은 안개를 가르고 흑도(黑刀)가 날아든다.

나는 그 검을 주시했다──. 응? 어라?

나는 가볍게 스텝을 밟으며 뒤로 물러나 피했다.

"<u>오오오오오오오오오오오오오오오오오오오오오오오오오오
오오오오오!</u>"

위에서 날아올 것에 대비하며.

목에서 소리를 쥐어 짜내며 호위들이 달려든다.

굳이 소리쳐서 위치를 알려주다니, 뭐 이렇게 친절한 분들이
다 있담. 이게 말로만 듣던 재패니즈 사무라이? 환대의 정신?
무사도라는 건가.

덕분에 애써 친 연막은 의미를 잃었다. 게다가 셧다운 때문에
동지를 치게 될까 걱정스러운 건지 신중하게도 한 명씩 달려든다.

그러고 보니 레이 루트에서 싸우는 산죠가 호위는 일부를 제
외하면 AI가 시원찮았던 것 같은데⋯⋯ 그래도 히이로한테는
난적 수준이었던 것 같지만. 근데 AI 문제가 아니라 근본적으로
뭔가⋯⋯.

나는 이미 트리거를 당긴 상태다.

『생성:마력표층』, 『변화:시신경』, 『변화:근골격』. 평소와 같은
신체 강화 세트지만, 뭔가가 이상하다.

"죽어라아아아아아아아아아아아아아아아아아아아아아아아아

아아아아아아!"

이 녀석들, 느리지 않나⋯⋯?

사방팔방에서 날아드는 참격, 검의 번뜩임이 눈가를 스친다.

보인다──. 레이를 안아 든 채로 그것들을 전부 피한다.

스승님 검에 비하면 참격의 패턴 수가 적은 탓인지, 최소한의 동작으로 피할 수 있게 되었다.

실전을 통해 이해한 것이다.

아아, 그렇구나.

지금까지의 나는 마력 다루는 법을 잘못 알고 있었구나⋯⋯.

출력을 제어하지 않고 마력을 마구 내보내느라, 바로 바닥이 난 데다 잔량도 짐작할 수 없었다. 마력이 가득 충전된 상태로만 싸워 와서 마력의 방출 정도나 전투 중의 페이스 배분을 생각한 적이 없었다.

지금 마력이 텅 빈 상태로 싸움으로써 깨달았다.

마력 강화 러닝도 마력은 모두 하반신으로 보내고 다른 부위는 무시했다. 마력 총량이 늘었더라도 그걸 다루는 법을 익힐 기회가 없었던 거다.

──그 마력 강화 러닝도 용케 그걸로 여기까지 성장했다 싶은 수준의 것이라.

그래, 겨우 스승님 말뜻을 알겠다.

내가 다음에 배워야 하는 건⋯⋯ 마력 다루는 법 및 콘솔을 통한 마법 응용이다.

"히, 히이로 씨⋯⋯."

레이는 경악하며 눈을 크게 뜬다.

"어, 어느새…… 그렇게 강해진……."

나는 폭풍처럼 몰아치는 검 사이를 빠져나가 몸을 굽히면서 레이를 내려두었다.

도저히 호위보다 검술이 앞선다고는 할 수 없고, 지금 상태로 이만한 머릿수와 맞붙으면 죽는 건 나다. 신체 강화에 쓴 마력도 슬슬 떨어져 간다.

다음 한 방으로 끝내자. 그 수밖에 없다.

나는 콘솔을 갈아 끼웠다.

조용히 발도한 뒤, 포구를 호위들에게 들이민다.

쓸데없이 마력을 소비해서인지 하나같이 숨을 헐떡이고 있다. 할망구들은 테이블 뒤에 숨어 추레하게 침을 튀기며 소리친다.

"냉큼 그 실패작을 처리해! 산죠의 피를 가장 짙게 이은 『남자』 따위 이 세상에 필요 없다!"

"이 세상에 필요 없는 건!"

나는 웃으면서 소리친다.

"댁들처럼 백합을 파괴하는 쓰레기들일 텐데! 산죠 히이로를 포함해 그 책임을 톡톡히 져 주셔야겠어!"

나는 전력으로 트리거를 당긴다.

무시무시한 기세로 체내에서 뿜어져 나온 마력이 검집에 새겨진 도선을 따라 콘솔과 콘솔을 접촉시킨다.

접속──, 『속성:빛』, 『생성:구슬』.

"날아가라."

레스토랑 안이 희푸른 빛에 휩싸였고──, 콘솔 변경──, 『조작:파열』, 『생성:탄(彈)』──.

"라이트."

터질 듯이 부풀어 오른 빛의 구슬이── 튕기며 폭발한다.

"…………웃?!"

나는 마력을 계속 유지한다.

비상.

터져서 수많은 탄환으로 나뉜 라이트는 공간을 빠르게 미끄러지더니 호위들의 온몸에 박힌다.

둔탁한 소리가 나더니 비명이 울려 퍼졌고, 그녀들은 픽픽 쓰러진다. 몸을 숨겼던 테이블에 구멍이 나자 할망구들의 입에서는 새된 비명이 터져 나왔다.

모든 게 정적에 휩싸인다.

천장에 매달려 있던 샹들리에가 떨어지며 호쾌한 파열음이 갈채를 보냈고, 박수 소리 대신 유리가 사방으로 흩어졌다.

나는 잠긴 웃음소리를 내면서 무릎을 꿇는다.

"역시 방금 그걸로…… 바닥났어……."

"히이로 씨!"

달려온 레이가 무너지는 나를 부축한다.

"왜…… 이런 무모한 짓을……."

"여자랑 사귀어 줘……. 여자랑……, 여자랑 사귀어 줘…… (유언)."

몽롱한 정신으로 부탁하는 나를 바라보며 레이는 안도하는 미소를 지었고——, 테이블이 위로 날아가더니 그 그늘에 숨어 있던 미인 호위가 모습을 드러낸다.

누가 봐도 다른 호위와는 분위기가 다른 그녀는 순식간에 내게로 다가오더니, 내 팔을 자기 두 팔로 비틀었다.

순간적으로 시야가 사라진다.

"히이로 씨!"

충격.

온몸으로 부딪힌 유리 벽이 깨지며 나는 고층 빌딩에서 내던져졌다. 나는 부서진 유리 위를 나뒹굴면서 비스듬한 12층 외벽을 기어 올라가, 필사적으로 트리거를 당기고 무속성 검으로 유리 벽을 내리친다.

검은 창틀에 걸렸고 경사 위를 미끄러져 내리던 내 몸이 멈췄다.

베인 뺨에서 피가 흘러 얼굴을 찡그리는 내게, 나를 던진 미인을 거느리고 안전지대에 있는 할망구가 단총(短銃)형 매직 디바이스를 들이댄다.

레이의 미소가 얼어붙었다.

"큰 어르신……. 회식 자리에 매직 디바이스를 가져오신 건가요……!"

"비장의 수단이다. 나이를 거저먹은 게 아니거든, 애송이들아. 레이, 네 『카게로우』는 지금 여기 없지?"

뒤에서 강풍을 맞으면서 두 팔을 벌린 레이는 할망구 앞을 막아섰다. 뒤에서 질풍이 불 때마다 그녀의 긴 흑발이 나부끼며 한 쌍의 날개처럼 하늘로 펼쳐졌다.

할망구는 성가시다는 듯 반지투성이인 손을 휘저었다.

"비켜라. 그러면 너는 봐주마. 어쨌든 귀한 우리 산죠의 이름을 이을 자니까."

"…………."

말없이 두 팔을 벌린 레이는 계속 그 자리를 지킨다.

"그게 네 답이냐."

"스노우가…… 제가 믿는 메이드가 그랬습니다."

그녀는 고개를 들고 단언한다.

"『산죠 히이로는 다시 태어났어요』라고. 그 말을, 지금 저를 지키기 위해 목숨 걸고 싸워준 사람을 믿을래요. 그러니까 저는 히이로 씨를 죽이려 드는 당신들에게 가담하지 않겠습니다."

"아까까지는 그 이야기를 듣고 질질 짜던 주제에. 꽤 하는구나. 나는 말이다. 네 탁한 눈이 마음에 들었어. 그 나이에 세상의 이치를 아는 눈을 하고 있거든. 아무도 믿을 가치 따위 없다. 아무도 호의를 줄 필요 없다. 아무도 자신을 사랑할 자격 따위 없다. 그런 사람이야말로 산죠의 이름을 이을 만하지. 넌 또 배신당하기 위해 믿는 게냐?"

"저, 저…… 저는……."

"배신당할 거다."

큰 어르신은 히죽거리며 단언했고 숨이 거칠어진 레이는 땀을 흘린다.

"너는 또 배신당할 게야. 산죠 히이로는 다시 태어났다…….
하, 너는 지금까지 히이로가 보고도 못 본 척해왔다는 걸 알잖냐? 그 남자에게도 산죠의 피는 틀림없이 흐른다. 사람은 변하지 않아. 몸속에 흐르는 그 피는 진하거든."

송충이처럼 굵직한 손가락을 꿈틀거리며 노파는 추악한 숨을 내쉬었다.

"레이 너는 보기 좋은 인형이다. 내 무릎 위에서 고운 머릿결을 정리하고 그 탁한 눈으로 세상을 바라보기나 하면 돼. 처음부터 아무도 믿지 않으면 배신당할 일도 없지. 아무도 너 같은 건 안 보고 있다. 보고 있는 건 네 아름다운 얼굴과 살과 힘뿐이지. 인형은 오직 사랑받기 위해 존재하는 법이야. 그게 바로——."

산죠가의 할멈은 작위성을 띤 새하얀 이를 드러낸다.

"산죠의 운명이다."

가슴을 누른 레이는 거친 호흡을 반복하며 새파랗게 질린 얼굴로 떤다. 시선을 한데 두지 못하는 레이는 나를 발견하고는 오열하면서 눈물을 흘렸다.

뚝뚝, 눈물방울이 넘쳐흐른다.

그 눈 속에 망설임이 엿보였기에 그녀가 걸어왔을 길고 괴롭고 슬픈 여정을 그려 보았다. 사랑하는 부모와 생이별하고 소중한 것을 모두 빼앗긴 채 『산죠 레이』로서 사는 것을 강요당한 여자아이의 모습이 비친다.

그녀는 기도하는 듯했다.

두 손이 새하얘질 정도로 힘껏, 힘껏 무언가를 움켜쥐었다.

아무것도 모르는 남들이 보면 그건 그냥 물고기 비늘을 겹쳐놓은 더러운 것에 불과하다. 싸구려 실버 체인으로 이어놓은 볼

품없는 액세서리다.

하지만 그건 딱 하나.

딱 하나 그녀 손안에 남은 소중한 것이다.

그 손바닥과 가슴속에 간직한 보물은 원작 게임을 플레이한 나만이 알 수 있었고, 흐르는 눈물 속엔 한 오빠의 모습이 비쳤다.

——저는 아무도 안 믿어요.

파랗게 질린 입술이 떨면서 속삭인다.

"아빠……, 엄마……."

수없이 차가운 이불 속에서 되뇌었을 그녀의 기도는 내 귀에만 들렸다.

"도와줘……."

아아, 그래.

지금 저 아이를 구할 수 있는 건—— 나뿐이다.

"오, 오, 오오!"

바닥을 드러낸 마력을 흘려보낸다.

몸속에서 몸 밖으로, 대량의 피를 흩뿌리면서 나는 무속성 도신의 형상을 정돈한다. 찌그러진 창틀을 오른손으로 내리친 뒤, 손으로 깨진 유리 조각을 쥐고 피범벅이 된 손으로 내 온몸을 끌어 올렸다.

비틀거리면서 말이다.

"……좋은 기회니까 알려주지."

나는 말문이 막힌 사람들 앞에서 중얼거린다.

"이 아이는, 생일에 커다란 케이크를 먹고…… 따뜻한 이불 속에서, 사랑하는 부모님 꿈을 꾸며……, 기진맥진해질 때까지 놀이공원을 뛰놀고……, 즐겁게 보드게임을 하고…… 사랑하는 사람과 맺어질 거야……!"

떨리는 무릎을 주먹으로 치며—— 나는 휘몰아치는 바람 속에서 외쳤다.

"그런 운명이니까!"

"이게……!"

할멈은 두터운 입술을 떨며 침을 튀겼다.

"죽다만 놈이!"

신호를 보내기도 전에, 도검을 든 미인은 밖으로 뛰쳐나와 내게로 달려온다. 몇 초 만에 날아든 도신을 튕겨낸 나는 힘이 안 들어가는 몸을 뒤로 밀어냈다.

"뭐 그렇게 큰소리를 치나 했더니 아무리 봐도 조잡한 아마추어의 실력이잖냐! 우리 집 인형이 차라리 더 낫겠다!"

탁한 눈.

레이와 똑같은 눈을 가진 그녀는 묵묵히 기계처럼 검을 휘둘렀고 적확하게 내 틈을 찔렀다. 두 눈에 마력을 흘려 넣고 필사적으로 그 흔적을 쫓는다. 검을 휘두를 때마다 시야 한편에서 튀는 희푸른 도광(刀光)에 온 신경을 쏟아붓는다.

벤다, 베인다, 베인다, 벤다, 베인다.

피가 튀어 유리를 더럽혔고 경사진 고층 빌딩 위에서 나와 그녀는 접전한다.

높은 곳에서 부는 질풍.

발을 동동 구르며 중심을 잃은 나에게 미인이 돌격한다.

"…………읏!"

오른쪽.

페인트다, 왼쪽으로 날아든 하이킥이 옆통수를 가격한다.

일렁이며 흔들리는 시야, 그 자리에서 회전한 나는 입 안에 고여 있던 피를 토해냈다.

잇달아 날아드는 공격, 급소를 피하면서 계속 생명만을 유지한다.

아마추어인 내가 생성한 무속성 도신은 제대로 된 검의 형태조차 띠지 못했고, 형성됨과 동시에 깨진다. 그때마다 거의 고갈된 마력으로 재생성했다. 내 양쪽 코에서는 대량의 코피가 터져나왔고 머리가 깨질 듯한 두통이 찾아든다.

씩씩, 헐떡이는 소리가 나는 데다 두 코가 코피로 꽉 차서 숨을 쉬기가 힘들다. 산소가 부족해서 생각이 둔해졌고, 서서히 눈앞이 부예지기 시작해서 비틀거리며 눈을 비빈다.

쓰러지고 싶다. 쓰러지고 싶다. 편해지고 싶다.

──도와줘.

도움을 청한 레이의 모습이 머릿속을 스치자 입술을 꽉 깨문 나는 버틴다.

징징거리지 마! 쓰러지지 마. 쓰러지지 마. 쓰러지지 마! 여기서 죽더라도──. 아무도 믿지 않는다고 했어──, 나만은 저

아이 앞에서 쓰러질 수 없어!

"히이로 씨……."

상대는 어깨를 베고 허벅지를 도려낸다.

승부가 격렬해지며 나는 밀려났고 검섬이 오갈 때마다 발이 뒤엉키며 등을 베였다. 엄청난 고통에 몸부림친다.

"히이로 씨……, 이제 됐어요……. 이제 됐으니까……. 전, 이제 됐ㅡ."

"되긴 뭐가!"

절규하며 눈을 동그랗게 뜬 레이 앞에서 나는 검을 휘두른다.

"힘들잖아. 괴롭잖아. 도와줬으면 하잖아! 왜 네가 다쳐야만 하는데! 왜 네가 산죠의 운명 따위를 짊어져야 하는데! 소중한 걸, 전부 빼앗겨야 하는데!"

"하지만! 그게! 그게 바로, 산죠 레이의 운ㅡ."

"그깟 운명!"

폐를 공격한 상대의 검을 끌어당기고, 피를 토해내면서 외친다ㅡ.

"내가, 부숴버리겠어!"

나는 도신으로 눈앞에 있는 장애물을 내리친다.

"너는 레이잖아?! 그 이상도 그 이하도 아니야! 정말 그게 네 본심이야?! 네가 바라는 거야?! 저 할망구한테 들은 말이잖아!"

미인의 얼굴이 일그러지며 동작에서 세밀함이 사라진다. 몇 번을 베어도 대항하는 나에게서 도망치듯 후퇴한다.

"말해! 네 입으로! 나는 네 오빠잖아?! 그 어디서나 볼 수 있을 법한 여동생의 부탁쯤이야!"

웃으면서 나는 온몸과 온 영혼을 쥐어 짜낸다.

"가족인 내가! 오라버니가 들어주겠다고!"

그 자리에 주저앉는다.

비늘 액세서리를 가슴에 품은 여자아이는 긴 앞머리로 자기 얼굴을 가린 채로 작게 오열했다.

"나…… 왜…… 왜, 태어난 건가 했어……. 산죠가에 온 후로……, 아무도, 나를 원하지 않아서……, 왜…… 왜, 나는 이 세상에 있는 걸까 했어……. 그러니까…… 그러니까……."

고개를 든 그녀는 울면서 웃었다——.

"계속…… 오빠가 생일을 축하해 줬으면 했어."

그리고 레이 자신의 바람을 입에 담았다.

"해피 버스데이."

상대의 검을 받아들인 나는 미소 지으며 속삭인다.

"생일 축하해, 레이."

"……윽."

그녀는 움켜쥔 두 손을 앞으로 내밀더니 온몸을 떤다.

"윽……, 웃……, 웃……, 으으……!"

힘이 풀린 그 손에서 해방된 하트 모양의 비늘이 바닥에 툭 떨어진다. 햇빛을 받은 그 하트는 반짝반짝 빛나며 레이의 생일을 축하했다.

"…………."

멍하니.

미인 호위는 적인 내 앞에서 힘을 뺀 채 레이의 모습을 응시했다——.

"삼류 연극 따위 그만 보고 얼른 그 바보를 처리해라!"

그리고 할멈의 명령에 반응해 반사적으로 검을 휘둘렀다.

"동생 생일 선물로 주겠어."

그 칼날은 내 왼쪽 어깨를 파고들었고, 장기에 도달하기 전에 멈춘다.

짜릿한 통증을 느끼면서 나는 역으로 공격을 날렸고————, 마력이 소진——, 그 도중에 검이 훅 사라진다.

의기양양해진 할멈의 미소가 시야에 들어왔다. 미인은 나에게서 검을 빼내려다가 경악하며 빠지지 않는 검을 응시했다.

피투성이가 된 나는 대량의 땀을 흘리면서 웃는다.

"살을 내어주고 뼈도 내어주며."

적의 칼을 자기 몸에 박아 넣는 내 모습을 보고—— 그녀는 얼어붙었다.

"내가 이긴다."

그 얼굴에 주먹을 날리자 미인은 힘껏 뒤로 날아갔다.

유리 위에서 튕기던 그녀는 의식을 잃은 채 축 늘어졌고, 나는 헤실헤실 웃으며 아픈 주먹을 움켜쥐었다.

"아스테밀류다. 기억해 둬."

끼긱거리는 소리를 내며 그 몸이 미끄러져 내려오자 그걸 받아낸 나는 발밑의 유리를 부순 뒤, 미인을 아래 내려두었다.

갈기갈기 찢겨 나간 좌반신을 누르며 비트적비트적 최상층으로 돌아간다.

나는 아무 말 없이 내 바짓자락을 붙드는 레이의 머리를 부드럽게 어루만지며 혼자 남은 할멈에게 웃어 보였다.

"죽지도 않고 또 왔다……. 전에 만났을 때보다 삭은 거 같은데……?"

"너, 너, 정말 히이로냐……. 왜 이제 와서 이런 짓을……."

대답 대신 앞으로 나아가자 할멈은 슬금슬금 뒤로 물러났다.

"그, 그렇게 엉망이 된 몸으로 뭘 더 할 수 있다고……?!"

"댁의 쓰레기 같은 운명 예보를 뒤엎는 것 정도는 가능해."

경악하며 단총을 드는 할멈을 향해 나는 웃는다.

"남의 동생을……."

나는 히이로로서 말한다.

"울린 대가를, 어떻게 져 줄 거야……. 이 망할 할망구……!"

비틀거리면서 앞으로 나아갔고——, 총성이 들린다——. 수탄(水彈)이 내 오른쪽 어깨를 관통하자 강렬한 통증과 열기에 몸이 오른쪽으로 휘청인다.

순간 멈춰 섰던 나는 웃으며 걷기 시작한다.

"……희!"

총성, 총성, 총성.

두려움에 일그러진 표정을 지은 채 할멈은 방아쇠를 당겼고 내 몸 곳곳에 구멍이 난다. 하지만 그 구멍은 치명상까지는 내지 못했고, 내 걸음을 멈출 이유가 되지 않았다. 서툰 사격수는 비열한 사격을 이어 나갔고, 표적이 된 나는 피범벅이 되어서도 계속 걷는다.

노파는 재차 방아쇠를 당기려 했지만——, 총구에 내 손바닥
이 포개어졌다.

"……어때, 내 눈은?"

나는 눈을 크게 뜨고 그녀 안을 살핀다.

"내 눈은 당신 눈에—— 어떻게 비치지?"

"힉, 힉, 히익……!"

다시 한번 그녀는 방아쇠에 손가락을 얹었고 나는 거기 내 엄
지를 끼워 넣어 막는다.

계속 시선을 고정시키며 나는 속삭였다.

"혼자서…… 혼자 아무도 못 믿은 채, 고독에 시달려온 사람
의 심정을 알기나 해……? 댁 같은 쓰레기에게 둘러싸여 한 인
간이 아니라 산죠가의 꼭두각시로 살 것을 강요당하는 심정
을……. 혼자 울면서 아무에게도 기대지 못하고 미움받는 역할
을 연기할 수밖에 없는 사람 심정을——."

나는—— 소리친다.

"네까짓 게 아냐고?!"

창백하게 질린 채 말문이 막힌 할멈은 연신 입을 뻐끔거렸고
나는 비틀거리며 주먹을 그 안면에 꽂아 넣으려 했지만——, 충
격이 찾아든다——. 도저히 노인이라고 볼 수 없을 만한 동작으
로 내 배를 걷어찬 노파는 코피를 흘리며 총을 장전했다.

"오빠는 무슨! 너는 산죠의 이름을 가진 짐짝이다! 편의상의
오빠 따위가 레이를 동생 취급하지 마라! 쓰레기! 닥치고 죽기

나 해! 이 실패작아!"

내 눈앞에 그림자가 스친다.

나와 할멈 사이로 뛰어든 그림자는 필사적으로 나를 끌어안으며 방패가 되었다.

"비켜라, 레이!"

레이는 고개를 힘껏 내젓는다.

"얼른 비켜! 쏴 버린다?!"

그 경고에도 불구하고 레이는 눈물로 얼굴을 적신 채 나에게 매달린다.

"…………."

그 모습을 보고 할멈의 얼굴이 슬픈 미소를 띠었다.

"……결국 너도 산죠의 여자가 되지 못했구나."

천천히 방아쇠가 당겨지고——, 그녀의 목덜미에 칼날이 와닿았다.

"귀여운 애제자가 웬일로 점심을 같이 먹자고 하나 했더니."

노파의 축 처진 목 가죽에 칼날을 들이댄 이 세상에 군림한 최강은 미소 짓는다.

"일본에서는 젓가락 대신 매직 디바이스를 이용해 식사하는 사람도 있나 보죠?"

할멈은 눈만 굴리며 이마 위로 땀을 삐질삐질 흘렸다.

"아, 아스테밀 클루에 라 킬리시아……. 알프 헤임의 괴물이, 왜, 이런 곳에……."

"그만해."

라피스가 숙연하게 우리 앞에 선다.

"당신들 집안 소동에는 아무 관심 없었지만, 내 친구를 건드린다면 얘기가 달라져."

야구모자를 벗고 황금빛 머리카락을 늘어뜨린 그녀의 눈이 예리하게 빛난다.

"더 하겠다면 내가 상대해 줄게."

"라, 라피스 클루에 라 루메트……?!"

계속해서 나타나는 거물들.

그녀들의 등장을 준비한 게 누구인지 겨우 안 모양이다.

할멈은 와들와들 떨면서 나를 노려봤다.

"히이로, 너……!"

"비장의 수단은…… 마지막 순간에, 상대가 카드를 꺼내지 못할 때 쓰는 거야……. 바보야……."

레이 품에 안긴 채로.

나는 떨리는 손으로 중지를 세운다.

"나는, 이유 없이 젊은 게 아니거든, 할망구……. 두뇌 회전이…… 다르다고……."

그렇게 말한 나는 조용히 의식을 잃었다.

*

눈을 뜬다.

흐릿한 시야에 핑크색 동그란 게임 캐릭터가 비친다.

"잠깐! ↑B 연타 좀 그만하지?! 나 그거 진짜 열받거든?!"

"거절할게요. 왜냐하면 전 ↑B를 계속 누르면 상대가 짜증 낸다는 걸 알거든요."

이 녀석들……, 왜…….

"이야, 이 백발 메이드, 다른 의미로 셈다~! 커O의 ↑B가 얼마나 성가신지 잘 아네요."

남이 죽어가고 있는데 그 옆에서 스매O 브라더스를 하고 있다냐……?

눈을 내리뜨자 그 광경이 똑똑히 눈에 들어온다.

열두 알브들이 내가 누워 있는 넓은 방에서 스매O 브라더스 중이다.

게다가 우리 집 백발 메이드 스노우까지 참전해서 총 열세 명이 토너먼트를 벌이는 중인 듯했다.

『개개개개개개개골, 개개개개골, 개골, 개…….』

"…………."

"개개개개개개개개골, 개개골──."

"그러니까! 캐릭터 선택 화면에서 BA를 연타해서 캐릭터 보이스 연발시키지 말라고!"

"거절할게요. 왜냐하면 전 캐릭터 보이스를 연발하면 상대가 짜증 낸다는 걸 알거든요."

우리 집 메이드가 엘프 상대로 도가 지나친 정신 공격을 날리는 옆에서.

나는 『개개개개개개개개골, 개개개개개골, 개골, 개……』라는 애교 있는 게임 보이스를 들으며 각성한다.

"오라버니……, 다행이다……."

잠도 안 자고 간병한 건가?

조금 눈이 부은 레이가 내 손을 쥔 채로 미소 지었다.

처음 만났을 때 나를 바라보던 시선은 절대 영도에 가까운 냉기를 띠고 있었는데……. 지금의 그녀는 두 눈에 봄의 햇살 같은 따스함을 띠고 있다.

이런 걸 요조숙녀라고 해야 하나.

긴 흑발과 절대적인 아름다움을 가진 소녀는 나를 울먹이는 눈으로 바라본다.

레이는 게임 내에서는 '데레'가 나오기 전까지 계속 츤츤대는 인상인데, 아무리 그래도 빈사 상태인 오빠 옆에서는 얌전해져 있었다.

새근새근. 새근새근.

내 발치에서 곤한 숨소리를 내며 라피스가 자고 있었다.

이불 위에 펼쳐진 금발에는 손상된 부분이 하나도 없어서 마치 황금색 카펫 같았다.

내 다리를 베개 삼아 잠꼬대하는 그녀는 이대로 미술관에 전시해도 될 듯했다. 그런 라피스와 나란히 서도 손색이 없다고 단언할 수 있으니 레이도 역시 히로인이구나 싶다.

"산죠가 건은…… 정말 죄송해요……. 끌어들이기는…… 싫었는데."

띄엄띄엄 그녀는 그렇게 말했다.

온몸에 붕대를 감은 나는 납처럼 무거운 온몸을 들어 올리려 했고——, 놀란 레이가 부축한다.

"나를 감싼 거지?"

레이는 놀란 듯 고개를 든다.

체념했는지 그녀는 고개를 끄덕였다.

"그 회식은 이번이 처음이 아니야. 아마 스노우가 나를 감시하게 된 후로 여러 번 있었겠지. 목적은『학원 내에서 어떻게 나를 처리할 것인가』를 정하는 것…… . 맞지?"

"……네."

입학일도 다가오니 히이로에 관해 이야기해 둘 필요가 있었겠지.

학원이라는 절호의 공간에서 나에게 암살자를 보내더라도 차기 당주인 레이의 승인은 반드시 필요하다.

레이의 허가 없이 나를 죽이면 멋대로 판단했다는 트집을 잡혀 산죠가 내에서 입지가 불리해질 테니까.

산죠가의 돈과 힘을 얼마나 얻을 수 있느냐…… . 적어도 자기 몫을 늘리기 위해 분가는 분가대로 서로를 물어뜯고 있다.

모두 자기 손을 더럽히기는 싫겠지.

그래서 아직 젊은 레이의 승인을 얻어 날 살해하는 계획을 짜려 한 것이다.

그런 야쿠자 같은 할망구들이『오빠를 죽여라』하고 압박하면 그야 눈물이 날 수밖에.

레이는 끝까지 그 쓰레기 오빠…… , 히이로를 감싸려 했다.

레이 루트 마지막엔 폭주한 히이로가 모든 걸 적으로 돌린다.

그녀는 최소한 오빠에게 인간으로서 존엄이 있는 죽음을 맞게 해주려 책략을 짠 뒤, 그를 안락사시킨다.

레이는 자기 행동을 후회하며 울고 주인공은 살며시 그녀를 껴안는다.

눈물이 줄줄 난단 말이지, 이게 또……. 또 신성하다.

참고로 이 레이의 히이로 암살은 철저한 이론으로 행해졌기에, 팬들 사이에서는 『암살 박보 장기』라고 불린다.

"미안, 나 때문에."

"오, 오라버니는 아무 잘못 없어요! 저, 저한테 용기가 없어서……. 큰 어르신 일동을 막지 못해서……, 그래서……!"

"고마워."

나는 그녀에게 웃어 보였다.

"이제 괜찮아. 뒷일은 나한테 맡겨. 너는 반드시 행복하게 해줄게(내가 아니라 주인공이)."

레이는 울면서 내 품에 매달린다.

미소를 띤 나는 그녀를 떼어내려고 머리를 굴리며 이쪽을 물끄러미 노려보는 라피스를 돌아봤다.

"라피스, 깼으면 교대해 줘."

"뭐? 왜 내가 너한테 매달려야 하는데?"

"당연히 반대지! 네가 레이를 안아주는 거야! 평범하게 생각해 보면 알 수 있잖아?!"

"모, 모르겠는데……."

"이거 원."

장검을 든 스승님이 여전히 미소를 띤 채로 내 앞까지 온다.

"전화 한 통으로 불러내서 뒤처리를 떠넘길 줄이야. 아무래도 히이로는 스승을 경시하는 경향이 있네요."

바닥에 장검을 두고 아름답게 정좌한 스승은 내 머리를 부드럽게 어루만진다.

"하지만 잘했어요. 기특하다, 기특해. 또 한 단계 강해졌네요."

"아니, 분명 레스토랑 가기 전에 『같이 식사하자!』라는 말로 속여서 비장의 수단으로 삼은 나도 잘못이지만……. 사람이 빈사 상태가 될 때까지 보기만 하고 돕지 않았던 스승님도 너무하지 않아?"

"HAHAHA, 무슨 소리인지."

이 녀석……, 설레는 마음으로 타이밍을 보면서 가장 폼 나는 장면에서 등장하려고 대기했던 주제에.

"게다가 히이로 너, 나도 이용했지?"

양쪽 팔꿈치를 이불 위에 괴고 고개를 올려둔 라피스는 두 발을 휘적이며 말했다.

"그 라피스 클루에 라 루메트가 히이로 뒤에 있다는 걸……, 산죠가 사람들에게 알리고 싶었던 거 아니야? 그래서 굳이 『매직 디바이스는 쓰지 마』라면서 전투에는 못 끼게 막고, 마지막 순간에 등장하게 두려고 한 거 아니냐고? 너 그 잠깐 사이에 어디까지 내다본 거야? 통 모르겠네."

"HAHAHA, 무슨 소리인지."

나와 스승님은 얼굴을 마주 보고 웃으면서 어깨동무를 한다.

"“HAHAHAHAHAHAHAHAHAHAHAHAHA!”"

"저 망할 사제……. 뭐, 하지만."

불쑥 라피스가 중얼거린다.

"먼저 사과했으니……. 나를 끌어들이기 싫었단 게……, 네 본심이겠지만……."

"아니, 그냥 끌어들일 마음으로 넘쳐났는데? 뭘 작은 소리로 중얼중얼해? 좀 더 큰 소리로 말해봐."

"이럴 때는 안 들리는 척이라도 좀 해!"

백합 이외의 플래그는 닥치는 대로 부러뜨릴 셈이라 거절한다.

"뭐, 하지만 그렇게 요란하게 내 후원자를 소개했으니. 이로써 산죠가도 한동안은 잠잠하겠지."

겨우 레이를 떼어낸 나는 미소 짓는다.

"학원 생활을 즐겨. 특히 사랑을. 학업 같은 건 아무래도 좋으니까, 운명의 상대(여자. 가능하다면 주인공)를 찾아서 행복해져."

"네? 네, 네……?"

"주인님."

"우오?!"

갑자기 소리도 없이 내 앞에 선 스노우는 고개를 푹 수그린다.

"고맙……습니다……. 정말…… 고마워요……."

울먹이는 목소리인 그녀에게 나는 쉭쉭 하고 손을 내저었다.

"난 내가 지키고 싶은 게 있어서 움직였을 뿐이야. 딱히 감사할 거 없어. 나한테 고개를 숙이기 전에 캐릭터 선택 화면에서

BA를 연타한 대전 상대에게 사과하고 와."

고개를 든 스노우는 조용히 미소 짓는다.

"히이로 씨~!! 얼른 스매ㅇ 브라더스 해요~! 벼랑 잡기를 반복해서 대전 상대를 살살 긁는 테크닉을 배웠거든요~!"

"나는 이미 리얼 스매ㅇ 브라더스를 하고 와서 만신창이란 거 보면 몰라?! 히이로는 캐릭터 선택 불가입니다요! 조용히 하고 우리 집 백발 메이드랑 해!"

알브들에게 대꾸하자, 약이 들었는지 졸음이 몰려든다.

나는 술렁이는 엘프들을 무시하고 눈을 감은 뒤 졸음에 몸을 맡겼다.

잠에서 깼을 때 스매ㅇ 브라더스 토너먼트전은 끝나 있었고 스노우가 멋지게 승리했단 걸 알 수 있었다.

그 직후인지 도중인지, 현실에서도 스매ㅇ 브라더스를 즐긴 듯 알브들이 자빠져 있고 시체가 첩첩이 쌓인 전장이 눈앞에 펼쳐졌다.

"깨셨어요?"

차가운 목소리다.

한 번 옷을 갈아입었는지 크림색 카디건과 체크무늬 미니스커트를 입은 레이는 자기가 신은 검은 타이츠를 자꾸만 잡아당기면서 나를 바라본다.

"조금 전에는 오라버니가 겨우 깼다는 안도감에 편한 태도를 보였는데……. 저는 아직 당신을 믿는 게 아니에요. 착각하지 마세요."

"가, 갑자기 돌변했네. 그건 뭐, 상관없지만."

나는 내 머리가 얹힌 허벅지를 가리켰다.

"왜, 왜 나한테 무릎베개를 해 줘⋯⋯?"

"착각하지 마세요. 필요한 처치예요. 이 별택에 베개가 없어서 하는 수 없이 제 무릎을 내어준 것에 불과해요."

"아니, 레이 뒤에 있는데⋯⋯?"

나는 그녀 허리 뒤에 숨겨져 있는 베개를 가리킨다.

그 순간 레이는 베개를 힘껏 던졌고 그게 쓰러져 있는 알브의 머리를 맞추는 바람에 "끄엑!" 하는 비명이 터져 나왔다.

"그런 거 없어요."

"아니, 있었잖아⋯⋯?"

"없어요."

단언한 레이는 옆에 놓인 쟁반에 있는 죽 공기를 든다.

냄비에서 막 덜어낸 참인지 연기가 피어오르는 그것을 후후 불고 머리카락을 귀 뒤로 넘긴 그녀는, 뺨을 붉히며 나에게 숟가락을 들이민다.

"⋯⋯아~."

"아니, 저기, 의미를 모르겠는데. 그만해. 아무리 봐도 서로 거리가 이상해. 내가 알아서 먹을게."

"안 돼요. 숟가락이 없거든요."

"있잖아! 지금 네가 든 걸 숟가락이라고 하잖아!"

"오라버니용 숟가락이 없어요."

"산쵸가 별택에서 주인인 내 숟가락이 없다면 비상사태 아닌가요……?"

"돼, 됐으니까 입부터 벌리세요. 동생이 만든 죽을 못 먹겠단 건가요? 스노우도 맛을 봤으니까 목숨 정도는 보장할게요."

"대부분 식사에 목숨 보장은 당연히 세트로 딸려오는데.『목숨은 보장합니다』라는 간판을 내단 음식점에서 밥을 먹고 싶을까?"

"이, 이제 됐으니까 자, 입 벌리세요. 아~. 아~ 정도는 어린아이도 할 수 있어요. 그 정도는 해 주세요."

그녀는 코를 잡고 내 입을 억지로 비집더니 숟가락을 쑥 밀어넣는다.

"우웨엑! 병자 학대의 현장이다! 흐아, 푸아그라 제조 현장 같아졌잖아──, 끄에엑!"

"하, 하지만 오라버니가 고집을 피우니까……, 저기……."

조용히 레이는 속삭인다.

"맛……, 있어요……?"

꼭 소녀처럼 뺨을 붉힌 레이가 이쪽을 바라본다. 내 안에서 긴급경보가 울리기 시작했고 즉석에서 백합 보호법이 가결되었다.

결코 여기서 웃으며『맛있다』라고 해서는 안 된다. 남매의 적정거리를 유지하기 위해, 미래의 백합을 위해서라도 방향을 틀자!

"더럽게 맛없네! 이건 사람이 먹을 게 못 돼!"

"…………."

"꼭 풀을 먹는 것 같아! 이거 알아?! 밥알로도 풀을 대신할 수 있다던데?!"

"……오라버니는."

기쁜 듯이 미소 지으며 레이는 속삭인다.

"다른 사람들과 달리 저에게 거짓말하지 않는군요. 서툰 사람……, 그렇게 노골적인 말로 제게 격려를 보내시는 건가요?"

"…………."

밀어서 안 된다면 당겨보자!

"진짜 맛있네! 맛있어, 맛있어, 맛있어! 내 동생은 천하제일의 요리사야!"

"기뻐라……. 이런 부족한 걸 맛있다고 해 주다니……. 저 오라버니를 위해서라도 조금 더 힘낼게요……."

죽어! 히이로, 죽어! 너, 이 자식, 네놈! 더는 답이 없잖아! 어디로 가나 절망뿐이잖아! 전부 네 잘못이니까 죽어!

"뭐, 뭐, 딱히 이건 오라버니를 위해 만든 건 아니지만요."

레이는 수줍어하며 검은 머리를 쓸어 올린다.

"…………."

여봐란 듯이 츤데레 같은 말을 하는데, 이 녀석. 어쩌냐. 백합 게임이나 미연시였다면 개별 루트로 진입하고도 남았을 상황이잖아. 하지만 나는 남자니까 루트에 돌입할 리 없지. 다행이야.

"그런데."

고개를 홱 돌린 레이는 우물우물 중얼거린다.

"제 무릎베개는……, 그…… 어떤 느낌이었나요……?"

오른쪽과 왼쪽 허벅지 사이에 뺨을 대고 누운 나는 그 촉감과 타이츠의 촉감을 느끼며 숨을 헐떡인다.

내 명예를 위해 말하겠는데 흥분해서 그런 게 아니다——. 절망해서다.

"차, 참고 문헌에 따르면 적령기 여성은 여성의 검은 타이츠에 흥분을 느낀다고……, 남성도……, 오라버니도, 그, 제 무릎 베개에…… 흥분하나요……?"

레이는 머뭇거리며 무릎을 흔들었다.

그때마다 부드러운 허벅지가 내 머리를 드리블했고 제한제 향이 퍼진다. 몽롱하게 도취되는 느낌이 찾아들어 나는 그에 굴복하려 하는 자신에게 채찍을 가했다.

저항해, 이 세계에! 나는 백합의 수호자야! 이깟 미소녀의 허벅지에 내 뜻은 흔들리지 않아!

"에, 에헤? 따, 딱히? 그, 그냥 그런데? 아, 아무 느낌 안 드는데? 흐, 흥분? 으헤? 왜, 왜애?"

"……그렇군요."

움찔움찔 뺨을 실룩이며——, 레이는 천천히 스커트를 걷어 올린다.

"그럼 조금 더 흥분을 재촉해도 될까요?"

깜짝 놀라는 내 머리를 들어 올려 자기 스커트 안으로 가져간 그녀는 새빨개진 얼굴로 싱글벙글 웃는다.

그녀는 내 두 눈에 커튼처럼 스커트를 얹었다.

"마, 만끽해 주세요……?"

"끄아아아아아아아아아아아아아아아아아아아아아아! 흥분돼애애애애애애애애애애애애애애애애애애애애애애애애

애애애애애애애애애애! 청소년의 순수한 정신이 페티시즘에 일그러진다아아아아아아아아아아아아아아아아아아아아아아아아아아! 우오오오오오오오오오오오오오오오오오오오오오오오오오오오오오오오오오오오! 나는 백합의 수호자다아아아아아아아아아아아아아아아아아아아아아아아아아아아아아아아!"

필사적으로 스커트 안에서 탈출한 나는 숨을 헐떡이며 침을 흘렸고, 이불에 뺨을 문지른다.

"누, 누가 좀…… 살려줘……. 동생이 날 죽인다……."

"오, 오라버니가 흥분되지 않는다길래……."

두 손으로 얼굴을 가린 레이는 몸을 움찔거리고는 나를 잡아 다시 자기 무릎 위에 얹는다.

"그, 그만해……. 이제, 그만해……. 부드러운 거 싫어……. 좋은 냄새, 싫어……. 백합이 좋아……. 나, 난, 백합의 수호자……. 지킬 수 없게 돼……. 그만해……."

"이, 이제 안 할게요. 약을 먹으면 주무세요."

"아니, 너, 참고 문헌이라니……. 왜 이런 짓을……, 뭘 읽은 거야……?"

얼굴을 붉히며 고개를 숙인 그녀는 조용히 중얼거린다.

"레……, 레이디스……, 코믹……."

"변태 아냐!"

입을 우물거리며 울상을 지은 레이에게 나는 손가락을 들이민다.

"변태 아냐, 너! 그건 야한 책 같은 거잖아! 산죠가 아가씨가 당당히 야한 책을 사서 오빠를 이용해 연습하지 마! 여자 상대로 해! 촬영해서 나한테 보내! 화질과 음질은 내가 지정하게 해줘!"

"야, 야한 책 아니에요! 점원분도 확실히 연령제한을 확인해 줬고요! 그, 그건 건전한 로맨스 만화예요! 마, 마음의 동요도 잘 표현됐고 야한 신은 그 부속품에 불과해요."

"거짓말하지 마! 좌를 보나 우를 보나 본능이 시키는 대로 뒤 엉키는 짐승들만 실린 야한 책이잖아! 말하자면 그건 애니멀 코믹이야!"

"아니에요, 아니에요, 아니에요! 건전해요, 건전해요, 건전해요오!"

두 손으로 얼굴을 가린 채 도리질하는 동생에게 나는 진실을 들이밀었다.

"잘 들어. 네가 변태라는 건 단 하나뿐인 진실이야! 무턱대고 남자에게 그 변태성을 보이지 마! 특히 오빠! 오빠는 관둬! 우리는 남매잖아! 그런 건 남매가 할 일이 아니야!"

"하지만 피는 거의 이어지지 않은 데다 그런 의붓남매끼리 애니멀 코믹을 찍는 경우도 많았다고요!"

"메이드ㅇㅇㅇㅇㅇㅇㅇㅇㅇㅇㅇㅇㅇㅇㅇㅇㅇㅇㅇㅇㅇㅇㅇㅇㅇㅇㅇㅇㅇㅇㅇㅇㅇㅇㅇㅇ! 메이드, 당장 와봐, 메이드ㅇㅇㅇㅇ ㅇㅇㅇㅇㅇㅇㅇㅇㅇㅇㅇㅇㅇㅇㅇㅇㅇㅇㅇㅇㅇㅇㅇㅇㅇㅇㅇㅇㅇㅇㅇㅇ ㅇㅇㅇㅇㅇ!"

"부르셔서 날아왔습니다. 메이드예요."

장지문이 열리고 스노우가 나타난다.

"뭔가요. 귀찮은 일이 몰아치고 있는데."

"너 레이가 변태인 거 알아?! 산죠가에서는 애를 어떻게 교육한 거야?!"

"최, 최악! 최악이에요, 오라버니! 스노우한테까지 말하다니, 바보! 바보, 바보, 바보오!"

찰싹찰싹 뺨을 맞는 나를 내려다보는 백발의 메이드의 시선이 차가워진다.

"레이 님이랑……, 했어요……?"

""뭐어?!""

스노우는 무릎을 벤 나를 가리킨다.

"아무리 봐도 연인 사이의 거리감이잖아요. 레이 님을 건드렸다면 오랜 약정에 따라 당신을 죽여야 하는데요."

"아, 아니에요. 아니에요! 저와 오라버니는 애니멀 코믹 같은 짓은 안 했어요! 인간이에요! 설령 했더라도 저는 산죠가의 사람으로서 짐승이 될 일은 없어요……. 아, 아마……?"

"이 이상 상황을 악화시키지 마. 이 내추럴 변태! 내 머리를 내려놔! 이불에! 얼른!"

"하, 하지만, 이불은 딱딱하니까……. 싫어요……."

"그 다정함이 도리어 해가 되거든! 해가 된다고! 내려줘, 내려줘, 내려줘!"

"…………."

성큼성큼 다가온 메이드는 군더더기 없는 동작으로 이불 위에 앉았다.

정중히 손을 짚고 내 머리를 들어 올린 그녀는 자기 무릎 위에 내 머리를 올려두더니──, 백발을 귀 뒤로 넘기며 미소 짓는다.

"이제 아무 문제 없는 거 아닌가요?"

"아니, 아무리 봐도 문제가──."

살며시.

검지를 내 입술에 가져다 댄 스노우는 장난스레 웃는다.

"쉿……."

"…………."

나는 무심코 침묵했고, 스노우 옆에 앉아 있던 레이는 이마에 핏줄을 세운다.

"오라버니는 제가 이렇게까지 했는데도 스노우 무릎이 더 좋다는 건가요……?"

내 머리를 들어 올린 레이는 자기 무릎 위에 얹는다.

"이쪽 무릎이 더──."

내 앞머리를 쓸어 올리고 머리를 쓰다듬으면서 그녀는 웃는다.

"좋죠?"

"아니, 저기."

내 머리를 들어 올린 스노우는 말없이 자기 무릎 위에 얹었다.

"".………….""

레이가 내 머리를 들어 올려 자기 무릎에 얹는다.

즉시 스노우가 내 머리를 들어 올린다. 그걸 저지하듯 레이가 내 머리를 두 손으로 덥석 붙들었다.

"".………….""

쭉쭉, 두 사람은 웃는 얼굴로 내 머리를 양쪽으로 잡아당겼
고——.

"끄아아아아아아아아아아아아아아아아아아아아아아아아
아아아아아아아아아아아아아아아아아아아아아아아아아아
아아아아아아아아아아아아아아아아아아아아아아! 무사했던 경추
까지 뒤틀린다아아아아아아아아아아아아아아아아아아아아아
아아아아아아아아아아아아아아아아아아아아아아아아!"

내 비명을 듣고 퍼뜩 정신을 차린 둘은 동시에 손을 놓는다.

그리고 내 얼굴은 무슨 인과인지 두 사람의 무릎 사이에 깔끔
하게 담겼다.

"".............""

미소를 띤 두 사람은 내 머리를 쓰다듬는다.

"윽, 윽, 으으……!"

이 자리에서 우는 건 슬프게도 나뿐이었다.

이 세계의 치료에는 마법이 쓰여서인지 내 상처는 원래 세계
보다 일찍 아물어 갔다.

비탄에 젖어 있더라도 히이로로서의 삶은 이어진다.

스승님의 『친목회를 겸한 배틀』은 기대 이상의 효과를 발휘했
고, 나와 뜨거운 배틀을 반복한 무어는 더 이상 나를 적시지
않게 되었다.

그 대신——.

"……카레."

"…………."

"카레."

"…………."

"카──."

"카레 소리 좀 집어치워, 좀! 매일같이 머리맡에서! 나라고 두 손에서 카레가 나오는 게 아니니까! 시판! 시판 루, 넣고 섞으면 아무리 발버둥 쳐도 카레가 되거든!"

내 머리맡에 무어가 출몰하게 되어 카레를 만들라고 들볶는 카레 폭력을 당하게 됐다.

하는 수 없으니 움직일 수 있게 된 후로는 카레를 만들어 줬다.

"…………."

"직립부동으로 내 앞에서 카레 먹지 말아 줄래? 최소한 뭐라고 좀 해봐. 여긴 서서 먹는 카레 집이 아니거든?"

"…………."

"너 카레의 요정이냐? 혹시 나한테만 보이나?"

알브와의 관계가 개선된 건 나뿐만이 아니었다. 『간병』 명목으로 산죠가 별택을 드나들게 된 레이도 시이의 중개 덕을 보아 엘프를 향한 편견을 버리고 겨우 잘 지내게 되었다.

이러저러해서 어째서인지 내 주변은 더욱 소란스러워졌다.

어느새 나는 이 소동에 적응해 갔고……, 시간은 눈 깜짝할 사이에 흘렀다.

마력 고갈 증상을 회복하는 데 시간이 걸리기도 해서 스승님과의 단련은 중단된 채로——, 드디어 나는 입학일을 맞았다.

커다란 벚꽃 나무.

새 교복을 입은 나는 벚꽃 나무 아래서 그녀를 바라본다.

흩날리는 벚꽃.

분홍빛 꽃잎에 감싸인 그녀 역시 잠시 나를 바라보았다.

나와 그녀는—— 방해꾼과 주인공은 서로를 바라본다.

"지금부터가——."

나는 그녀에게 선언하듯.

"지금부터가 메인이야."

살며시 속삭인다.

"그렇지? 주인공(츠키오리 사쿠라)."

그녀는 아주 살짝 미소 지으며 나에게서 등을 돌린다.

나는 멀어져 가는 그녀를 바라본 채로, 쏟아지는 벚꽃의 축복
과 광대한 마법 학원을 앞에 두고 웃었다.

마침내 시작된다.

지금부터가—— 본편(학원 편)이다.

*

백합 게임에 나오는 학교는 대부분 여학교다.

당연하다고 하면 당연하다.

여자와 여자의 연애를 그리는 데 남자의 존재 따위는 필요 없
다. 오히려 거슬린다. 여자와 여자의 신성한 로맨스를 그린 이야

기에 남자가 존재해도 곤란하달까, 필요 없음을 뛰어넘어 불쾌하다.

호죠 마법 학원 역시 그 사례를 따라 완벽할 정도의 여학교이자 아가씨 학교다.

산죠 히이로 즉 나는, 그 여학교이자 아가씨 학교이자 성스러운 로맨스를 만들어낼 성지에 다니게 되는 셈인데.

애초에 당연하게 드는 의문이 하나 있다.

엥?! 남자가 다닐 수 있는 여학교가 있나요?!

그 질문에 답하도록 하지——, 있습니다! 에스코 세계에는 남자가 다닐 수 있는 여학교가 있습니다!

아니, 오히려 남자가 다닐 수 있는 여학교밖에 없다.

이 세계의 학교는 여학교와 남학교뿐이다.

남자와 여자가 나란히 걷기만 해도 부자연스럽게 보는 그런 세계라서 남녀는 완벽히 구별된다.

여학교 수는 압도적으로 많고 남학교 수는 압도적으로 적다.

어째서냐 하면 이곳은 백합 게임의 세계이며 여자는 여자와 연애해야 하기 때문에……, 자연스레 그 무대가 되는 여학교 수가 많아진다.

아마 이게 보이즈 러브의 세계였다면 그 수가 역전됐겠지.

여학교뿐인 이 세계에서 정원이 가득 차 남학교에 못 들어간 남자는 어떡하냐면 당연히 여학교에 다닐 수밖에 없다.

여학교에 남자가 다닌다.

공학과 뭐가 다른지 의미를 모르겠지만 이 세계에서는 태연히 그 불가사의가 받아들여지며, 여학교에 다니는 남자에겐 지옥이 약속되어 있다.

어째서냐 하면 그들은 존재해서는 안 되기 때문이다.

당연하다는 듯 그들은 무시당하며 방해꾼 취급당한다.

안 그대로 남성의 지위는 낮기에 무시당하면 그나마 감지덕지, 최악의 경우 노예 취급당하며 학생 생활을 보내게 된다.

그렇기에 높은 스코어를 가진 남자는 승리자 그룹으로서 웃으며 몇 안 되는 남학교에 다니고, 낮은 스코어를 가진 남자는 이 세상의 종말을 맞은 듯한 얼굴로 여학교에 간다.

이 세계는 어떻게 인류가 번식하는 거지?!

그렇게 생각할 수도 있지만, 안심하시길.

손에 가슴을 얹고 소리 높여 단언하지──. 에스코 세계에서는 여자끼리도 아이를 만들 수 있다.

아니, 어떻게 만드냐는 의문에는 개발팀이 설정자료집을 통해 답변할 거다.

마법(키스).

이래도 모르겠냐는 듯 커다란 팝체로, 이의는 인정하지 않겠다는 듯 기재되어 있어서 개발진은 무적인가? 싶었다.

여자와 여자가 마법(키스)으로 아이를 만들 수 있는 멋진 세계.

그런 세계의 마법 학원에서 스코어 0인 데다, 백합 사이에 낀 남자인 내가 어떻게 될 것이냐……, 이미 아시겠지?

교문 앞 벚꽃 나무 길에 서 있기만 해도 수상한 사람을 바라보는 듯한 눈으로 관찰당한다.

재학생인 듯한 2인조가 이쪽을 바라보면서 소곤거렸고, 엇갈릴 때 『남장했나……?』 하고 의혹의 눈길을 보낸다.

나를 보는 그녀들은 나란히 같은 교복을 입고 있었다.

호죠 마법 학원의 교복은 검은 블레이저에 붉은 리본을 맞춘 세련된 디자인이다. 흰색 블라우스덕에 고급스러운 검은 천이 돋보였고, 무엇보다 기본이 롱스커트라는 점이 아가씨 학교다워서 높은 포인트를 얻는다.

단적으로 말하자면 귀-엽-다!

그에 비해 남자인 내 교복은…… 남자 교복 따위는 아무래도 좋다! 는 식으로 만들어졌다. 뭐, 평범한 바지와 블레이저다. 그 이상도 그 이하도 아니다.

호죠 마법 학원 제복이 일반 학교 교복과 다른 점은 매직 디바이스 사용을 전제로 한다는 점이다.

이 교복은 『개포(鎧布)』라는 특수 천으로 만들었으며 트리거에 감응해 체내에서 체외로 마력을 방출하게 돕는다. 게다가 대마 장벽도 쳐져 있어(자동적으로 체외 마술 연산자를 받아들여 장벽을 생성한다), 마법을 받아도 깨지지는 않는다.

그래서 주인공이나 히로인이 이 교복을 입고 싸우더라도 야릇한 신은 발생하지 않는다.

당연하다. 백합 게임은 야한 신을 보기 위한 게 아니다. 백합을 추구하는 것이지.

나는 옆을 지나가는 신입생들의 시선을 받으면서 시간을 확인한다.

8시 45분.

9시면 간이 조례가 있다. 슬슬 가도 되겠지.

오직 주인공의 얼굴을 보겠다는 이유로 라피스나 레이와 따로 움직인 나는 넥타이를 느슨하게 풀며 현관으로 향한다.

현관에 붙은 반 배정표.

난 그걸 보지도 않고 지정된 교실로 향한다.

어쨌든 게임 내에서 몇천 번씩 본 교실명이니까. 기본적으로 교실에서 하루의 스케줄을 세우기도 하니……, 주인공, 히로인, 우리의 히이로는 같은 반일 것이다.

호죠 마법 학원 교내는 무식하게 넓다.

어쨌든 게임 사정상 게임 진행에 필요한 설비는 전부 갖췄다.

세 개의 기숙사, 마법과 콘솔 연구동, 훈련장, 연금 공방, 콘솔 창고, 매점, 모험가 협회, 사교용 살롱, 식물원에 도서관……. 열거하자면 끝이 없다.

매점에서 베이커리가 빵을 파는데, 그 옆에 매직 디바이스를 파는 캐릭터가 있다고 하면 그 뭐든 다 있는 규모를 이해할 수 있으려나(슈퍼마켓에서 총을 살 수 있는 미국을 연상케 한다).

그런 이유로 대부분 신입생은 교실로 가기 전에 헤맨다.

그 안에서 절망하는 그녀들을 보고 나는 1주 차에 느낀 절망 감을 떠올리며 히죽히죽 웃었다.

나는 회차 플레이로 완전히 경로를 기억하고 있으니까. 그리고 바로 『A클래스』 문에 손을 얹자──, 문이 날아갔다.

남자 교복을 입은 캐릭터가 복도로 뛰쳐나오더니 도망친다.

나는 그 뒷모습을 배웅하며 문을 날려버린 원흉을 바라본다.

"어머, 또 남자인가요?"

화려한 금발 곱슬머리를 가진 소녀가 몸에 착용한 목걸이형 매직 디바이스를 흔들었다.

"이 반에 남자가 둘이나 있다는 이야기는 처음 듣는데요."

그녀의 이름은 오필리아 폰 마지라인.

에스코 세계의 서브 캐릭터 중 하나이며, 통칭——.

"오호호홋! 거기 앉도록 해요! 명문 마지라인가 출신인 내가 당신을 처벌해 줄 테니까!"

『측정용 아가씨』. 즉, 에스코 세계에서의 전투력 측정기다.

측정용 아가씨란 즉 전투력 측정기인 아가씨를 뜻하는 말이다.

전투력 측정기는 주인공의 지위 향상에 쓰이는 가엾은 역할이고 말이다.

예를 들어 『이 애송이가~!』 하고 주인공에게 달려들었다가 펀치 한 방에 나가떨어지는 불량배라거나, 장황하게 자기 실력을 떠든 후에 순삭당하는 비호감 미남을 말한다. 또 『내 데이터는 잘못되지 않았어』라고 호언장담한 후, 『말도 안 돼. 내 데이터 이상의 동작을?!』 하면서 놀라는 안경 캐를 가리킨다.

주인공을 띄워주기 위해 산 제물이 되는 경건한 공물이다.

이른바, 주인공의 버프 담당.

『측정용 아가씨』라는 애칭으로 팬들에게 친근한 그녀는 주인공이 힘든 일을 당할 때 빠르게 등장하는 히어로다.

초고속으로 나타나 초고속으로 지고 초고속으로 『두고 보자——!』

라고 하고는 떠난다.

물 난이도 게임 에스코 세계 내에서도 유독 약하기 때문에 싸우고 혼내줄 때마다 플레이 중인 나는 만족스러움을 느꼈다.

시리어스한 분위기라도 그녀가 있으면 눈 깜짝할 새 코미디신으로 변한다. 타고난 코미디언으로서 인기를 독차지 중이다.

그녀의 측정력은 타의 추종을 불허한다.

정말 단순한 아가씨 복장에 수다스러운 아가씨 말투, 이 세계에서 유일하게 『오호호홋!』 하고 웃으며, 질 것 같을 때면 『왜, 왜, 내 마법이 안 통하는 거죠……!』나 『큭……, 나보다 강한 여성이 있을 줄은……!』처럼 상대의 힘을 강조하는 대사를 뱉는다.

그녀가 마지라인가의 가보로서 착용한 목걸이…… 매직 디바이스 『탐닉의 오필리아』는 놀랍게도 슬롯이 1개라서 제대로 된 속성 마법조차 못 쓰는 산업 폐기물이다.

그런 쓰레기를 지니고 치트급 주인공에게 도전하는 모습은 주인공보다 더 주인공스럽다.

명백한 실력 차가 있음에도 불구하고 종반까지 주인공을 따라다니며 끈질기게 악담과 욕설을 퍼붓고 혼쭐나는 그녀의 모습은 눈물을 자아냈다.

게다가 루트에 따라서는 절대악인 마인전에도 참전해 『흥, 당신과 어깨를 나란히 하게 될 줄이야……. 최악이군요』 같은 열혈 대사를 뱉으며 바람같이 구하러 왔다가 초속으로 사라지는데, 그 모습이 플레이어의 눈물과 폭소를 유도했다.

오필리아는 마지막 순간까지 주인공과 화해하지 않는다.

노멀 엔드 엔딩에서는 각 캐릭터의 말로를 볼 수 있는데 그녀
는『끝까지 주인공을 인정하지 않았다』라고 명기돼 있다.

유일하게 오필리아 루트에서만 주인공의 실력을 인정하며 다
소 수줍어한다(그래도 연애 관계까지 가지는 않는다. 백합 게임
인데).

어떤 의미로는 고결한 그 자세에 플레이어들의 공감이 모였는
지 서브 캐릭터 주제에 제1회 인기 투표에서는 히로인들과 나란
히 상위에 올라섰고, 에스코 팬들 속에서 화제가 되기도 했다.

그리고 그 측정용 아가씨 오필리아가 내 눈앞에서 화려한 금
발 롤 머리를 선보이고 있다.

"어머, 요즘 원숭이는 말도 못 알아듣나요?"

"…………."

나 역시 오필리아가 마음에 든다.

한때 에스코 학회(너무 몰입해서 개발진에게『저희는 그런 게
임 몰라요』라는 말까지 나오게 한 연구자들의 모임)에서는『금
발 롤 머리 육성계획』까지 세웠고, 최종적으로는 주인공을 순삭
하는 치트로 만들어졌기에 일방적으로 편집적인 애정을 받기도
했다.

본래라면 이후 히이로와 오필리아는 설전을 벌인다.

방해꾼과 측정 캐의 정상 결전이다.

히이로의 주장은『죽어, 롤 머리』고 오필리아의 주장은『죽어,
남자』이다. 의미 없는 말싸움이 오가는 바람에 어떤 사정으로
지각한 주인공은 마음속으로『교실에 못 들어가겠어……』라고

서술한다.

그 후에 담임 교사가 들어와 간이 조례가 시작된다……, 라는 흐름 맞지?

참고로 망가진 문은 딱히 언급이 없다.

"잠깐, 뭐 하자는 거죠?! 나를 무시하려고요?! 무슨 말이라도 해보지 그래요?!"

"…………."

측정용 캐릭터는 주인공을 위해 존재한다.

여기서 내가 괜한 짓을 했다가는 주인공에게 폐가 될 수도 있으니까. 미래의 백합을 위해서라도 지금은 침묵을 택하자.

히이로가 싫어서 자세한 대사까지는 기억 못 하고, 말을 섣불리 내뱉었다간 뜻밖의 사태를 초래할지 모른다.

그렇게 나는 판단했는데.

오필리아는 하등한 남자에게 얕보인다고 느낀 모양이다. 내 넥타이를 휙 잡아당기더니 아름다운 얼굴을 들이밀었다.

"아까 그 남자처럼 질질 짜면서 도망치기 싫으면 내 기분을 상하게 해서 미안하다고 사과하세요! 자, 어서!"

"…………."

주인공! 얼른, 얼른 와줘—!

그렇게 생각하면서 멀뚱히 서 있는데—— 누가 오필리아의 손을 잡았다.

단정한 옆얼굴.

밤색 머리와 투명감이 감도는 이목구비, 압도적 왕자로서의 분위기를 뽐내며 일종의 아우라를 띤 소녀가 거기 존재했다.

아니, 그냥 거기 있었다. 마력의 덩어리가.

뭐야, 이 녀석……. 장난이 아니잖아…….

믿기 힘든 마력 양, 소용돌이치듯 희푸른 불꽃이 튀고 있다.

새카만 눈으로 교실 내를 바라보는 장신의 그녀는 웃음기 하나 없이 속삭였다.

"곤란해하잖아."

츠키오리 사쿠라.

본 게임의 주인공이자 뛰어난 성장 속도를 가졌으며 온갖 매직 디바이스를 다루는 괴물.

초기 스테이터스도 히로인들과 비교하면 월등히 뛰어나다.

역시 물 게임의 주인공이라고 해야 하나……. 그녀의 마력 양은 그냥 서 있기만 해도 마구 새어 나올 정도였다.

"좀 비켜주지?"

쿨한 캐릭터인 그녀는 무표정한 채로 말했다.

아무래도 내가 침묵을 일관하기로 한 결과, 주인공께서는 이딱한 남자를 구하는 쪽으로 돌아선 모양이다. 역시 주인공이야! 상냥해! 여! 여자 입술 빼앗기의 달인! 월드 소녀 헌터!

우선 나는 어떡해야 하려나.

앞으로 사망 플래그를 피하기 위해서라도 다소는 주인공과 얽혀야 한다. 이럴 때는 무서운 척하며 비호욕을 자극해 볼까.

"그, 그만하세요. 무, 무서워라. 저 금발 롤 머리 무서워요. 입만 열면 시끄러워 죽겠다니까요."

"봐, 무서워하지."

"아무리 봐도 부추기는 거잖아요?! 당신이 뭔데요?! 갑자기 옆에서 왜 끼어들죠?!"

"츠키오리 사쿠라."

불쑥 그녀는 속삭인다.

"츠키오리 사쿠라……. 흥, 서민이네요. 내 이 고귀한 귀와 뇌에 한 번도 들어온 적 없는 인포메이션이에요. 하지만 초일류 마지라인가의 사람으로서 서민에게 이름을 대지 않는 것도 예의에 어긋나겠죠. 오호호홋! 똑똑히 듣도록 해요! 나는 오필리아 폰 마지라——."

"아무래도 상관없으니까 비켜줘."

빠직, 인내의 한계가 온 소리가 들렸다.

"결투예요!"

오필리아는 바닥에 흰 장갑(측정 캐의 상비품)을 내던진다.

"나는! 당신에게! 결투를 신청하겠어요! 당당하게 맞서도록 하세요! 울상으로! 깨갱! 하게 해주겠어요! 결투, 결투, 결투예요!"

"망가진 것처럼 반복하지 않아도 들리는데."

그녀는 뒤로 물러나더니 매직 디바이스를 뽑았다.

"좋아, 언제든 하자."

"우, 우습게 보고 있어……!"

교실이 술렁이고 두 사람은 서로 반대 방향으로 거리를 둔다.

나는 오필리아 옆에서 매직 디바이스를 들었다.

"…………."

"…………."

"뭐죠?!"

"어? 아아?!"

아차! 무심코! 측정 캐 편에 섰잖아! 아니, 하지만 전력에 너무 차이가 커! 이 아가씨는 마음에 들거든!

"다들 나를 바보 취급하고 있어……!"

"아니, 이건 오타쿠 나름의 일종의 애정 표——."

액션(반응).

트리거, 발동, 광검(光劍)——. 나는 측정용 아가씨를 노린 일격을 막는다.

무거……, 윗……!

눈을 크게 뜬 주인공이 놀라며 감탄하는 표정으로 이쪽을 보고 있었다.

"갑니다, 츠키오리 사쿠라! 정정당당히, 공명정대하게, 기꺼이 승부에 임하도록——, 으에에에에엑?!"

격렬하게 맞붙는 우리를 보고 측정용 아가씨는 놀라는 목소리를 낸다.

살포시 무게가 빠지고 스커트를 나부낀 츠키오리는 공중에 떠오른다.

위쪽.

어마어마한 정밀도로 벽을 박차고 천장에서 내려오는 그녀를 향해 검을 쳐올린다. 공중제비를 돌며 천장에 착지한 그녀는 벽에서 벽으로 점프하더니 고속 이동, 갖은 방향에서 우릴 공격한다.

참격, 참격, 참격!

검섬의 폭풍에 휩싸인 나는 필사적으로 검을 휘두른다.

"아니, 아니, 아니, 아가씨! 상대는, 저쪽이거든?! 아까 그건 무심코 반응한 것뿐이야! 깜찍한 해프닝이라고! 나는 네 편이야!"

수많은 공격을 모두 튕겨내고―― 츠키오리 사쿠라는 멍하니 이쪽을 바라본다.

"……뭐야, 당신?"

"오필리아 폰 마지라인!"

아니, 너 말고.

우쭐한 얼굴로 가슴을 편 아가씨는 목걸이를 들고 대담하게 웃는다.

"그리고 이 남자는 내 전속 노예예요!"

게다가 사전 합의 없이 전속 노예로 삼아 버렸다. 고작 몇 초만에 공로를 독식할 생각이나 하는 저 스타일, 너무 하찮은 게 그야말로 오필리아답다.

"오세요, 노예."

그녀는 미소 지으며 나에게 손짓했다.

"이번에는 이쯤에서 봐주겠어요! 가엾은 서민에게 동정을 베푸는 것도 귀족의 역할이니까요! 오호호홋!"

흥미진진하다는 듯 츠키오리는 이쪽을 바라본다.

오필리아에게 끌려간 나는 지금이 기회라는 듯 교실 안으로 도망쳐 들어갔다.

나는 내가 기억하는 히이로 자리에 앉았고, 그 왼쪽 옆에 오필리아가 앉았다.

조금 늦게 내 오른쪽에 츠키오리가 앉는다.

왼쪽은 측정 캐, 오른쪽은 주인공, 그 사이에 낀 건 재활용도 안 되는 쓰레기.

"흥!"

".............."

견원지간……이라고 할까, 아가씨가 일방적으로 츠키오리를 적시하는 관계에 끼어 버렸다.

"흥흥흥!"

아가씨, 『흥』은 한 번이면 족해……. 여러 번 하면 그냥 없어 보여……. 그쯤에서 관둬…….

"흥흥흥흥흥흥흥!"

"우호우호우호!"

나는 가슴을 치며 고릴라를 흉내 냄으로써 견원지간인 두 사람 사이를 중재하고자 했다. 츠키오리가 동조한다면 두 사람 사이를 개선할 가망이 보일 터다.

"흥흥흥흥흥흥흥!"

"우호우호우호우호!"

".............."

"흥흥흥흥흥흥흥!"

"우호우호우호우호!"

".............."

슬슬 왼쪽 가슴을 우다다다 쳐서 죽을까?

아무래도 나는 커플 제조를 성공적으로 이끌지 못한 모양이다. 하늘은 나에게 커플을 중재할 재능을 주지 않은 듯하다.

나는 왼쪽 옆과 오른쪽 옆을 힐끗 살피고 한숨을 내쉬었다.

역시라고 해야 하나, 히이로는 백합 사이에 낀 남자로서 적성이 너무 높다. 아마 희귀 스킬을 가졌겠지. 『백합 사이에 끼기』와 『즉사 자해』 스킬을 가졌을 거다. 부러워라, 그냥 죽으면 좋을 텐데.

나는 무료하게 A클래스 교실을 둘러보았다.

호죠 마법 학원에서는 반년에 한 번 스코어 체크가 이뤄진다.

중간고사와 기말고사 때 자기 스코어를 확인하고 그에 맞는 클래스에 배정되는 것이다. A부터 E까지.

최우수 학생은 A클래스, 최하위 학생은 E클래스.

주인공 일행은 게임 시작 시 자동적으로 A클래스에 배정된다. 평범하게 진행하면 일단 하위 클래스로 내려갈 일은 없다.

어쨌든 에스코는 물 난이도다. 중간고사는 퀴즈 형식, 기말고사는 사지선다형이고 실기도 그냥 리듬 게임이다.

특정 루트로 가면 클래스 하락을 노려야 하지만 다양한 특전이 붙는 A클래스는 게임 공략에는 큰 도움이 된다.

라피스나 레이 같은 메인 히로인은 A클래스를 벗어나는 일이 없기에 클래스 하락을 노린다면 서브 캐릭터를 공략하려고 할 때 정도인데.

그리고 어째서인지 히이로도 A클래스다.

"그, 그럼 여러분! 자리에 앉아 주세요!"

앞문이 열리고 A클래스 교실에 한 교사가 들어온다.

A클래스 담임 마리나 투 베이선즈다.

마리나는 베이선즈 백작가의 외동딸이며 24살의 신임 고등학교 교사다.

연한 분홍색 쇼트커트를 가진 그녀는 단순한 히로인으로 유명하며, 선택지에서 『키스한다』를 선택하기만 해도 다음 순간에는 주인공과 결혼해 있다.

백합 파워가 너무 세잖아, 베이선즈가! 좋구먼, 더 해라! 이 세계를 백합판으로 바꿔버려!

속으로 응원하면서 히죽거리는데 간이 조례가 시작되었다.

허둥지둥하던 마리나 선생님은 손짓 몸짓을 섞어가며 입학식 설명을 시작했다.

"그, 그러니까, 입장 신호를 보내면……, 허엇! 으헤엑! 죄, 죄송해요……. 기, 긴장해서……. 구, 구역질이……. 일단 10연차 좀 돌려도 될까요……?"

입학 첫날 거친 숨을 내쉬면서 소셜 게임 뽑기를 자신에게 투여하기 시작한 교사를 보고 A클래스 학생들은 경악했고, 이미 익숙한 나는 하품했다.

나는 뒷자리에서 팔을 괴면서 교실을 바라본다.

낯익은 캐릭터들이 모여 있다. 올 스타다. 새삼 정말 그 에스코 세계에 왔다는 걸 실감한다.

칠판 앞.

대각선 앞자리에서 라피스가 물끄러미 이쪽을 노려보고 있었다.

그녀는 부루퉁한 표정으로 『첫날부터 무슨 소동을 벌이는 거야』 하고 제스처 사인을 보낸다.

나는 손을 움직여 『멋진 측정이었어. 그녀는 굉장한 사람이야』라고 답했지만, 『측정』이 전해지지 않았는지 고개를 갸웃한다.

이어서 오른쪽 대각선 앞에서 시선을 느낀다.

이쪽을 바라보던 레이가 내 시선을 알아차리고 다시 앞을 본다.

"⋯⋯⋯⋯."

챗이 와 있길래 매직 디바이스를 통해 윈도우를 열었다.

[조례 중에는 앞을 보세요.]

아니, 너나 봐. 나는 앞을 보고 있고 네가 뒤를 보는 거잖아. 전후 역전 세계에서 말을 걸지 말라고, 동생아. 너는 츠키오리만 보고 있어.

[앞뒤 구별은 되는 거지? 괜찮아? 교복 앞뒤를 바꿔 입은 건 아니지? 칼라의 세탁 표시 태그가 앞에 달린 건 아니야?]

[조례 중에 채팅 보내지 마세요.]

[바보—, 바보—, 바보—!]

대각선 앞에 앉은 레이는 미소 지으며 내 쪽을 돌아보더니——, 다시 앞을 봤다.

또 채팅이 날아온다.

[바보.]

뒤에서 덮쳐서 남매의 역량 차를 느끼게 해줄까? 아마 기습해도 내가 지겠지만.

"으음……, 그게……. 그, 그럼, 서, 선생님은, 저, 옛날부터, 조금 오타쿠 기질……이라고 할까, 장인 기질 같은 게 있어서……, 에헷……."

교단 앞에서는 여전히 다 큰 성인이 열심히 새빨간 얼굴로 자기소개 중이다.

반 멤버 전원이 훈훈한 표정으로 마리나 선생님의 자기소개를 지켜보고 있었다.

나도 벌써 일치단결한 A클래스의 마리나 선생님 지켜보기 모임에 들면서 앞으로의 일을 생각했다.

이 학원에서 내가 목표로 삼아야 할 것은 분명하다.

츠키오리와 히로인들의 해피엔딩이다.

목숨보다 백합을 택한 나는 본래라면 히이로로 전생한 시점에서 할복해야 한다.

뻔뻔스레 히이로라는 오명을 뒤집어쓴 채 살아서 수모를 당하고 있는 건 미래의 백합을 위한 것이다.

어쨌든 이 게임은 물 난이도라고 하나 위험한 포인트가 많다.

게임이라면 세이브, 로드로 끝낼 수 있을지 모르지만 처음 보는 주인공이 패배해도 이상하지 않을 대목이 여럿 있다.

츠키오리 사쿠라……. 주인공이 죽으면 라피스든 레이든 아무도 행복해질 수 없다.

수없이 에스코를 플레이한 나라면 알 수 있다.

히로인들을 행복하게 해 줄 수 있는 건 주인공뿐이다.

대체…… 몇 번을, 주인공, 분신 만들어 줘……. 맺어지지 못한 히로인들은 어떻게 하냐고……. 분신 만들어……! 라고 생각했는지.

그런 이유로 나는 츠키오리의 목숨, 더 나아가서 백합을 수호하기 위해 최선을 다할 것이다.

최악의 경우 그녀의 방패가 되어 죽는 것도 불사할 것이다.

그걸 위해서는 멋대로 죽을 수 없다. 다가오는 사망 플래그는 맞서서 꺾어야 한다……. 내 목숨을 걸고 백합을 수호해야 한다.

그렇게 마음을 굳혔으니 앞으로의 내 행동 방침은 자명하다.

우선 스코어를 올릴 것이다.

아마 주인공과 히로인은 클래스가 떨어지는 일이 없을 거다.

그녀들이 피울 백합꽃을 지키기 위해서는 계속 A클래스에 남아야만 한다. 다소 강압적인 방법을 쓰더라도, 스코어 0에서 탈출해야 하겠지.

이어서 히이로의 힘을 최대한으로 끌어 올릴 거다.

이건 뒤에서 츠키오리를 돕기 위한 것이며 루트 진행에 조력하기 위한 것이다.

실수로라도 원작의 히이로처럼 츠키오리와 히로인의 이벤트를 망치거나 쓸데없이 경험치를 얻어가는 일이 있어서는 안 된다.

주인공 띄워주기에 총집중하자. 츠키오리가 죽지 않도록 하는 거다.

양쪽을 모두 챙겨야 한다는 게 백합 게이머의 힘든 점이지.

나는 히이로를 최강으로 만들 거다.

어쨌든 이건 물 난이도 게임이고, 주인공은 작은 노력으로 내가 피를 토해가며 한 노력을 거뜬히 뛰어넘는다.

그녀의 힘을 따라가지 못하면 그녀를 지킬 수도 없다.

나는 여운에 떠는 손을 내려다본다.

츠키오리 사쿠라의 그 일격은 상당했다. 이래서는 틀렸다.

나는 좀 더 강해져야 한다. 백합을 지키기 위해 모든 걸 바칠 각오를 해야만 저 치트급 주인공을 따라갈 수 있을 듯하다.

"그, 그럼 여러분! 이동하죠! 입학식 후에 오리엔테이션으로 세 기숙사장이 기숙사 소개를 할 거예요! 기숙사에 입소하는 것도 검토해 주세──, 콜록! 에헴! 콜록! 죄, 죄송해요. 최애 소셜 게임이 욕 나오는 이벤트를 시작한 영향으로 몸이."

어느새 간이 조례가 끝나 있었다.

나는 결의를 다지며 앞서 걷는 히로인들을 바라본다.

내가──, 아니, 츠키오리 사쿠라가 반드시 행복하게 해줄 것이다.

뜻밖에도 나와 나란히 선 츠키오리는 왠지 모르게 즐거운 듯 미소를 지으며, 앞장 선 마리나 선생님을 따라 걷고 있었다.

*

막힘없이 입학식을 마친 우리는 대강당 안으로 걸음을 옮긴다.

호죠 마법 학원 대강당.

중앙 강단을 에워싸듯, 붉은 의자가 단을 이루며 늘어서 있다.

오페라 하우스처럼 종교화가 그려진 훌륭한 돔이 보이고, 동그스름한 벽에는 붉은 커튼이 달린 별실이 늘어서 있다.

저 별실은 높은 스코어 보유자……, 우등생을 위한 VIP석이기에 상급생인 듯한 학생들이 음료를 마시며 우아하게 잡담 중이었다.

어두컴컴한 대강당 내에서 우리를 인솔하던 마리나 선생님이 넘어졌다.

울상을 지은 그녀를 학생들이 필사적으로 케어하는 광경이 자리의 분위기와 맞물려 비극적이었다.

"저, 저기, 여기부터 여기까지! 여기까지가 A클래스 자리니까 오늘은 원하는 자리에 앉으세요! 이제부터 세 기숙사장의 기숙사 소개가 있을 거예요! 조, 조용히 하세요!"

나는 적당한 자리에 앉았다.

"…………."

파도가 걷히듯 내 주변에서 반 친구들이 떠나갔다.

나는 그 신속한 남자 기피 행위에 속으로 박수를 보냈다.

남자의 존재는 독극물 취급하는 게 당연, 내가 앉자마자 자리를 옮긴 그녀들의 대응을 칭찬하자. 오히려 당연하다는 듯 다가오려 하는 라피스 같은 녀석들이 더 이상하다.

고립된 나는 팔짱을 끼고 한숨 자려고 하는데—— 옆에 누가 앉았다.

"안녕."

달콤한 향기다.

내 옆에 앉은 츠키오리 사쿠라는 미소를 띠고 있다. 마치 구름 사이로 엿보이는 달처럼 아름다운 미소의 빛을 뿜어낸다.

"…………."

왜 이 사람은 초장부터 남자와 얽히는 거지? 설정 싸움 만들 짓은 하지 말아 줄래? 츠키오리 사쿠라를 히이로 같은 오염물질로 망치지 말아 달라고?

"죄송한데, 저, 앞으로 친구가 옆에 앉을 거라……. 비켜주실래요……?"

"너 검술 같은 걸 배웠어?"

너 혹시 리스닝 능력 같은 게 달리냐?

"뭐, 스승님은 있지만 조금 사고가 있어서……. 마력이 고갈돼서 죽을 뻔해서 아직 검술은 배운 적 없어. 질문에는 답했으니까 비켜줄래?"

"싫어. 왜냐면 넌 친구가 없잖아?"

"…………."

맞는 말이라 반론을 못 하겠다. 하핫, 이 여자, 아무렇지 않게 뼈를 때리는데?

"독학이라."

아무도 앉지 않은 앞자리에 기대면서 츠키오리는 미소 짓는다.

"강하네, 굉장히."

치트급 주인공이 그렇게 말해 봤자 비꼬는 걸로만 들리는데……. 나와 네 마력 양은 컵과 수영장 정도로 차이 나거든?

왜 갑자기 말을 걸었는지 모르겠지만 필요 이상으로 츠키오리와 가까워질 생각은 없다.

어쨌든 타고난 몸빵인 히이로가 주목을 모으면 모을수록 주인 공과 히로인의 귀중한 스위트 타임은 깎이니까.

츠키오리 사쿠라는 이벤트를 팍팍 일으켜서, 그녀의 의사에 달리긴 했지만 하렘 루트로 가 줬으면 하니까…… 어서 라피스나 레이에게 가버려! 내 앞에서 사라지라고!

"…………."

그런 이유로 나는 대화를 끊듯이 눈을 감는다.

"혹시 던전은 가 봤어?"

"…………."

"같이 안 가 볼래? 오늘 방과 후에 시간 돼?"

"…………."

"어디 살아? 기숙사에 들어갈 거지? 어떤 기숙사로 갈 거야?"

"…………."

뭐야, 얘?!

왜 이렇게 들러붙는데?! 너 쿨한 캐릭터잖아?! 왜 옆구리를 쿡쿡 찌르는데?! 내 어디가 그렇게 마음에 들었는데?! 처음 보는 사람 뺨은 찌르지 말아 줄래?!

"…………이봐, 너."

"뭐야, 역시 깨어 있었네."

새카만 눈으로 츠키오리는 이쪽을 살핀다.

아름다운 눈이다. 맑다.

순간적으로 그 끝없는 눈에 빨려들 뻔했지만, 식선에 이성을 되찾는다.

"기껏 시작한 학원 생활인데 남자 따위나 신경 써서 되겠어? 이렇게 귀여운 여자들이 많은데 남자 뺨이나 찌르다가 인생 종칠 셈이야?"

"저 애들은 약해."

싸늘해진 표정으로 그녀는 속삭였다.

"나는 대등한 상대만 좋아해."

그녀의 이 말에는 나름의 이유가 있다.

원래 츠키오리 사쿠라는 힘을 원해 이 호죠 마법 학원에 입학했다.

그녀의 목적은 전국에 있는 던전의 핵을 부수는 것이었고, 서민인 그녀가 이 아가씨 학교에 입학한 것도 마법 다루는 실력이 뛰어나다는 걸 인정받았기 때문이다.

그리고 그녀의 완고한 마음은 히로인들을 만남으로써 서서히 풀린다. 최종적으로는 『던전 따위는 아무래도 좋아! 나는 여자랑 꽁냥꽁냥하며 행복해지겠어!』 하고 연애에 눈을 뜬다.

뭐, 아직 초반이니까. 언젠가 그녀도 여자와 키스하고 싶어지겠지. 괜찮아, 백합 IQ 180의 미래시를 믿자.

츠키오리의 반응을 두고 생각에 잠기는데 라피스가 찾아와 내 왼쪽 옆에 앉았다.

나는 말없이 일어나 뒷자리로 옮겼다.

"…………."

"…………."

당연하다는 듯 쫓아온 두 사람은 나를 사이에 두고 좌우로 앉는다.

이 녀석들, 백합 사이에 낀 남자로 오셀로를 즐길 셈인가……?

"처음 뵙지만 실례할게요."

레이가 와서 아름답게 웃으며 츠키오리에게 말을 건다.

"자리를 바꿔 주지 않으시겠어요? 당신 왼쪽에 앉은 게 저희 오빠라……. 오빠라고 해도, 먼 친척이라 거의 피는 이어지지 않았지만요. 오빠 생일이 조금 빨라서 제가 오빠로 대하고 있어요. 지난번에 오빠가 크게 다치는 바람에 아직 교복 아래에 붕대도 감고 있고요. 동생으로서는 당연히 걱정도 되고 무슨 일이 있으면 대응해야 하거든요."

"아니, 나 이미 붕대는 풀었──."

"오라버니께 물어본 적 없어요. 조용히 하세요. 전술한 사정도 있으니 죄송하지만 자리를 바꿔 주시겠어요?"

"…………."

"자, 리, 좀, 바꿔 주시겠어요?"

"…………"

싱글벙글 웃으며, 웃지 않는 눈으로 레이는 츠키오리를 내려다본다. 그 무시무시한 압박에 라피스는 얼굴이 파랗게 질렸고 나 역시 자는 척하며 흘려넘긴다.

우두커니 선 레이를 무시하고 츠키오리는 나에게 웃어 보인다.

"껌, 씹을래?"

네 담력은 어떻게 돼 먹은 거냐……?

한편 레이도 만면의 미소를 띤 채로 내 앞자리에 앉았다.

그녀는 긴 흑발을 나부끼며 뒤를 돈 채 여전히 싱글벙글 웃으며 바라본다.

"오라버니."

"네, 네……."

"산죠의 사람으로서 기숙사엔 안 들어갈 거죠? 산죠 본가에 사는 게 의무화되어 있잖아요?"

"들어갈 거야."

갑자기 대화에 츠키오리가 끼어든다.

"아까 같은 기숙사에 가기로 약속했거든."

안 했어―! 웃으면서 날조하지 마!

"뭐?! 너 기숙사로 간다고?! 처음 듣는 얘기인데?! 그 집은 어쩌고?! 아스테밀이나 알브들도 가만있지 않을걸?! 그런 중요한 건 미리 말을 해!"

옆에서 라피스에게 추궁당한 나는 몸을 움찔했다.

"오라버니는 산죠 본가에 살 거예요. 조금 전 계약서도 작성했어요."

"뭐? 아까 별택에 살기로 날인했잖아?"

"아니, 기숙사에 들어간다고 법정에서 선언했어."

무, 무서워……. 사실이 세 방향에서 왜곡되고 있어. 원형을 찾아볼 수 없을 만큼 변형됐어……, 그보다…….

시끄럽게 싸우는 세 사람 사이에서 나는 두 팔 사이로 고개를 숙인다.

왜 이렇게 된 거지……. 이래서는 일반 러브 코미디, 하렘물이잖아……. 어느새 여기까지 호감도가 오른 거지……. 연애 감정 같은 게 아니라 순수한 호의라는 게 그나마 다행이지만……, 도통 모르겠네…….

진지하게 나는 이 상황에서 세 사람의 호감도를 0까지 떨어뜨릴 방법을 생각한다.

"…………."

DDONG이라도 쌀까……. 아니, 하지만 다른 방법이…….

"…………."

역시 DDONG인가……?

"…………."

아무리 생각해 봐도 DDONG을 싸는 수밖에……(절망).

백합을 위해 인간의 존엄을 버리기로 결의했을 때, 때마침 주변이 캄캄해지더니—— 강단에 스포트라이트가 켜진다.

아무래도 세 기숙사장의 기숙사 소개가 시작되는 모양이다.

으르렁거리던 세 사람도 조용해졌고 나는 강단 위로 시선을 돌렸다.

호죠 마법 학원에는 세 기숙사가 있다.

루푸스(주朱의 기숙사), 카이룰레움(창蒼의 기숙사), 플라움(황黃의 기숙사)……. 세 가지 색으로 나뉜 기숙사는 에스코 팬들에게는 『신호등』이라고 불린다.

각 기숙사에는 기숙사장이라고 불리는 마스터가 있다.

기숙사장은 절대적인 지배자이며 한번 기숙사에 들어가면 절대 그녀들을 거스를 수 없다. 기숙사 내 규칙도 각 기숙사장이 정하며 기숙사 대항 이벤트 내에서도 진두 지위를 맡게 되어 있다.

원작 게임에서 주인공은 각 기숙사에 들어감으로써 추가 능력치를 얻었다.

루푸스에 들어가면 체력과 근력을, 카이룰레움에 들어가면 마력과 지성을, 플라움에 들어가면 민첩성을……. 기숙사에 들어간 시점에서 주인공이 올린 스코어는 소속 기숙사로 가산된다.

각 기숙사가 관리하는 스코어 양이 오르면 오를수록 추가 능력치의 퍼센티지가 오른다. 또 일정 스코어를 벎으로써 매직 디바이스나 아이템을 얻거나, 기숙사장의 호감도를 올려 루트에 진입할 수도 있다.

또 반년에 한 번 스코어에 따른 클래스 분배와 동시에 각 기숙사 순위가 발표된다. 거기서 훌륭히 1위를 빛낸 기숙사에는, 학원장이 상을 준다.

게임 시작 당시 주인공은 특정 주거지가 없다.

그렇기에 주인공의 입소는 강제되어 있는데 어떤 기숙사로 갈지는 자유롭게 정할 수 있다. 단 입소 시험이라고 불리는 심사가 있어서 거기서 좋은 성적을 거두지 못하면 입소를 거부당할수도 있다.

루푸스 입소는 1주차라도 노력하면 가능.

카이룰레움 입소는 2주차 내지는 3주차 이후가 아니면 힘들다(에스코 학회원이라도 아닌 한).

플라움 입소는 선택하기만 하면 거뜬히 들어갈 수 있다.

마력이 중시되는 에스코에서는 다들 창만 고르겠지 싶을 수도 있지만, 전술한 각 기숙사의 독자적인 특전도 우습게 볼 수 없다. 게다가 각 기숙사에서 발생하는 이벤트도 다르기에 어떤 기숙사가 좋다고 콕 집어 말할 수 없다.

원작 게임에서 히이로는 기숙사에 들어가지 않지만, 기숙사에 들어가지 않더라도 어떤 기숙사에 속할지는 정해야 한다.

유복한 아가씨들에게는 규칙이 있는 기숙사보다 본가에서 지내는 게 쾌적하다. 굳이 기숙사에 들어가려 하는 건 위로 올라가고자 하는, 엘리트를 지향하는 학생 정도다. 그렇다고 하나 형식적으로 소속만은 하게 된다.

설정상으로는 입소해서 좋은 성적을 거두면 더 좋은 일자리를 얻을 수 있다.

각종 기업이 호죠 마법 학원 기숙사 내 성적에 무게를 두고 있으며 그걸 일종의 판단 기준으로 삼고 있다.

게다가 기숙사에 들어가면 각 기숙사장과의 연줄도 만들 수 있다.

그 연줄이 취업 시에 도움이 되는 것은 물론이요, 학원 생활 중에도 높은 스코어 보유자와 친하게 지내는 건 득이 될 뿐이다.

혜택을 받는 것은 물론, 그녀들을 따라가면 기회도 많이 돌아오기에 스코어도 상승적으로 오른다.

그래서 게임 내의 히이로는 기숙사에 들어가지 않았지만 나는 입소를 노려보려 한다.

당연히 힘을 추구한다면 창의 기숙사를 택해야겠지만 스코어 0인 나는 플라움에 들어갈 수 있을지조차 의심스럽다.

기본적으로 기숙사 스코어는 입소한 전원의 스코어 총량이 되기에 엘리트를 지향하는 카이룰레움이 아닌 한, 『이 녀석을 안고 가면 이득이 된다』라고 판단되면 입소할 수 있다.

다만 매우 드물게 어떤 기숙사든 『받아들여도 득이 되지 않는다』라고 간주해 받아주지 않는 사람도 있다.

예를 들어 스코어가 0에 백합 사이에 낀 거지발싸개 같은 놈이라거나……. 그놈은 너무 미움받아서 입소를 거부당했던 설정이었지……?

우선 지금은 기숙사장의 기숙사 소개에 집중할까. 세 기숙사장이 등단했다는 건 그녀도 소개될 테니까.

세 기숙사장 중 하나──, 제3의 히로인 등장이다.

중앙 강단.

뜨거운 빛이 무대를 비추었다. 스포트라이트 아래 주홍색 머리를 가진 소녀가 빛나는 꽃길을 당당한 얼굴로 걸어온다.

용인(드래고뉴트)인 그녀의 머리에는 뒤틀린 두 개의 뿔이 있다.

플레어 비이 루루플레임──, 루푸스의 기숙사장이자 불 속성 특화, 이명은 『염나(炎那)』다.

그녀는 미소를 띠며 마이크에 입을 가져다 댔다.

"우리는 강자를 원한다."

그 한마디로 시작된 연설은 손짓 몸짓을 섞어가며 이뤄졌고, 고급스러운 연극 같은 우아함마저 띠고 있었다.

그 츠키오리 사쿠라마저도 내 오른쪽 옆에서 매료당한 듯 강단을 빤히 보고 있었다.

눈 깜짝할 새 시간이 흘렀다.

청중의 시선을 확 사로잡은 그녀는 마지막으로 한 장의 종잇
조각을 펼치며 속삭였다.

"루푸스, 특별 지명자…… 산죠 레이."

대강당이 술렁였고 내 앞자리에 시선이 쏠린다.

"…………."

관중의 주목을 모은 레이는 평소처럼 태연한 표정이었다. 곱
게 등을 펴고 망설임 없는 눈으로 단상을 바라보고 있다.

각 기숙사 기숙사장은 1년에 한 번, 신입생을 맞이할 때 『반드시
자기 기숙사에 부르고 싶은 추천자』를 딱 한 명 지명할 수 있다.

그게 특별 지명자다.

설정자료집에 따르면 특별 지명자는 가문, 스코어, 마법 실
력, 『우수』하다고 판단될 정도의 능력치……. 여러 요소를 고려
하여 기숙사장이 독단으로 결정한다.

당연히 나는 각 기숙사장이 지명하는 특별 지명자를 안다.

그렇기에 딱히 놀라지는 않았지만, 주인공조차 들어가는 데
애먹는 루푸스 특별 지명자로 선택되었음에도 미동조차 없는
레이의 담력은 대단했다.

술렁임이 잦아든 것은 한 소녀가 자리를 지배했기 때문이다.

잠잠――, 대강당이 조용해졌다.

푸른 머리를 가진 아름다운 소녀……, 세계수 관을 쓴 그녀는
검지를 입 앞에 대고 천천히 숨을 내쉬었다.

쉿…….

그 숨결에 매료된 듯 학생들의 수다가 뚝 끊겼다.

그녀는 말 그대로 투명하다.

정령종인 그녀는 몸의 표면이 투명하여 뒤의 풍경이 비쳤고, 새하얗고 얇은 베일로 단정한 얼굴을 가리고 있었다.

프리 플로마 프리기엔스――. 카이룰레움 기숙사장이자 『지고(至高)』의 지위를 얻은 최고봉 마법사, 이명은 『절령(絕零)』이다.

"협조해 주셔서 감사합니다."

속삭임이 공기 중에 녹아든다.

그 목소리는 확성기도 없는데 대강당에 침투했다. 고작 몇 초만에 자리를 지배한 그녀는 아무리 시간이 지나도 입을 열지 않았다.

그저 거기 서 있을 뿐이다.

몇 분이 지나 해프닝인가 한 신입생이 술렁이기 시작했고――.

"우리 기숙사는."

갑자기 그녀가 입을 연다.

순간 심장을 꽉 거머쥔 듯 신입생들은 단숨에 매료당했고, 그녀의 모습을 좇아 단상으로 시선을 옮겼다. 완벽한 연설 기법이다.

낭랑하게 그녀는 말을 잇는다.

왼쪽 옆에 있는 라피스는 눈조차 깜빡이지 않고 단상에 있는 그녀를 바라본다.

프리는 연설을 마치고 한 장의 종잇조각을 펼쳤다.

"카이룰레움 특별 지명자……, 라피스 클루에 라 루메트."

단숨에 장내가 술렁였고 내 왼쪽 옆으로 주목이 쏠렸다.

"…………."

여전히 침묵한 채로 눈을 가늘게 내리뜬 라피스는 단상을 노려본다.

그 시선을 감지한 듯 프리는 라피스를 바라보며 웃는다.

루푸스, 카이룰레움.

기숙사 소개를 마치고 마침내 마지막 사람이 등장한다.

플라움 기숙사장, 제3의 히로인 이명은 『사비(似非)』———, 뮤르에세 아이즈벨트.

루푸스와 카이룰레움 기숙사장의, 완벽하다고 해도 과언이 아닐 연설. 그 뒤로 기대감을 품은 신입생들은 연설자가 단상에 오르기 전부터 무대 위로 시선을 집중하고 있었다.

그 기대로 가득 찬 시선 앞으로 거만하게 팔짱을 낀 작은 소녀가 걸어온다.

그녀는 하인인 소녀를 거느리고 있었고, 하인은 강단에 무슨 장치 같은 것을 하더니 떠나갔다.

머리카락 일부를 땋은 백금색 장발.

학원이 지정한 모자를 쓰고 푸른색 아름다운 눈을 청중에게 돌린 뮤르는 어디서 애를 하나 납치해 왔나 해도 어쩔 수 없을 정도로…… 작다.

거만하게 팔짱을 끼고 위압적으로 고개를 젖힌 그녀는 이 세상의 지배자인 양 굴었다.

"음—, 어험."

그녀는 헛기침을 하더니 마이크를 잡는다.

끼잉—!

순간 하울링이 발생했고 신입생들은 두 귀를 틀어막는다.

당황해서 허둥거리는 뮤르 옆에서 하녀가 살며시 손을 내밀더니 하울링을 끈다.

뮤르는 안도의 한숨을 내쉬고는, 마이크를 건드리지 않게 조심해 가며 오만불손하게 말하기 시작했다.

"음—, 우선 신입생 여러분 입학 축하해. 우리는 당신들의 입학을 진심으로 환영하는 바야."

거만한 태도를 보인 그녀는 학원장 인사인가? 싶을 만큼 격식 있는 미사여구를 늘어두기 시작한다.

루푸스, 카이룰레움 기숙사장이 한 카리스마 넘치는 연설과는 한참 거리가 먼 재미 없는 내용이…… 끝없이 낭랑하고 장황하게 이어진다.

신입생들의 기대가 시들해져 가는 걸 쉽게 알 수 있었다.

그 분위기를 느꼈는지 필사적으로 변한 플라움 기숙사장은 큰 손짓 발짓을 더해가며 계속 떠들었다.

그래도 자리의 흐름은 호전되지 않는다.

"그, 그러니까, 우리 학원의 역사는, 역사상 유례를 찾아볼 수 없으며……."

마침내 기숙사 소개를 벗어나 학원 소개까지 시작했다.

앞쪽 자리에서는 키득거리는 웃음소리가 들린다.

"저게 뭐야. 구려. 저게 기숙사장이라니…… 기부금을 얼마나 줬길래?"

"소문이 맞네. 플라움 기숙사장은 낙오자라더니. 그 아이즈벨트가의 아가씨길래 기대했는데."

"얼른 좀 안 끝내주나. 저런 애 상대로 시간 낭비하기 싫어. 보는 내가 더 창피해."

"그나저나 용케 저런 꼴로 다른 기숙사장에 이어 단상에 올랐네. 창피하지도 않나. 아이즈벨트가의 수치야."

그 악담과 조소는 대강당 내를 메웠고 단상에 있는 뮤르 귀에도 들어간 모양이다. 일부 교원들은 주변 학생들에게 주의했지만, 발언자를 찾지는 못했다.

뮤르의 두 눈에 서서히 눈물이 맺히기 시작한다.

"…………."

나는 말없이 자리에서 일어난다.

"히이로?"

라피스의 부름에 답하는 대신 일부러 다 들으라는 듯 바보 취급하는 두 사람 앞에 서서 그녀들을 내려다봤다.

"자, 잠깐, 뭐, 뭐야……?"

"…………."

"뭐, 뭔데. 그냥 좀 놀린 것뿐이잖아?"

"…………."

"기, 기분 나빠! 남자 따위가! 가자!"

그녀들은 자리에서 일어나 도망쳤고, 나는 그 자리에 털썩 앉아서 다리를 꼬았다.

얼굴을 맞대고 소곤거리는 건 정말 최고다.

하지만 백합에 사악함은 필요 없다. 그건 이미 시든 꽃이다. 장래에 피어날 아름다운 백합꽃을 시들게 하는 것도 OUT이다.

주변 학생들이 이쪽을 바라보며 속닥이고 있었다.

내가 일방적으로 트집을 잡은 걸로 보였는지, 벌써 히이로의 악평이 돌기 시작하는 듯하다.

나로서는 백합을 지킬 수 있다면 뒷일은 아무래도 상관없기에 더 바랄 게 없다.

역시 여기까지 따라오지는 않았지만 츠키오리는 즐거운 듯 나를 바라보고 있었다.

"음─, 이, 이로써 플라움의 소개를 마친다!"

이러쿵저러쿵하는 사이 마음을 다잡은 뮤르는 연설을 마치고 종잇조각을 펼쳤다.

그 종잇조각에 쓰인 특별 지명자 이름은 이미 정해져 있다.

주인공 츠키오리 사쿠라──, 입학식 직전 아침 츠키오리는 뮤르를 도왔고, 거기서 『이용 가치』를 발견한 뮤르가 그녀를 지명한다.

그렇기에 츠키오리는 간이 조례에 늦을 뻔한 것이다.

어디, 특별 지명자로 뽑힌 츠키오리의 반응이라도 구경해 보실까.

"플라움, 특별 지명자──."

나는 왠지 모르게 설레면서 뒤에 있는 츠키오리를 돌아본다.

"산죠 히이로!"

순간 시간이 멈췄다.

대강당 내를 뒤흔드는 듯한 술렁임이 자리를 메웠고, 경악스러운 눈길이 내 얼굴로 향한다.

나는 입을 떡 벌렸고——.

"············엥?"

엄청난 충격에 얼빠진 표정을 지었다.

*

세 기숙사장의 소개가 끝난 후, 교실로 돌아와 본격적인 조례가 시작됐다.

전원의 자기소개도 막힘없이 끝났고, 오늘 방과 후부터 희망자를 우선으로 일주일에 걸친 입소 면접을 치르게 된다.

기간 내에 학생들은 자유롭게 입소 면접을 볼 수 있지만, 각 기숙사 면접을 볼 수 있는 건 한 번뿐이다. 후에 올 합격 판정에 따라 루푸스, 카이룰레움, 플라움으로 나뉜다.

원작 게임에서는 이 일주일이라는 짧은 기간 동안 카이룰레움에 입소할 조건을 갖추는 게 실질적으로 불가능했다. 또 루푸스 역시 게임에 적응하기 전에는 필요 능력치를 얻기 어렵다.

시나리오를 따라갈 경우, 주인공은 플라움의 특별 지명자로 선발된다. 그렇기에 1주차의 플레이어는 제3의 히로인 즉 『뮤르에세 아이즈벨트』가 다스리는 플라움으로 가는 경우가 대부분이다.

"…………."

츠키오리가 플라웁의 특별 지명자로…… 지명되어야, 하는데.

의문을 느끼면서 나는 독수리 동상이 양쪽에 높인 정문을 바라봤다. 고개를 들어보니 현란하게 솟아 있는 플라움이 있다.

부지 면적은 산죠가 별택에 필적하긴커녕 능가하지 않을까. 학생 기숙사임에도 불구하고 정원이 있으며 노란 장미가 흐드러진 화원에 티룸, 여신상이 중앙에 선 분수까지 있다.

누가 사용 중인지 기숙사생 전용 훈련장에서는 마법 발동음이 들린다.

기숙사는 6층 규모에 웬만한 고급 맨션의 몇 배는 될 법한 건물. 대형 시계가 달린 최상층 벽면에는 플라움의 상징이라고도 할 수 있는 독수리 문장이 그려져 있었다.

루푸스는 붉은 사자. 카이룰레움은 푸른 유니콘. 플라움은 노란 독수리다.

각 기숙사의 상징은 입소 후 배부받는 배지에도 그려져 있으며 각 학생이 어떤 기숙사에 소속되어 있는지 한눈에 알 수 있다.

플라움을 앞에 두고 나는 머리를 쥐어뜯는다.

자, 뭐가 어떻게 된 걸까.

왜 내가 플라움의 특별 지명자로 지명되었는지……, 시나리오 흐름이 바뀐 이유를 찾아볼 필요가 있다.

그걸 위해서는 이 입소 면접을 봐야 한다.

입소 면접을 보더라도 『산죠 히이로는 플라움에 입소해야 하나?』라는 명제는 남는다.

추가 능력치를 원한다면 다양한 혜택을 볼 수 있는 플라움에 입소해야 한다. 이 기회를 놓치면, 내 입소는 거의 불가능하다고 봐도 좋다.

히이로는 성격이 너무 나빠서 입소가 불가했다는 설정이 있을 정도고…… 애초에 남자인 시점에서 입소할 수조차 없는데.

어쨌든 기숙사에서 생활한다는 건 여자들과 공동 생활한다는 것을 뜻한다.

백합 게임 세계가 아니더라도 남자와 여자는 분리되어 있다. 이 세계 아가씨가 남성과 함께 사는 것을 좋게 볼 리 없다.

남자의 지위가 땅에 떨어진 세계에서 남자가 입소하는 건 특례가 아닌 한 인정될 리 없다.

그래, 예를 들어 특별 지명자라도 되지 않는 한.

"…………."

왠지 모르게 진상이 보이기 시작한다.

내 생각이 옳다면 본래의 시나리오 흐름을 바꾼 건 그 녀석이다.

여기서 입소하느냐 마느냐에 따라, 그 녀석과의 관계도 변할지 모른다. 그렇다면 중요하기는 하다.

아니, 정말 어쩐다냐.

나는 한숨을 내쉰다.

입소할 뜻이 없는 학생은 교사에게 그 뜻을 말하고 입소 면접을 그냥 넘길 수 있다. 그 경우 소속된 세 기숙사의 선택권은 교사에게 일임되며, 각 기숙사의 균형을 고려해 해당 학생이 분류된다.

입소하지 않는 학생의 스코어는 아무리 증가해도 기숙사 스코어로 취급되지 않기에 그 학생은 추가 능력치 및 각 기숙사 특전을 받을 수 없다.

기숙사 대항 이벤트에 참가할 수 있지만 기숙사 포인트에는 공헌할 수 없기에, 세 기숙사장으로서는 입소하지 않는 학생을 어디 두더라도 문제없다. 그렇기에 기본적으로는 들어가기 힘든 카이룰레움이나 루푸스로 분류되는 경우가 많다.

특별 지명자란 어디까지나 기숙사장에 의한 추천자에 불과하다.

그 기숙사에 들어가지 않더라도 따로 문제는 없지만, 입소하지 않는다는 선택을 했을 경우 강제적으로 지명당한 기숙사에 속하게 된다.

솔직히 플라움에 들어감으로써 얻을 수 있는 추가 능력치는 간절하게 원한다. 일정 스코어로 얻을 수 있는 특전 역시 주인공에게도 유용하기에 히이로로서는 크게 탐난다.

단 이 입소로 인해 백합 사이에 끼게 되지 않을까?

그것만이 고민거리이긴 하지만……. 뭐가 어찌 됐든, 입소 면접을 받아야 이야기가 시작되려나.

나는 플라움을 향해 한 걸음을 내디뎠고——, 쿠우웅!

발밑에 책장이 떨어지더니 힘껏 부서져 사방으로 퍼졌다.

산산조각 난 책장 조각이 튀었고, 기숙사 내에서 말다툼 소리가 들린다. 책상이 떨어지고 교과서가 추락하자 창문으로 고개를 내민 기숙사생들이 '또야?'라는 듯한 표정을 짓고는 고개를 쏙 집어넣는다.

땅에 떨어진 칼비노의 '반쪼가리 자작'을 주워들고 페이지를 넘기는데, 기숙사 안에서 상급생이 뛰쳐나온다.

"이제 더는 못 참아!"

기숙사를 돌아본 그녀는 새빨간 얼굴로 소리친다.

"당신 같은 바보가 있는 기숙사는 내가 싫어! 이 낙오자! 평생 그렇게 독불장군처럼 살아!"

"시, 시끄러워, 멍청아—! 나도 이제 애원해도 저어어얼대로 기숙사에 안 받아줘! 루푸스든 카이룰레움이든, 원하는 곳으로 가버려—! 멍청이—!"

최상층의 동그란 창문으로 고개를 내민 뮤르는 큰 소리로 반박한다.

상급생 소녀는 빠르게 교과서를 주워들더니 내 손에서 『반쪼가리 자작』을 낚아챈다. 이쪽을 노려보는 눈이 『왜 남자가』라고 말하고 있었지만, 뮤르에게 들려주려는 듯이 입을 연다.

"이딴 기숙사는 입소하지 않는 게 좋을걸. 분명 후회할 거고, 저 사이비는 정말 최악이니까."

분개 중인 그녀는 발을 쿵쿵 구르며 떠나갔고——, 쓰게 웃으며 나는 제3의 히로인을 올려다본다.

"오~! 뭐야, 웬 예의 없는 침입자가 왔나 했더니 산죠 히이로잖아! 잘 왔어! 어서 와, 우리 기숙사에!"

방금 막 상급생을 쫓아낸 그녀는 거만하게 팔짱을 끼며 웃었다.

"플라움 기숙사장으로서 너를 환영할게! 어쨌든 너는 이 나의 눈에 든 특별 지명자니까! 그런 데 멀뚱히 서 있지 말고, 자, 어서 들어와!"

귀여운 고함에 나는 한숨을 내쉬었다.

＊

뮤르 에세 아이즈벨트는 아이즈벨트가의 막내딸이다.

이 세계의 법칙 그대로, 아이즈벨트가는 모계 공작가이며 마법사 명문으로서 이름을 드날리고 있다.

금지된 성별 선택 출산을 하는 게 아닌가 의심받을 만큼, 그 가계도에 줄줄 늘어선 것은 여성뿐.

뮤르에게는 다섯 언니가 있다. 전부 명문인 호죠 마법 학원을 높은 성적으로 졸업하여 졸업 후에도 정계, 재계, 마법계……갖은 방면에서 눈부신 활약을 보이며 세상을 뒤흔들고 있다.

말하자면 아이즈벨트가는 엘리트 집안인 것이다.

당연히 뮤르도 그 기대를 한 몸에 짊어지고 태어났지만……, 그녀는 부모님의 기대에 보답하지 못했다.

타고난 마력 부전.

그녀의 마력은 거의 제로에 가까우며 마법 하나 제대로 못 쓴다.

허리에 매단 지팡이형 매직 디바이스는 장식에 불과하다. 뮤르에게 붙은 이명 『사비』처럼 그녀는 『사이비 마법사*』라고 불린다.

마법이 뛰어나지 않더라도 다른 분야에서 두각을 드러낸다면

---

*사비似非는 일본어로 에세라 읽으며, 사이비, 엉터리라는 뜻이다.

차라리 나았을지 모른다.

하지만 그녀는 어떤 분야에서도 힘을 드러내지 못했다. 아무리 노력해도 그녀의 성적은 짬을 내서 하는 언니들의 수준에도 전혀 미치지 못했다.

매일, 매일, 매일.

뮤르는 노력했고 어느 날 친어머니가 웃으며 말했다.

「이제 너는 아무것도 안 해도 된단다.」

그 순간, 그녀의 마음은 뚝 부러졌다.

그녀에게 남은 건 아이즈벨트가가 낸 고액의 기부금으로 얻은 플라움 기숙사장이라는 지위와 명문가라는 기대의 반동으로 떠안은 거만함.

이제 뮤르는 말과 태도로 교만하게 구는 것 말고는 자신을 표현할 방법을 알지 못했다.

그런 그녀를 동정했던 사람마저 떠나가는 건 당연하다고도 할 수 있다. 어느새 그녀 옆에 남은 건 하녀 딱 하나뿐이었다.

"흑……, 오……, 오오……!"

"왜, 왜, 산죠 히이로는 갑자기 우는 거지?"

"그, 글쎄……?"

플라움 최상층, 기숙사장실 겸 응접실에 들어온 나는 뮤르 루트 후반부를 떠올리며 오열 중이었다.

그건…… 그건, 안 돼……. 그건, 그냥, 백합을 통한 뮤르의 성장 이야기야……. 최후의 그 전개는, 너무 반칙이라 눈물이……!

"나, 나는…… 당신 편이니까…… 당신의 적은…… 당신의 행복을 가로막는 장애물은…… 몸소 제거하겠습니다……!"

가죽 소파에 앉은 나는 맞은편에 앉은 뮤르에게 속삭인다.

"뭔지 잘 모르겠지만 훌륭한 충성심이야! 내 온몸에서 흘러넘치는 카리스마가 이런 남자조차도 끌어들인단 말이지! 응? 릴리!"

릴리 클래시컬.

마지막 순간까지 뮤르 곁을 떠나지 않는 하녀는 수려한 자세를 유지한 채로 목례한다.

"그런데 기숙사장."

나는 릴리 씨에게 받은 손수건으로 눈물을 닦는다.

"왜 저를 특별 지명자로 선택한 건가요?"

"뭐?"

만족스레 고개를 끄덕이던 그녀는 곤란하다는 표정으로 릴리 씨를 돌아본다. 조용히 대기하던 그녀는 눈을 감은 채로 답했다.

"물론 산죠 히이로 님이 아가씨 눈에 들었기 때문입니다."

"그, 그래, 맞아! 나는 그 아이즈벨트가의 뮤르 에서 아이즈벨트거든! 너 같은 남자와 만나기는 솔직히 싫었지만, 다소는 봐줄 만한 것 같길래, 특별히 거기 앉혀 준——."

"……아가씨."

움찔한 뮤르는 "흐, 흥!" 하고 팔짱을 낀다.

"따, 딱히 틀린 말을 한 건 아니거든! 남자 따윈 쓰레기라고 어머님도 그러셨어! 본래라면 아이스벨트가의 영애인 내가 이딴 남자를 만날 필요 따위는 없다고! 다만 그 녀석이 꼭 만나 보라길——."

"흐음, 그 녀석, 이라……?"

히죽 웃은 나는 손수건을 개키면서 중얼거린다.

"이야기 흐름으로 추측하건대 기숙사장님이 말하는『그 녀석』이 나를 특별 지명자로 꽂아 넣어 달라고 부탁했구나."

나에게서 손수건을 받아든 릴리 씨는 관자놀이를 누른다.

당황한 듯한 뮤르는 눈알을 이리저리 굴리더니, 얼버무릴 셈인지 컵받침을 손가락으로 달그락거리며 만지작거리기 시작했다.

나는 쓰게 웃으며 뒤에 대고 소리친다.

"어차피 듣고 있지? 사양하지 말고 들어와."

문이 열린다——.

"츠키오리."

주인공, 츠키오리 사쿠라가 들어온다.

츠키오리는 밤색 머리를 손끝으로 비비 꼬면서 내 커피 컵을 잡고 들어 올린다.

"예리한 건 허리에 찬 검뿐만이 아니었구나."

"솔직하게 머리가 좋네, 산죠 히이로, 라고 칭찬한 다음 원활한 커뮤니케이션을 취할 생각은 없어?"

"솔직히 말하면 없어."

스르륵 응접실로 들어온 그녀는 내 옆에 앉았고—— 팔짱을 낀다.

"……야, 너."

"근데, 어디서 꼬리를 잡은 거야?"

거의 처음 보는 남자에게 애교를 부리는 건 아니다. 그런 척하면서, 내 팔을 잡고 도주를 저지하는 거다.

"세상을 잘 알게 되면 자연스레 데이터베이스가 축적되거든. 조금 전에도 남자를 싫어한다고 변론하신 아이즈벨트가의 아가씨께서 스코어 0에 남자인 나를 선택할 리 없지. 그렇다면 누군가의 사주라는 뜻이야. 산죠가의 뒷공작일 수도 있지만, 녀석들이 나를 기숙사에 넣어 봤자 득이 될 점은 전혀 없으니까."

우리에 갇힌 동물을 바라보듯 츠키오리는 내 얼굴을 살핀다. 그 작은 동작에 부드러운 가슴이 팔에 닿는다.

"산죠가가 아니라면 학원 내에서 나와 연관이 있는 데다 기숙사에 들어가고 싶어 하는 사람이라는 건데……, 후보는 거의 하나, 츠키오리 사쿠라. 너로 좁혀져. 간이 조례 직전에 츠키오리가 기숙사장을 도왔다는 목격 정보도 들었고."

목격 정보를 들었다는 건 물론 뻥이다. 뮤르가 츠키오리를 지명한 이유는 원작에서 다 배웠으니까.

"기숙사장이 선택하려고 했던 특별 지명자는 츠키오리 사쿠라…… 너였지? 그 사실을 알고 있었던 너는 특별 지명권을 써서 나를 플라움에 입소시키자는 아이디어를 떠올렸어. 이런 식으로라도 말한 거 아냐? 『산죠 히이로는 자신과 동등한 실력을 가졌다. 만약 히이로를 기숙사에 넣어 준다면 자신도 조건 없이 플라움에 들어가겠다고 약속하겠다』."

여기 있는 사람들에겐 원작 지식에 따른 내 추리가 충격적이었는지 눈을 크게 뜨고 내 쪽을 바라보고 있다.

"응, 생각지도 못한 좋은 수확인걸."

미소 짓는 츠키오리는 놓치지 않겠다는 듯 내 팔을 감싼다.

아름다운 밤색 머리카락에서는 좋은 샴푸 향이 난다. 초롱초롱한 눈이 나를 올려다본다.

"히이로."

가차 없는 매력으로 그녀는 속삭였다.

"플라움으로 들어와 줄…… 거지?"

이, 이 녀석, 여자만으로도 모자라서, 남자인 나까지 함락시킬 셈인가?!

"남자치고는 꽤 감이 좋은 녀석이야! 이게 천민의 잔머리인가?! 분명 츠키오리 말이 맞았네! 이로써 올해의 플라움은 1위를 노릴 수 있겠어! 그렇지, 릴리?!"

"네, 네에……. 솔직히 놀랐습니다. 꼭 보고 온 사람 같네요."

죄송합니다. 실제로 화면 너머에서 보고 왔어요.

다리를 꼰 츠키오리는 대담한 미소를 띠며 손끝으로 검집을 친다. 도망칠 수 없다는 걸 깨달은 나는 중얼거렸다.

"들어갈게요, 플라움에. 한계 직전까지 머리를 굴려봤는데 아마 그게 최선이라고 생각하거든요."

불현듯 미소를 띤 츠키오리는 내 팔을 놓더니—— 내 귀에 입술을 댔다.

"앞으로의 학원 생활은…… 한 지붕 아래서, 이뤄지겠네."

본의 아니게 동요한 나에게 미소를 지으며 그녀는 방에서 나갔다.

역시 노련한 주인공. 벽에 상대를 밀어붙이고 키스해서 저항도 못 하게 함락시키는 육식계답다.

"흐흠, 좋아. 좋아. 내 훌륭한 매니지먼트 스킬 덕에 스피디하게 얘기가 끝났군! 질풍신뢰, 좋은 일은 서둘러라, 남은 것에는 생각지 않은 복이 따르지 않는 법! 릴리, 복도의 제한 속도를 지키면서 이 녀석을 방으로 안내해——."

"아니, 저한테 제대로 된 방은 필요 없어요."

"에엥? 뭐야? 무슨 뜻이야?"

어안이 벙벙한 것인지 순간 기숙사장은 나이에 걸맞게 귀여운 반응을 보인다. 책상 위를 두 손으로 짚으며 폴짝폴짝 뛰던 그녀가 위엄을 되찾으려는 듯 헛기침한다.

"사, 산죠 히이로, 그게, 무슨 뜻이지?"

"저는 남자니까요. 기숙사장님이나 다른 분들의 백합——이 아니라, 일상생활을 방해할 수는 없죠. 그러니까 다락방에 살게요. 공용 시설은 새벽이나 이른 아침에만 사용하도록 할 거고 누군가에게 모습을 보였을 경우, 즉시 저는 스나이퍼에게 사살당할 거예요."

"그럴 리가. 뭘 멋대로 정하고 그래. 남의 기숙사를 멋대로 데스게임 회장으로 만들지 마. 고액의 예산을 들여 네 뇌를 터뜨리기 위한 스나이퍼를 고용할 리 없잖아."

"당신이 기숙사장이잖아요."

"릴리! 이 녀석, 자기 자해를 추진하려고 기숙사 내 규칙 변경을 강행하고 있어! 게다가 왠지 득의양양한 표정이야! 자기 의견이 통과될 줄 알아!"

"아가씨, 세상에는 다양한 종류의 인간이 있습니다."

"이딴 인간을 다양성의 가치관으로 인정하면 어떡해!"

탕탕거리며 책상을 치던 뮤르는 어깻숨을 쉬며 나를 노려본다.

"너! 나는 그 아이즈벨트가의 사람이거든! 대단한 사람이라고! 신문 1면이나 공중파나 인 더 할리우드나 뭔가 대단한 느낌으로 나와도 이상할 게 없다고! 본래라면 너처럼 스코어 낮은 남자가 말을 걸 만한 사람이——."

"……아가씨."

"하, 하지만, 릴리, 이 녀석이!"

"아가씨."

"으~……."

이를 악물고 있던 기숙사장은 온몸을 위아래로 흔들면서 고개를 돌린다. 그 모습을 지켜보던 릴리 씨는 면목이 없다는 듯 고개를 푹 수그렸다.

"산죠 님, 주인을 대신해 깊게 사죄드립니다. 다만 이 아이는 자주 오해를 사는데요——."

"아니요, 안심하세요."

나는 앞머리를 쓸어올리면서 그녀의 말을 끊는다.

"이래 봬도 백합꽃을 사랑하는 신사로서 관찰안과 두뇌의 명석함에는 자신이 있거든요. 놀라실 수도 있지만 지난 셀프 검사에서 백합 IQ도 180씩이나 나왔어요."

"어머, IQ 180……. 굉장하네요……."

입에 두 손을 댄 릴리 씨 앞에서 나는 내 눈꺼풀 위를 툭툭 친다.

"저 시력 2.0이에요."

"관찰안과 시력은 아무 상관 없거든, 바보—."

"이렇게 보면 기숙사장이 하는 본심이 아닌 말도 잘 알 수 있어."

크게 떠드는 기숙사장 옆에서 릴리 씨는 부드럽게 웃는다.

"뭐야, 너?! 그 황당한 논조로 남자 주제에 릴리랑 가까워지려고! 그런 건 다양성의 세계가 용납해도 하늘과 내가 용납 못 해!"

"아하하, 설마(이런—, 완전히 질투 중이잖아! 이 농후한 백합의 낌새, 못 참겠는걸! 백합 엔진이 오랜만에 가열됐어! 전력으로 돌리는 수밖에~! 백합 엔진 가동합니다아! 부릉붕붕부르릉!)."

"산죠 님, 배려해 주시는 건 감사하지만, 딱히 다락방에 사실 건……."

걱정스레 말하는 릴리 씨에게 나는 미소로 답했다.

"우리 집안 격언에 『여성 간의 사랑을 방해하는 놈은 말 대신 내가 걷어차 버린다』라는 게 있거든요. 다락방 이즈 더 베스트. 이 기숙사는 2인 1실이라고 들었고, 백합이 성장하기 쉬운 환경——이 아니라, 여성끼리는 안심할 수 있는 환경이니까 거기 남자인 제가 끼어들 수는 없어요. 제가 알아서 청소하고 혼자 들어가 살게요."

"하지만."

"릴리, 내버려 둬! 이 녀석이 괜찮다잖아! 맘대로 하라고 해!"

"······그러네요. 이 이상은 도리어 민폐려나요."

휘익—! 나이스 서포트, 기숙사장! 멋있다!

"그럼 이만 실례합니다. 이 기숙사의 정점 관측 포인트를 찾아내야 하거든요."

괜히 얽히지 않도록 나는 얼른 나가려 했고——.

"아아, 맞다. 산죠 히이로."

기숙사장이 날 불러세웠다.

"네 약혼자가 기숙사 밖에서 기다리고 있어. 다락방이라면 둘이 살아도 상관없으니까 얼른 데리러 가."

"아아, 그래요? 제 약혼자가 와 있다. 그거 감사합니다."

나는 문을 열었다——.

"내 약혼자?!"

크게 외치자 깜짝 놀란 기숙사장이 뒤를 돌아본다.

"무, 무무무무무무슨 소리야?!"

"무, 무슨 소리고 뭐고, 너한테는 약혼자가 있잖아? 꽤 오래 기다린 것 같으니까 얼른 데리러 가는 게 좋을——. 아, 이봐!"

기숙사장실 문을 활짝 열어젖힌 나는 다급히 복도를 달려 나갔다.

히이로의 약혼자——, 설정상으로는 존재하지만 갑자기 이 호죠 마법 학원에 예고도 없이 출현할 리 없다.

출현할 리 없지만······, 이젠 무슨 일이 벌어져도 이상할 게 없으니까.

안 그래도 까다로운 지금 상황에, 정체를 알 수 없는 약혼자

(여자를 좋아하는 히이로니까 여자겠지만)까지 참전하면 곤란하다.

엘리베이터를 기다리는 것보다 빨라서 나는 계단을 몇 단씩 뛰어 내려간다.

조바심이 나 트리거를 당겨 3층 창문으로 훌쩍 뛰어내렸고, 착지해 한 소녀 앞에 선다.

소녀는 대담하게 웃었고 나는 깜짝 놀라 눈을 크게 떴다.

"너…… 왜……."

뜻밖의 약혼자는 천천히 중얼거렸다.

"얼마 전에 보고 또 보네요. 주인——."

산죠가 별택에서 근무하던 백발의 메이드…… 스노우의 머리를 때린다.

"놀라라. 만나자마자 가정 폭력인가요? 평범한 하녀였다면 훌쩍훌쩍 울고 말았겠지만, 저쯤 되면 괴롭힘으로 민사 재판까지 끌고 가서 위자료를 뜯어낼 거예요."

"장난도 정도껏 쳐……. 아앙……? 나야말로 땀을 흘린 데다 3층에서 뛰어내리기까지 했거든……? 왜 사전 합의 없이 남의 약혼자 행세야. 진짜 초조했잖아……?!"

"여전히 주인님은 얼굴도 머리도 바보로군요. 항상 바보이고자 하는 노력을 게을리하지 않으시니 존경스러워요. 굉장해——."

"적당히 안 하면 슬슬 내 폭력 파라미터가 얼마나 높은지 보여준다……?"

"자자, 자기 뇌혈관을 좀 보살펴 주세요. 이런 데서 이러긴 뭣하니까 차라도 내오세요. 스코어 1만 클래스 찻잎이 아니면 제 입에 안 맞으니까 조심하시고."

"우선 네 말투나 좀 어떻게 해."

호죠 마법 학원은 부지 내에 하인 출입을 금지하지는 않는다. 그렇기에 주인과 하인 조합은 그렇게 보기 드물지 않다.

하지만 남자와 여자가 둘이 말싸움을 벌이는…… 보기 드문 케이스는 아가씨들의 호기심을 자극한 모양이다. 창문으로 고개를 내민 기숙사생들이 이쪽을 살피며 속닥거리고 있었다.

『뭐야~, 엄청난 미소녀 메이드가 주인에게 괴롭힘당하고 있어~!』『분명 남자가 일방적으로 대시 중이겠지~!』『이 아래에서 사랑 이야기가 시작되고 있어~!』

"뭐야, 갑자기. 왜 정체 모를 더빙을 하고 있는데? 자기를 스타인 줄 아는 시골 아가씨가 이 세상을 스튜디오로 착각한 거냐?"

갑자기 눈길을 끌고 있어, 스노우의 제안도 있고 이동하기로 했다.

호죠 마법 학원 부지 내에 있는 카페. 스코어 0이라도 가벼운 식사 거리와 음료를 주문할 수 있는 럭셔리한 카페에서 메뉴를 사이에 두고 메이드와 마주 보고 앉는다.

"…………."

"아니, 진짜 뭘 주문할지 고민하기 전에『왜 내 약혼자를 자칭했는지』해결 편으로 빠르게 넘어가 주면 좋겠는데."

"혹시나 해서 확인하는 건데 이거 히이로 님이 사시는 건가요?"

"내가 사도 되니까 답해 주지 않을래?"

"여기요, 이 메뉴 위부터 아래까지. 또 배달로 초밥 같은 것도 주문하고 싶은데, 얼른 전화로 주문해 주실 수——."

"기어오르는 것도 적당히 좀 해, 이 메이드……!"

"미, 미소녀의 얼굴이……!"

자칭 미소녀 메이드에게 아이언 클로를 가했다.

곧 나온 딸기 파르페와 홍차에 중얼중얼 품평을 덧붙이며 겨우 메이드는 입을 열었다.

"이대로 가면 주인님은 동생분과 얽힐 거예요."

"……네?"

뜻밖의 말에 나는 커피를 떨어뜨릴 뻔했다.

"무슨 뜻이야?"

"무슨 뜻이고 뭐고, 말 그대로의 뜻인데요. 요즘의 동생분은 툭하면 『오라버니가, 오라버니가~』여서 뇌에 악성 종양이라도 있는 게 아닐까 싶어서 MRI로 대략 스캔해 봤을 정도예요. 놀라울 정도로 정상이었죠."

"너 얼마 전까지 나한테 감사함을 느끼지 않았냐……? 말투가 그게 뭐야……? 교육 문제인가……?"

"이다음은 미소녀의 감인데요."

턱을 괸 스노우는 스푼 끝으로 파르페를 쑤신다.

"언젠가 그 호의가 연애 감정으로 바뀌는 건 확실하다고 봐요."

천천히.

한 손으로 얼굴을 가린 나는 절망을 느끼며 하늘을 올려다본다.

"오 마이 갓! 쉣!"

"더러운 영어는 발음이 네이티브 수준이네요."

내 미간을 주무르던 나는 김이 피어오르는 커피 앞에서 한숨을 내쉰다.

"뭐, 그 애는 지금까지 연애 같은 걸 제대로 해본 적이 없으니까. 산죠가의 분쟁에 말려들어 내 편다운 내 편도 없었을 테고. 남자에 스코어 0이라곤 해도 갑툭뷔한 나에게 반하는 것도 있을 법한가."

기울어 있던 의자를 힘껏 원래대로 돌려놓으며 나는 스노우를 바라본다.

"그래. 타고난 백합 IQ 180으로 이해했어. 레이를 향한 연심을 숨기고 있는 기특한 너는 나에게 협력 관계를 요구하려 하는 거지?『제가 레이 님과 사귀게끔 해 주실 수 있나요?』……, 대답은 예스야. 결혼식 신부(神父)역도 나한테 맡겨. 이래 봬도 성호 긋기와 아멘 같은 건 엄청 잘하거든. 츠키오리나 다른 히로인까지 합쳐서 다 같이 행복해지자."

"아니에요. 저는 살면서 여성을 좋아한 적은 한 번도 없어요."

이거 원, 하고 메이드는 고개를 젓는다.

"잘 들으세요. 레이 님은 적어도 주인님께 호의를 품고 있어요. 이 호의가 연애 감정으로 변하기 전에 단념시킬 필요가 있고요. 그걸 위해 제가 주인님의 약혼자 행세를 하겠다 이거예요."

"그래서 바로 나한테 아무 말도 없이 그 소꿉놀이를 시작했다고?"

"예에~."

"무슨 브이야. 그 우쭐해 있는 손가락으로 확 실뜨기나 해 버린다."

뺨에 손가락을 가져다 댄 스노우는 이쪽으로 스푼 끝을 들이댄다.

"저는 당신에게 감사하고 있어요. 그래서 은혜를 갚으려고 하는 거예요. 히이로 님도 레이 님이나 다른 친구분의 호의가 연애 감정으로 변하면 곤란하시죠?"

"꽤 하는걸, 메이드. 훌륭하게 내 니즈를 파악하고 있어."

나는 눈 밑의 검은 액정 화면을 바라본다.

"나로서는 스노우도 여자와 행복해졌으면 하는데……. 가짜 약혼 관계라지만, 혹시 방해되진 않을까?"

"그건 강압이에요. 주인님도 강제로 누군가와 누군가를 붙이려고 한 적은 없었을 텐데요. 서로의 마음이 통한다는 걸 확인하고 나서 자연스레 밀어주었지. 덕분에 별택 메이드들의 커플 성립률은 90%를 넘거든요."

"눈치채고 있었나. 내가 생각하기에도 참 잘한 짓 같아. 고맙습니다."

"그럼 어떡할까요."

텅 빈 파르페 잔을 휘적여 무색투명한 음색을 울리면서, 테이블에 엎어진 스노우가 힐끗 나를 올려다본다.

"가짜 약혼 관계……, 맺을까요……?"

투명한 백발에 매끄럽고 흰 피부. 숨을 쉬면 들썩이는 풍만한 가슴은 여성스러움을 어필하고 있었고, 이쪽을 바라보는 아름다운 눈에는 나만이 비쳤다.

"나로서는 감사한 얘기고 그냥 척이라면 딱히 상관없는데…….
라피스라면 또 모를까, 레이가 믿을까?"

"눈앞에서 끈적하게 키스하면 되지 않을까요?"

"초장부터 최종 수단을 쓰려고 하지 마."

"우선."

옆으로 옮겨온 스노우는 내 팔을 감싸안으며 부드러운 몸을
밀착시킨다.

"시험해 볼까요. 약혼자 놀이."

"어어……. 하지만, 이거, 정말 괜찮을까……. 분명 백합을 강
요할 수는 없지만……. 응……?"

남자가 금지된 백합 게임의 세계라고 하나 반드시 모두가 여
자를 좋아한다고는 할 수 없다.

게다가 스노우는 엑스트라 중 하나지, 공략 히로인이 아니다.
당사자가 『여성을 좋아한 적은 한 번도 없다』라고 하니까 강제
로 여자와 붙여주는 건 내 이기심에 불과하다.

그렇다면 약혼자인 척하는 것 정도는 괜찮으려나……? 왠지
말주변으로 구워삶으려는 것 같기도 한데……?

"그럼 약혼 성립인 걸로. 생활력이 전무한 히이로 님께는 이
귀여운 메이드의 가사 전반을 소화하는 훌륭한 스킬이 큰 도움
이 되겠죠. 오늘 현시점에서부터 히이로 님과 함께 살아드릴게
요. 울며 기뻐하세요."

"아니, 갑자기 함께 사는 건 여러모로 문제가 있──."

"그 기숙사에서 사는 거죠? 우리는 약혼한 사이고 학원에 하인이 출입하는 건 자유니까 문제없잖아요?"

"어? 아~, 뭐, 응…… 그렇지……?"

나는 스노우에게 이끌리듯이 자리에서 일어난다.

"그럼 달링 겸 지갑. 얼른 계산하고 오세요."

"응, 그러게……?"

시키는 대로 나는 지갑에서 신용 카드를 꺼낸다. 자연스레 계산을 마치려다가── 난감해하는 표정을 지은 점원 아가씨가 돌아온다.

"죄송하지만 손님, 이 신용 카드는 사용할 수 없습니다. 한도가 초과한 건 아닐까요?"

"아뇨, 돈이 많아서 한도 초과일 리는 없는데요. 왜냐하면 이건 블랙카──, 앗."

나는 신용 카드를 쓸 수 없는 이유를 짐작하고 무심코 소리를 높였다.

산죠가의 그 할망구들, 내 신용 카드를 정지시켰나?! 아니, 그만한 짓을 했으니 당연하다고 하면 당연하지만!

"……스노우, 너 돈은 얼마나 갖고 있어?"

"네? 지금 메이드 얕보는 거예요?"

스노우는 고양이 모양을 한 동전 지갑을 열더니 내용물을 확인한다.

"132엔."

"바닥까지 얕봐도 되지?!"

나는 내 지갑을 재확인하고 나서 미소 짓는다.

"……나 현금은 안 가지고 다니는 타입이거든."

"네, 그래요……. 왜 갑자기 그런 말을?"

눈치챘는지 스노우는 입을 다물었고 내 얼굴을 바라본다.

"혹시 주인님, 신용 카드 정지──."

"속공 마법 발동! 나는 패에서 약혼 관계를 계산에 쓰겠어!"

"네에?!"

"정지당한 신용 카드가 쓰레기의 본능을 환기한다! 약혼 싱크로 소환! 계산 부탁할게, 마이 허니!"

트리거를 당겨 잽싸게 도망친 나는 재빨리 반응한 스노우의 태클에 넘어졌다.

"죽으려면 다 같이 죽어야죠, 마이 달링……!"

"약혼자 앞에서 자기 처지를 잊었어, 메이드……! 특기인 가사 전반 스킬로 이 역경에서 주인을 구해줘……!"

우리는 쭈뼛쭈뼛하는 점원 앞에서 추한 싸움을 벌인다.

결국 전화로 불러낸 레이가 불평하면서도 한없이 기쁜 듯이 전액을 지불해 주었다.

"같은 산죠가 사람으로서 이상한 소문이 돌면 제가 곤란하거든요. 용돈 정도라면 마련해드릴 텐데, 그걸 위해서는 정기적으로 오라버니의 금전 상황을 대면 방식으로 확인해야겠어요. 동생의 의무로서 하는 수 없이 대응하겠지만요. 하는 수 없이. 손이 많이 가는 오빠 때문에 하는 수 없이."

어쩌나. 이대로 가면 레이에게 빌붙는 루트밖에 보이지 않는다.

나는 스노우와 서로를 마주 보고 가짜 약혼자 행세를 할 필요성을 재확인했으며──, 이날부터 가짜 약혼자와의 생활이 시작됐다.

즉 내 생활은 다시 일변했지만, 새로운 생활에 따른 변화는 그에 그치지 않았다.

다음 날 조례에서 새로운 변화의 바람이 불었다.

"그, 그럼 여러분! 바, 바로 우리 호죠 마법 학원은, 2주일 후에 오리엔테이션 합숙이 있겠습니다!"

마리나 선생님은 벌벌 떨면서 선언한다.

"아, 아마 아는 사람도 있겠지만, 이 학원 오리엔테이션 합숙은 매우 대규모라서! 부, 분명 이 A클래스 멤버들이 서로 가까워지는 데 도움이──. 콜록! 쿨럭!"

나는 선생님 이야기를 들으면서 힐끗 라피스를 살핀다. 시선 끝에 있는 그녀는 몸을 앞으로 기울인 채 눈을 빛내고 있었다.

──슬슬 학기도 시작할 테고, 시작하면 바로 그게 있잖아?

뭐, 그렇게나 기대했으니까.

산죠가의 소동에 끌어들인 탓에 그날 라피스의 드레스는 결국 사지 못했는데…… 이쪽을 돌아본 라피스와 눈이 마주친다.

그녀는 입을 뻐끔뻐끔하며 신호를 보낸다.

『방・과・후・에・남・아・봐.』

죄책감에 고개를 끄덕이는 나를 보고 그녀는 싱긋 웃었다.

슬슬 나도 합숙에 대비해 준비를 시작해야겠군. 까딱 잘못하다간 죽을 테니까.

나는 앞으로 찾아올 오리엔테이션 합숙, 주인공의 제1 난관을 떠올리며…… 혼자 각오를 다지고 있었다.

*

호죠 마법 학원에 존재하는 세 기숙사.

루푸스, 카이룰레움, 플라움……. 이 세 기숙사엔 하나의 공통점이 있다.

모든 방이 2인실이라는 것이다.

백합이라는 건 기본적으로는 2인 1조로 만들어내는 것이다. 혼자서는 아름다운 꽃잎을 꽃피울 수 없다. 이 2인실이라는 토양은 백합을 키우기 위한 양질의 영양소를 담뿍 머금고 있다.

아가씨 학교인데 1인실이 아니라고? 라는 질문은 더없이 어리석은 질문이다.

아가씨 학교를 운운하기 이전에 이 세계는 백합 게임이거든?!

게임적인 얘기로는 그렇게 되지만, 당연히 현실적인 이유도 존재한다.

학생의 1인실은 방범상의 위험이 있고, 2인 1조라면 학생 범죄를 억제할 수 있다. 또 스코어가 함께 상승하는 효과를 노릴 수 있다. 특히 이 효과는 예년 숫자로 증명되고 있다. 같은 방에 사는 동급생을 의식함으로써 스코어가 오른다는 결과가 뻔히 보이는 것이다.

이 호죠 마법 학원은 부자나 엘리트가 다니는 곳이다.

아가씨들이 장래의 결혼 상대를 찾기에 딱이라고도 할 수 있기에 오히려 그런『덤』을 노리는 사람도 있다.

스코어가 오르면 장래의 결혼 상대 후보도 생긴다. 어떻게 보나 2인실이라는 건 만만세인 것이다.

그런 만만세인 학생 기숙사에 내가 살게 되었다.

최상층, 즉 6층보다 더 위…… 천창이 달린 다락방은 가로로나 세로로나 넓어서 평범하게 살기에는 문제가 없다.

해가 비치고, 먼지가 허공을 떠돈다.

『지금까지는 창고 대신 썼다』라는 릴리 씨 말처럼 잡다한 물건들이 굴러다녔다.

태피스트리나 동물 장식물이니 수영복이니 수건이니 정체 모를 캐릭터 굿즈니, 포개어져 묶어놓은 만화며 책더미니…… 그 대다수는 아가씨들이 여행 때 사 온 추억의 물건들이다.

"다락방치고는 꽤 넓네요."

입소 수속과 인사를 마친 스노우는 주변을 둘러보면서 중얼거렸다.

"다만, 콜록……. 먼지가 많아요……."

동의하며 나는 마스크를 착용한다.

"우선 청소기를 돌리고 걸레질해야겠네. 거슬리는 쓰레기는 버려도 된댔고, 업자도 소개받았어. 기숙사 뒤에 내놓으면 회수해 간대."

"가구 같은 건 어쩌게요."

"사 모으려고 했는데……."

나는 텅 빈 지갑을 흔든다.

"산쵸가 할망구가 신용 카드를 정지시켜서 돈이 없어."

히이로의 부모님은 진즉에 돌아가셨다.

실질적으로 친권을 쥔 것은 산쵸가의 HMZ(할망즈) 연합이며, 그녀들은 가차 없이 레이를 산쵸가의 후계자로 삼았다.

지금까지는 금품과 권력으로 히이로의 입을 막아온 듯한데 가만있질 않는 내 태도를 보고 방침을 바꾼 듯하다.

원작 게임 내에서는 어릴 적부터 히이로에게 쾌락만을 주고 농락하며 최종적으로는 암살한다. 인업의 극치다.

그런 상황에 있던 히이로는 정말 딱하다……고도 할 수 있다고 생각했나, 죽어.

"혹시 히이로 님은 돈 목적으로 저랑 약혼했나요?"

"닥쳐, 132엔. 돈 벌 방법은 생각해 봤는데……. 솔직히 지금은 2주일 후의 오리엔테이션 합숙 준비에 집중하고 싶어."

"주인님은 고작 오리엔테이션에 목숨을 거시네요. 학기 초에만 밝은 척하는 아싸인가요?"

아니, 진짜 이 오리엔테이션에 목숨이 걸렸거든.

주인의 마음을 하인은 모르려나.

상자로 급조한 책상에 낙서하면서 스노우는 내 허벅지를 손끝으로 쿡쿡 찌른다.

"근데? 이 모양으로 2주일을 어떻게 버티려고요? 이렇게 귀여운 약혼자에게 이슬만 믹고 선인이라도 되라는 서예요?"

"꼭 그 건방진 입에 이슬을 쑤셔 박아 주고 싶을 정도인걸. 최소한의 가구는 오늘 중으로 릴리 씨가 준비해 주기로 했고, 여차하면 무릎을 꿇을 테니까 밥 정도는 먹게 해 주지 않을까."

"자존심도 없나?"

나는 쉭쉭, 하고 끈질기게 찔러대는 스노우의 손끝을 밀어낸다.

"원래 신입생이 입소할 수 있는 건 입소 시험이 일단락되고 신입생끼리 대면을 마친 후……, 오리엔테이션 여행이 끝난 후라나 본데, 특례로 기숙사장이 오늘 시점부터 입소를 허락해 줬어."

"일시적으로 별택이나 본가로 피난할 줄 알았는데……."

"안 돼, 안 돼."

자리에서 일어난 나는 어질러져 있는 여성용 수영복을 쓰레기 봉투에 쑤셔 넣는다.

"신용 카드가 정지된 시점에서 위험하다 싶었거든. 아까 스승님을 데리고 별택을 보러 갔더니 암살자가 득시글거려서 쓰러뜨리고 왔어. 『우리를 이길 놈이 있나?』라고 반짝이 글씨로 쓴 나와 스승님 스티커 사진(등을 맞댄 채 팔짱을 끼고 고개를 젖힌 포즈)을 첨부해서 분가에 산지 직송해 뒀지."

"사제가 나란히 도발 스킬이 뛰어나네요."

별택에 살고 있던 라피스와 알브는 잽싸게 그 기척을 감지하고 호텔로 피난했다.

열혈인 라피스는 맞서 싸울 셈이었나 본데, 아무리 그래도 일국의 공주님이 정면으로 산죠가와 살육전을 벌이는 건 위험하다. 친절하고 정중하게 『내 사냥감이다』라고 설득하자, 마지못해 물러나 주었다.

"그런 이유로 앞으로 우리는 이곳을 거점으로 삼을 거야."

"와우—. 명문가 도련님 같지 않네요."

무표정으로 스노우는 박수를 쳤고 한 손을 들어 올린 나는 청중을 진정시켰다.

"역시 아가씨 학교 기숙사라고 해야 하나. 각 방에는 욕실과 화장실뿐만 아니라, 시어터 룸까지 있다나 봐. 하지만 당연하지만 이 다락방에는 그런 게 없으니까 공용설비로 잘 살아봐야 해. 욕실은 지하에 대욕탕이 있다니까 스노우도 맘대로 써도 된대. 화장실은 기숙사 관리업자용으로 만든 게 있으니까 거기서. 남자 화장실 같은 건 여학교에 존재하지 않으니까 난 역 앞까지 전속력으로 달릴 거야."

"명문가 도련님이 요의를 느끼며 역 앞까지 전속력 대시해도 되는 건가요?"

"체육 계열 명문가니까 괜찮아."

"식사 도중에 오줌 싸고 싶어진 순으로 출발하는 명문가라니 싫은데."

스노우는 릴리 씨에게 받은 『입소 안내』를 책상에 펼쳐 놓는다. 서서히 그녀의 얼굴에 경악이 퍼진다.

"기숙사 안내에 네일 살롱이 있는데요. 카페니 베이커리니 온수 풀이니, 마사지 룸이니……. 내선 전화를 한 통 걸면 가벼운 식사나 디저트를 제공해 주고 어메니티류는 학원에 가 있는 사이 보충된다니……. 대체 이 아가씨 기숙사는 유지비가 얼마나 드는 거죠?"

플라움의 유지비는 주로 아이즈벨트가의 기부금으로 이루어진다.

자기네 거만한 기숙사장에 반감을 가진 학생은 많지만, 이만큼 충실한 설비와 서비스를 앞에 두고 입을 다무나 보다.

어쨌든 그 대부분에 아이즈벨트 그룹의 로고 마크가 붙어 있으니 말이다. 누구의 권력과 기부금으로 이 생활이 이뤄지고 있는지, 한 눈에 알 수 있는 친절한 설계다.

이 사실을 통해 기숙사장의 어머니가 엄청난 수완가라는 걸 엿볼 수 있다.

아이즈벨트가의 특권을 알리기 위해 그룹 회사의 엠블럼을 기숙사 내에 박아 이 기숙사를 아이즈벨트 문양으로 디자인했으니까. 그냥 선의라는 듯 무료로 제공하는 것도 아랫사람을 지배하는 데 뛰어나다는 증거다.

"거주 구역은 1층부터 6층. 이용할 수 있는 설비 대부분은 지하 1층부터 3층에 있어. 릴리 씨에게 미리 신청하면 지하 1층 레스토랑 부엌도 쓸 수 있대. 아가씨 중에도 취미로 요리하는 사람이 있다나 봐."

나는 뒤에서 스노우가 보는 기숙사 안내 책자를 가리킨다.

"참고로 이 모든 설비 사용료는 무료지만 남자인 나는 영업시간 내에 얼굴을 내밀 생각이 일절 없기에 이용할 수 없어. 스노우, 네가 나 대신 누려 줘."

"아니, 돈이 없는 문제는 이곳 설비를 쓸 수 있으면 해결되잖아……. 그냥 쓰면 되지 않나?"

"스나이퍼에게 저격당하니까 안 돼."

"이 기숙사, 스나이퍼까지 무료 제공되나요?"

두 여자가 하루의 추억을 이야기하며 이야기꽃을 피우고 있다. 서로를 바라보는 그녀들은 양초를 사이에 두고 설레는 디너를 즐긴다.

거기 유유히 난입하는 경박해 보이는 금발 남자――, 안 된다! 절대로! 안 된다! 생각할 수 없다! 머리에 총을 들이대더라도! 나는, 절대로! 영업시간 내에 얼굴을 들이밀 수 없다!

"그럼 저도 안 쓸래요."

"아니, 괜히 마음 쓰지 마. 웃으면서 써 줘."

"약혼한 사이에 식사를 따로 하기도 이상하잖아요. 저는 약혼에 진심이에요."

"뭐, 맘대로 해. 난 약혼에 진심이 아니니까 강제하지 않을게."

나는 피라미드 장식물을 쓰레기봉투에 덩크 슛한다.

"내일부터 본격적으로 스승님과의 단련을 재개할 거야. 기본적으로는 아침에는 단련, 오후에는 학원, 방과 후에는 단련……이 될 듯하니까, 식사할 때 정도밖에 못 볼지 몰라."

"바로 약혼자를 버려두고 단련이랑 놀아나는 건가요?"

스노우는 한숨을 내쉰다.

"그럼 저는 바람기 있는 주인님을 위해서 생활 환경 개선에 힘쓰죠."

"바람조차도 용인해 주는 약혼자를 위해 최선을 다할게. 우선, 이건 2주일 치 생활비야."

두툼한 봉투를 건네자 스노우는 얼굴을 찡그린다.

"아니, 돈이 없다고 말하자마자……. 이거 돈세탁 없이도 쓸 수 있는 깨끗한 돈 맞죠?"

"무제한 무이자로 암살자한테 빌렸어."

"왜 암살자 상대로 1인 강도짓이에요."

"스승님은 암살자에게 빌린 돈으로 닌ㅇ도 ㅇ위치를 샀는데."

"사제 폭력단."

"뭐, 암살자가 늘 있다고 할 수는 없으니까 정당하게 돈을 벌 수단은 생각해 둘게. 가구를 사 갖출 만한 액수는 아니지만, 한동안 살 만한 비용 정도는 되겠지."

"스태미너가 소진될 때까지 셋이서 돌죠."

"소셜 게임 스타일로 도둑질을 루틴화 하는 건 관둬줄래?"

감사 인사를 하고 봉투를 열어본 스노우는 지폐를 세기 시작한다.

"그런데 저랑 주인님이 약혼한 사이라는 걸 밝힐 타이밍 말인데요——."

"엥? 이미 라피스한테 말했는데?"

조용.

다락방이 쥐 죽은 듯 조용해졌고 스노우는 천천히 고개를 든다.

"…………언제."

"방과 후에 라피스를 따라 그 녀석 드레스를 사러 갔을 때. 시착한 라피스가 『어울려?』라고 묻길래 『그러고 보니 나 스노우랑 약혼했어』라고 대답했어."

"끄으으으으으으으으으으으으으으으으으으으으으으으……!"

신음하면서 스노우는 힘껏 고개를 젖힌다.

"1절을 시키면 4절까지 하는 바보인가요, 당신은……. 여러 감정이 교차해서 말이 바로는 안 나와요……. 어떤 의미로 완벽한 타이밍에서 최악의 대답을 했네요……. 라피스 님은 어떻게 하셨나요……?"

"평범하게 헤어져서 집에 왔어. 그 후로 볼일도 없었고. 오는 길에 스승님을 만나서 스티커 사진을 찍었으니까 라피스에게도 『우리를 이길 놈이 있나?』샷을 보내 놨지."

"이 인간……, 진짜, 이 인간……."

나는 쓰게 웃는다.

"딱히 대단한 문제도 아니잖아. 확신하겠는데 라피스는 나한테 연애 감정 따위는 일절 없어. 레이면 또 모를까, 그 녀석 상대로는 타이밍 따위 볼 필요 없잖아."

"몰라요."

스노우는 물끄러미 나를 노려본다.

"저는 일절 관여 안 할 거예요. 사람 입에 빗장을 걸 순 없으니까요. 아무쪼록 즐거운 오리엔테이션 여행 준비에나 힘쓰세요."

그런 말을 남기고 쓰레기봉투를 양손에 든 스노우는 다락방을 나간다.

나는 이때 뭐 저렇게 오버하냐며 웃었지만.

다음 날부터—— 더는 웃을 수가 없었다.

호죠 마법 학원에서 스승님과 만나기로 한 공원까지는 버스로 한 정거장.

대략 15분에서 20분 정도가 걸리는 거리다.

아침 4시쯤 되면 역시 버스가 다니지 않는다. 몸을 덥힐 겸 달려서 만나기로 한 곳으로 향한다.

"후, 후, 헉, 헉……!"

호흡을 반복하면서 마력의 흐름을 의식한다.

하반신에 마력을 집중시키면 속도가 오르지만 무방비한 상반신을 공격당하면 치명상을 입을 수 있다.

항상 전장에 있다. 산죠가의 표적이 된 사람으로서 필요한 의식이다. 이렇게 그냥 달릴 때조차도 실전을 생각한다.

희미하게 뻗는 의식.

필요 최소한의 마력만 하반신으로 돌리고 그 외의 마력을 상반신으로 쏟았다.

양쪽 눈으로 서서히 마력을 흘려보낸다. 바람이 불어 나무들이 술렁인다. 눈앞을 스치는 나뭇잎을 포착한다.

확대, 확대, 확대, 그 잎맥조차도 내다보인다.

"…………으."

현기증이 난다.

단숨에 마력을 한 곳에 쏟아부은 탓인가. 마력 고갈과 비슷한, 현기증과 비슷한 증상이 나타난다.

눈을 감고 마력을 온몸에 분배한 나는 숨을 토해냈다.

역시 전력으로 한 부위에 마력을 쏟아부으면 안 되겠구나. 한 번에 흘려보낼 수 있는 마력 양에는 한계가 있고, 허용 범위를 초월하면 거부 반응이 나타난다.

애초에 전력인 상태로 싸우는 그런 유리한 상황이 반드시 계속될 거라 할 수 없다.

상대에 맞춰 필요한 만큼의 마력으로 대치한다. 사전에 지표를 세우고 어디에 몇 %의 마력을 돌릴지 생각해 둔다.

체내에 흐르고 체외를 뒤덮는 마력을 지각한다. 나의 마력 양을 퍼센티지로 파악하고 조절하는 치밀한 컨트롤이 요구된다.

적당히 땀을 흘렸다.

공원에 도착하자, 먼저 와 있던 스승님이 고개를 돌렸다.

"흥!"

"……아니, 뭐예요?"

스승님은 엉뚱한 방향을 보고 외친다.

"흥—! 흥흥흥—!"

힐끗힐끗 내 반응을 살피며 420세의 스승님은 "흥—!"을 반복한다. 아침 댓바람부터 기운이 넘치는 아스테밀을 바라보며 나는 땀을 닦은 후, 수분을 보급했다.

흥흥 공격에 관심을 보이지 않는 제자를 확인한 스승님은 "끄으응" 하고 얼굴을 찌푸렸다.

"모르겠어요?"

팔짱을 낀 스승님은 뾰로통하고 뺨을 부풀렸다.

"화났는데요?!"

"아, 네. 그러시네요."

"이유를 물어보세요! 이유를! 이유를 물어보세요! 스승님은 이유를 물어볼 때까지 안 갈 거예요!"

"왜 화나셨어요(건성)."

"스노우인지 뭔지랑 약혼했다면서요."

벌써 라피스한테서 정보가 샜나.

탄산 빠진 콜라를 목으로 흘려넘기면서 고개를 돌린 나는 답한다.

"역시 스승님, 소식이 빠르네요. 어디 사는 라피스한테 들었는지는 모르겠지만, 소문대로 약혼했어요. 상대는 놀랍게도 산죠가 별택에 근무하던 메이드고요. 전부터 대시했는데 얼마 전 겨우 승낙을 받은 참이에요."

"전 스승인데 처음 들어요."

"말 안 했는데 들으면 에스퍼니까요."

뺨을 부풀린 스승님은 품에서 ○텐도 ○위치를 꺼낸다.

"기껏 ○위치를 샀는데! 귀여운 제자와 스매시 ○라더스를 하고 싶어서 산 건데! 그런데 뺏겼어요! 애제자를 뺏겼어!"

"왜 오른쪽 컨트롤러가 왼쪽에, 왼쪽 컨트롤러가 오른쪽에 꽂혀 있는 거죠? 핸들을 뽑아서 계기판에 박아 넣고 운전하는 수준인데. 그런 짓 하는 거 아니죠?"

스승님은 질질 짜기 시작했다.

"가엾어라. 라피스는 넋이 나가서 하루 종일 멍해 있어요! 양쪽 코에 손끝을 집어넣고 위로 들어 올려도 아무 반응이 없다고요! 이 짐승! 쓰레기! 이렇게 심한 짓을 하다니, 정신이 어떻게 되어 먹은 거예요!"

"공주님 상대로 코를 찔러서 반응을 확인하는 당신이야말로 짐승이지. 라피스의 호위면서 그렇게까지 하는 당신 멘탈이 오히려 더 궁금해."

대화하는 사이 진정이 됐는지 스승님은 ○위치를 품에 넣는다.

"저는 어엿한 어른이니까 약혼 자체는 부정하지 않겠어요. 오히려 남성인 당신이 일찍 약혼자를 정하는 건 훌륭한 자기 보전이 되니까요. 산죠가에 대한 견제도 될 거고요."

"아니, 산죠가 사람들에게 공언할 생각은 없는데……. 묘한 억측으로 스노우를 건드리면 곤란하니까."

스승님 얼굴을 한 엘프는 울적한 듯 고개를 끄덕인다.

"그렇다면 그건 히이로 판단에 맡길게요. 다만 딱 하나 당신이 엄수해 줬으면 하는 게 있어요."

"뭔데?"

"스승>>>>>>>>>>>>>>>>>>약혼자>>기타. 언제 어떤 때라도 이 도식이 무너지지 않게 철저히 지켜 주세요."

"진지한 얼굴로 웬 농담이야, 이 인간."

그렇게 말하자마자 스승은 오버스럽게 소리쳤다.

"하지만! 제가 먼저 히이로를 발견했다고요! 아무리 봐도 스승님이 위잖아요, 위! 제가 스매시 ○라더스를 하자고 부르면 히이로는 약혼자를 팽개치고 만나러 올 의무가 있어요오~! 결정~! 네, 결저엉~! 스승의 권한으로 이의는 인정 못 해요——."

"아니, 저 스승님 이전에 스노우를 먼저 만났어요."

"······················."

침묵하는 스승님 주변을 돌면서 나는 그 다리에 발차기를 퍼부었다.

"무슨 말 좀 해봐, 왜 말이 없어. 420년 동안 쓸데없이 숙성시킨 뇌로 반론해 보라고."

거리를 둔 나는 두 손을 입가에 대고 버티면서 큰 소리를 낸다.

"와~아! 댁 지위는 약혼자 이하지롱~!"

"이익~! 히이로오오오오~!"

길게 늘어진 말과는 반대로 두 눈을 부릅뜬 채 정색하고 달려온 스승님께 잡힌 나는 오열하는 스승님에게 관절기를 당했고, 폭력에 굴복해 울면서 스피드 사죄했다.

실컷 사죄한 후, 말다툼을 폭력으로 제압한 스승님은 요염한 미소로 말했다.

"준비 운동도 끝났으니 오늘도 씩씩하게 수행해 볼까요!"

"……네에~."

아스테밀은 막대기처럼 생긴 매직 디바이스를 던진다.

그걸 받아들자마자 묵직한 느낌에 두 팔이 내려간다.

평소 허리에 차고 다니는 쿠키 마사무네의 몇 배는 무겁다……. 그러면서도 트리거는 도정되어 있는 것처럼 단단하다.

단단하다기보다 당길 수 있는 구조 같지 않다. 트리거가 없다면 매직 디바이스란 걸 알지조차 못했겠지.

검고 투박하고 무겁고…… 그건 그냥 쇳덩어리 같았다.

"이게 뭐야."

"캐넌(흑계)."

팔짱을 낀 채 손가락을 세운 스승님이 속삭인다.

"슬롯이 존재하지 않는 매직 디바이스예요. 과거 알프 헤임을 다스리던 에인션트 엘프가 즐겨 썼다는 태고의 유물이죠."

"아니, 슬롯이 존재하지 않는다니……. 어떻게 마법을 발동시켜?"

"슬롯 없이 발동할 수 있는 마법이 있잖아요?"

나는 천천히 눈을 크게 뜬다.

"무속성 마법인가……."

스승님은 고개를 끄덕인다.

"아니, 하지만 힘들걸. 생성 계통 콘솔이 없으면 아무런 형태도 유지할 수 없으니까 마력이 사방으로 흩어질 거야."

"역시 통찰력이 뛰어나다고 말해주고 싶지만, 딱 하나 쓸 방법이 있어요."

물끄러미 캐넌을 바라보던 나는 겨우 알아차렸다.

혹시 이거『무명(無名)』인가?

『세계수 던전』의 보스가 드롭하는 건데, 설명문에는『사용할 수 없는 매직 디바이스. 골동품이자 돈으로 바꾸는 것 말고는 가치를 찾아볼 수 없다』라고 적힌 판매용 아이템이다.

그게 에스코에서 말하는『부명』이다.

하지만 분명 무명을 강한 무기로 변화시키는 조건이 있는

데…… 나는 감이 왔다.

"마안인가."

기쁜 듯이 스승님은 웃는다.

"바로 그거예요. 그 예리한 감에는 혀를 내두르게 되네요. 히이로, 제가 당신을 높게 평가하는 건 타고난 능력이 아니에요. 노력한다는 점도 아니에요. 그 뛰어난 감과 강한 승부력이죠."

"아니, 칭찬해 주는 건 기쁘지만……, 마안을…… 내가, 개안할 수 있나……?"

"소양은 있어요. 당신은 산죠 본가의 유일무이하며 정당한 후계자잖아요?"

용케 조사했군. 히이로가 산죠 본가의 정당한 후계자라는 건 설정자료집에나 나오는 정보인데.

이렇게 듣고 보니 산죠 히이로에겐 마안 개안 조건이 갖춰져 있다.

선천적 요인으로 인해 생성된 특수 내인성 마술 연산자가 눈에 모임으로써, 눈알 자체가 의사적인 매직 디바이스로 바뀌는 경우가 있다.

그 변화한 눈을——마안이라고 부른다.

트리거는 눈에 마력을 흘려부음으로써 당길 수 있다.

눈알 자체가 매직 디바이스이자 콘솔이기도 하기에 딱 하나의 특수 마법만을 발동할 수 있지만, 그 위력은 절대적이며 그 밖에도 부차적인 효과를 낳는다(이 부차적 효과로 스승님은 캐넌을 쓰려 하는 듯하다).

마안은 혈통에 따른 유전이 가장 개안 확률이 높다. 집안이 좋으면 좋을수록 개안 확률은 상승한다.

에스코 세계의 공작가는 약 3%의 확률로 마안을 개안할 수 있다는 설정이었을 것이다.

산죠가가 가진 마안——『불효서사(拂曉敍事)』.

레이 루트에서는 이벤트를 통해 조건을 달성하면 낮은 확률로 레이가 개안하기도 한다.

"아니, 너무 단숨에 스텝을 건너뛰는 거 아니야? 우선 물 속성 마법을 익히고 검술과 궁술 기본을 습득하고 싶었는데."

"물론 마안 개안은 지금의 목표가 아니에요. 언젠가 개안하자는 거죠. 운이나 환경, 상황에 따라서도 좌우되니까요."

스승님은 손끝으로 자기 턱을 어루만지면서 웃는다.

"그렇다고 하나 일찍부터 의식하는 것과 의식하지 않는 건 개안 확률에 어마어마한 차이를 주니까요. 이 틈에 캐넌을 들고 목표를 확인해 둘 필요는 있다고 봐요."

개인적으로는 너무 이르다고 보는데.

사제 관계를 맺었기에 스승님 명령은 절대적. 무겁고 거슬리는 캐넌을 허리에 매달고 다니기로 했다.

"그럼 우선 뭐부터 알려줄래?"

"검술 기초는 휘두르기부터지만 뭐, 막 달려오자마자 단순한 단련을 시키기도 뭣하니까."

스승님은 미소 짓는다.

"활부터 알려줄까요. 하지만 당신에게 알려줄 건 단순한 궁술이 아니에요."

내 눈앞에서 스승님은 트리거를 당겼고——.

"당신에게는 평범한 활과 화살보다 이게 훨씬 더 익숙할 거예요."

나의 상상을 웃돈 그『활과 화살』이 생성된다.

활과 화살이라 했지만, 활은 존재하지 않았다. 정확하게 말하자면, 일반적으로 이미지하는 활은 존재하지 않았다.

스승님의 팔 뒤에 하나의 화살이 붙어 있다.

그건 물줄기를 본뜬 화살이다.

일렁이는 물의 화살은 그녀의 오른쪽 팔에 달라붙어 있다. 오싹함이 들 정도로 막대한 마력이 일렁였고, 주변의 공간이 뒤틀리는 듯했다.

조용히—— 스승님은 입꼬리를 비틀었다.

순간 꿰뚫린다.

보이지 않는다. 아니, 보이지 않게 되어 있다.

보이지 않는 화살은 거목 중심을 정확히 꿰뚫었고 휑뎅그렁한 구멍이 생겼다. 사출음은 들리지 않았고, 그저 소리 없이 구멍이 생겼다.

남은 것은 물방울 하나뿐……. 스승님의 검지와 중지 사이에 말이다.

거기 맺힌 물방울은 똑 소리를 내며 땅에 떨어진다.

"보이지 않는 화살."

그녀는 미소 짓는다.

"이점은 세 가지. 하나, 팔을 활로 삼음으로써 활을 따로 휴대하지 않아도 된다. 둘, 화살을 그때그때 생성함으로써 화살을 휴대하지 않아도 된다. 셋——."

스승님은 검지를 자기 입 앞에 댄다.

"이 화살은 보이지 않고 소리도 내지 않는다."

"……굉장하다."

감탄사가 터져 나왔고 나는 고개를 끄덕인다.

"분명 저 정도면 마력 양이 부족하고 두 가지 매직 디바이스를 쓸 수 없다는 문제는 해결할 수 있어……. 물 속성 마법 단련도 겸할 수 있고, 검에서 활로 교대할 필요성이 없지……. 근거리에서 중거리를 커버하고 싶은 내 바람에 딱 들어맞아……!"

"후후훗!"

팔짱을 낀 스승님은 콧대를 높이며 웃는다.

"우하하하! 어때요! 당신 스승은 대단하다고요, 히이로! 파혼할 마음은 들었나요! 이런 스승을 둬서 행복하죠?! 으음~?!"

"아니, 정말, 넌…… 아니, 당신은 굉장해. 원래 히이로 따위의 스승이 될 존재가 아닌데. 평범한 사람이었다면 대충 활과 화살을 던져주고 말았을 거야. 내 요구를 완전히 들어준 데다 몇 배 이상의 제안을 해 주는 건 스승님 정도밖에 없을걸."

"가, 갑자기 평범하게 칭찬하니까 무서워……."

아스테밀 클루에 라 킬리시아.

이 여성은 그냥 강하기만 한 게 아니다. 적당한 전술을 떠올리는 능력도 있다.

보이지 않는 화살······, 현재의 내 상황을 고려하면 이 한 수가 최선이라는 건 명백하다.

원작 게임을 플레이한 데다 보이지 않는 화살의 존재를 알고 있었음에도 불구하고, 나는『평범한 화살 사용법을 알려줘』라고 평범하기 짝이 없는 소리를 했다.

그에 반해 스승님은 내 이야기를 들은 직후, 보이지 않는 화살을 떠올렸다. 평범한 화살을 쓰게 할 생각이라면 내가 마력 고갈로 뻗었더라도 기본적인 구조나 쏘는 법 정도는 알려줬을 테니까.

이 여성의 실력은 복합적이다.

온갖 요소가 맞물려서 한 강자로서의 입지를 갖추고 있다.

──언젠가 나조차도 초월하겠지.

정말 내가 이 여성을 뛰어넘는 날이 올까?

"하지만 히이로, 이 보이지 않는 화살에는 한 가지 커다란 문제가 있어요. 그렇다기보다 그 문제 때문에 당신은『평범한 궁술을 알려 달라』라고 했을 거예요. 그럼 그 문제가 뭘까요?"

"슬롯이야."

즉답한 나에게 스승님은 만족스레 고개를 끄덕였다.

"내 쿠키 마사무네는 슬롯이 3개. 이 보이지 않는 화살을 쓰려면 최소 세 슬롯을 콘솔로 매울 필요가 있지."

나는 손가락을 세 개 세운다.

"『속성:물』,『생성:화살』,『조작:사출』······, 마법으로 만든 화살을 날리는 것 자체는 나도 생각했지만, 근거리에서 중거리전까지 커버하려면 콘솔 교체가 필수라는 게 너무 치명적이야. 그래서 나는 평범한 활을 쓸 생각이었어."

"근거리전은 매직 디바이스, 중거리전은 일반적인 활과 화살을 쓰겠다는 거죠?"

스승님에게 고개를 끄덕여 보인다.

"스승님이 무명묘비를 쓰는 것과 같은 이유잖아?"

"아뇨, 그건 그냥 핸디캡이에요. 전~, 강하니까요~?"

완전 짜증 나아.

"하지만 스승님이 굳이 이 보이지 않는 화살을 제안했다는 건, 슬롯 문제를 해결할 방법이 있다는 거지?"

"맞아요. 하지만 역시 그 방법은 히이로도 몰랐겠——."

"탄띠야."

천천히 스승님은 눈을 크게 떴다.

"빙그르르, 이렇게, 사출 기점이 되는 활……. 즉 팔 주변을 감싸듯이 보이지 않는 화살의 탄띠를 생성해 두는 거지. 이 시점에서 필요한 건 『속성:물』, 『생성:화살』 2개의 슬롯. 슬롯이 1개 남으니까 무속성 도신 정도는 만들어낼 수 있어. 이 물 화살 생성 시점에서는 중거리를 유지해 방어에 전념하거나, 거리가 좁혀지더라도 무속성 검으로 견제할 수 있지."

나는 "여기까지가 원 스텝"이라는 서론을 이야기하고 두 번째 손가락을 세운다.

"탄띠 생성을 마치면 콘솔을 갈아 끼우고 슬롯 1을 이용해 『조작:사출』을 세팅해 둬. 마력을 유지할 수만 있다면 언제든 보이지 않는 화살을 쏠 수 있고 슬롯이 2개 남으니까 근거리전에도 대응할 수 있지. 나라면 이렇게 준비를 갖춘 상태에서 공격에 들어가겠어."

스승님은 만면의 미소를 띠었다──.

"좋아요."

내 머리를 끌어안더니 엉망으로 쓰다듬는다.

"그 감각! 그 감각이에요, 히이로! 애제자! 애제자네요, 애제자! 라피스도 천재라고 생각했지만, 당신 역시 천재, 천재, 천재! 귀여워! 어쩜 이렇게 귀여운 거죠, 히이로!"

"그런 건 라피스랑 해 주지 않을래?"

마구 시달리면서 품에 끌어안긴 나는 그 부드러운 여체 감옥에서 간신히 고개를 내민다.

"화살이 사라지는 트릭도 알았어."

"……네?"

아연실색한 스승을 밀어내면서 매직 디바이스에 필요한 콘솔을 끼운다.

숨을 들이마시고 내쉰다.

물 화살을 생성──하지만 안정되지 않는다.

물 속성 능력치가 부족한 탓일까.

동그스름함을 띠며 화살대가 굽은 활은 대상을 맞추기는커녕 제대로 날아갈 것 같지도 않은 것이었다. 그렇게까지 불안정한 미완성품을 만든 것만으로도, 단숨에 마력을 뿌리부터 흡수당했고 눈앞이 번쩍인다.

콘솔은 어디까지나 마법사의 뇌내에서 이뤄지는 이미지 연산 보조품에 불과하다.

『생성:화살』의 콘솔을 끼운다 해도 그게 어떤 화살인지는 마법사의 상상에 맡겨진다.

라이트는 단순한 구체였기에 이미지하기 편했다.

하지만 화살은 다르다. 궁도부도 아닌 나에게 화살은 익숙치 않은 존재고, 어떻게 날아가는지 이미지도 떠올리기 어렵다. 게다가 물의 이미지와 맞물리기도 어려워서 형태를 맞추기가 어려웠다.

뇌에서 적당히 조합한 이미지라 이런 애들 낙서 같은 것이 완성된 거다.

"············읏!"

사출대가 된 팔도 안정되지 않았고, 잘 조준이 안 된 탓인지 내가 쏜 물 화살은 엉뚱한 방향을 맞췄다.

그래, 맞췄다.

팔 뒤에 붙어 있던 물 화살은 그대로, 마치 사출되지도 않은 듯 남아 있고 노린 곳과 떨어져 있는 거목에는 구멍이 뚫렸다.

그 결과를 본 나는 크게 한숨을 내쉬었다.

"통 안 되겠네. 죽어. 탄띠니 뭐니 신나게 떠들어놓고 물 화살 하나 안정시키기도 힘들고 제대로 쓰지도 못할 것 같아. 그보다, 애초에 상대를 맞출 것 같지——."

"딱 한 번."

스승님은 꼭 유령을 본 것 같은 눈으로 나를 본다.

"고작 딱 한 번 본 것 가지고……, 보이지 않는 화살 쏘는 법을 이해하고……, 게다가, 응용까지 한 거죠……?"

"어, 응. 스승님이 쏘는 방식과 같은지는 모르겠지만."

나는 마력 고갈에 가까운 증상, 권태감을 느끼며 말했다.

"실제로는 물 화살 생성을 두 번 반복하고 있잖아. 우선 눈에 보이는 물 화살을 두 개 겹친 상태에서 팔 뒤에 생성하는 게 첫 번째. 그중 화살 하나를 『조작:사출』로 날려서 궤도에 태운 상태에서 물 화살 생성을 해제. 이 시점에서 물 화살은 보이지 않게 되지만 마력 자체는 이미 궤도를 탔기에 계속 전진해. 보이지 않게 된 마력의 화살이 맞은 시점에서 다시 물 화살을 생성하면 상대에게는 궤도가 안 보이지. 즉, 처음 생성하는 물 화살은 위장용 페이크. 진짜 목표는 물 화살을 날린 것처럼 보이게 해서 보이지 않는 마력의 화살을 궤도에 실어 쏘는 것……. 아닌가?"

공기 중에는 마력……, 즉, 마술 연산자가 대량으로 흩어져 있으며 한번 그것들을 뒤섞으면 마력 흔적을 추적하기 어렵다.

그래서 상대에게는 자신에게 날아오는 마력 궤도가 보이지 않는다.

그게 바로 보이지 않는 화살의 트릭이다.

"……훗, 후훗."

등골에 오싹 소름이 돋는다.

두 눈을 빛내는 스승님은 숨을 거칠게 내쉬면서 나를 바라봤다.

"최고야……. 최고잖아요, 이 소재는……. 한없이…… 한없이, 강해질…… 재능 덩어리……, 천재……, 나의 애제자……,

누구의 제자보다도 현명하고 강하고 귀여운⋯⋯, 후훗⋯⋯. 좀 더, 강하게 만들어 주겠어⋯⋯. 모어, 모어, 모어⋯⋯!"

나는 스승님에게 어깨를 덥석 붙들렸다.

"저, 저기. 스승님. 저 오늘은 이미 마력이 고――."

"오늘 밤은 안 재울 거예요."

"아니, 저기, 지금은 아침이고 오후엔 난 학원에⋯⋯. 스, 스승님⋯⋯. 왜, 진검을⋯⋯. 검술 기초는, 휘두르기부터라고⋯⋯. 자, 잠시만――."

아앗~! 단련의 괴로움~!

소리 없는 비명이 터져 나오고, 나는 이른 아침부터 아스테밀에게 단단히 쥐어 짜였다.

방과 후에는 돌아가겠다고 웃는 얼굴로 진검을 휘두르는 스승님을 설득해 단련을 빠져나왔을 무렵에는 지각 직전이었다.

숨을 헐떡이며 이미 닫힌 학원 문을 뛰어넘어 어찌어찌 수업에 늦지 않겠다고 생각하는데――, 부지 내에 착지하자 그녀와 눈이 마주쳤다.

"히이로."

기다리고 있었던 듯한 라피스는 눈을 내리뜨고 한쪽 다리를 휘저었다.

"⋯⋯잠깐, 따라와 봐."

가차 없는 분위기다.

"그, 그래."

그녀가 띤 긴장감에 이끌리듯 나는 그 뒤를 따랐다.

*

역시 아가씨 학교라고 해야 하나.

호죠 마법 학원 식당은 제1부터 제3까지 존재한다.

스코어에 지배당하는 이 세계라면 으레 그러하듯 이 제1부터 제3식당의 이용자는 스코어로 엄격하게 제한된다.

제1식당은 만을 넘는 고 스코어 전용.

제2식당은 몇천 규모의 중 스코어 이상.

제3식당은 누구든 이용할 수 있다.

제1식당은 식당이라기보다는 식전장이라고 형용하는 편이 좋다. 드나드는 아가씨들도 드레스코드를 따르는지 저녁식사 때면 화려한 드레스를 입고 있다.

최하급 제3식당도 식당이라기보다는 레스토랑에 가깝다.

어쨌든 셀프 서비스라는 건 존재하지 않는다. 테이블별로 급사와 셰프가 대기 중이며, 앉으려고 하면 의자를 끌어주는 봉사가 기다리고 있다.

테이블석 주변은 원형 파티션으로 둘러싸여 있으며 잔이 비면 말을 안 해도 채워준다.

조식부터 석식까지 제공되며 가격도 합리적이다.

저녁에는 코스 요리가 제공되는 듯한데, 금전과 테이블 매너와 연이 없는 내가 이용할 일은 없겠지.

그래서.

"…………."

"…………."

앞장서는 라피스를 따라온 나는 제3식당 구석 테이블에 앉았는데.

"…………."

"…………."

『자리만 쓰게 해줘』라고 라피스가 급사를 물리친 뒤 족히 10분 정도 침묵이 이어지고 있다.

"…………."

"…………."

엥, 뭐지, 이 분위기? 곧 단련하다 죽을 예정인 내 생전 장례?

갑갑한 분위기를 견디다 못해 입을 열려고 했을 때——, 옆에서 달콤새콤한 목소리가 들린다.

"자, 아~!"

"돼, 됐어. 난 그런 거 불편하대도……. 창피하고……."

"주변에 아무도 없으니까 괜찮아, 괜찮아! 자, 아~!"

"아, 알겠어……. 아, 아~……."

나는 모든 의식을 귀에 집중시킨다.

"맛있어?"

"맛있는데……."

목소리뿐이랴.

눈을 감은 내 머릿속에는 똑똑히 얼굴을 붉히는 보이시한 여자의 모습이 비쳤다.

"차, 창피해……."

나는 조용히 눈물을 흘렸다.

세상은…… 이렇게, 아름다웠나……. 여기 데려와 준 라피스에게는, 감사의 말을 전하고 싶다……. 아니, 이 감동을 전하고 싶다……. 라피스, 이 세계는, 이렇게 아름다워……. 들려? 너에게도…… 이 감동이…….

"히이로, 저, 그, 있지……. 너한테 전하고 싶은 게──. 왜 울어?!"

"들려……, 이 소리가……?"

"무슨 소리야?! 아무 음악도 안 나오는데 기립 박수하지 말아 줄래?! 자, 얼른 닦아! 왠지 내가 울린 것 같잖아!"

라피스는 부드럽게 내 눈가에 손수건을 댄다. 정중하게 내 눈물을 닦고 나서, 그녀는 분홍색 꾸러미를 꺼내 들이밀었다.

"……자, 자."

뺨을 붉히며 퉁명스럽게 한 손으로 들이민 분홍색 꾸러미.

당황하면서 나는 그것을 받아든다.

"내 생전 장례의 부의……?"

"바, 바보야. 어딜 보나 도시락이잖아. 아, 아까부터 무슨 소리야."

"도시락?"

사태를 받아들이지 못한 나는 머뭇머뭇 꾸러미를 풀었다.

리본을 풀자 타원형의 작은 도시락통이 보인다.

귀여운 색 조합이다. 두 단짜리 도시락통은 토끼 캐릭터 밴드로 고정돼 있었다.

"그럼 이걸 츠키오리한테 주면 돼?"

"뭐? 왜 그 녀석 이름이 나와?"

헉, 무서워⋯⋯. 진짜 화났잖아⋯⋯. 화, 확실히, 초기의 라피스와 츠키오리 사이가 험악한 건 시나리오대로지만⋯⋯. 살의까지 섞여 있지 않나요⋯⋯?

다시 돌아와서.

머뭇머뭇하는 라피스는 우물거리며 말을 더듬는다.

"왜, 너는 아스테밀이랑 아침 일찍부터 단련하잖아⋯⋯. 아침 먹을 시간이 없을 것 같아서⋯⋯. 그래서, 도시락을⋯⋯ 이 사이즈라면, 수업 전에, 조금은 배를 채울 수 있을까 해서⋯⋯."

나는 물끄러미 그 도시락을 바라본다.

"이게 내 거야?!"

"그, 그야 그렇지."

"네가 만든 거야?!"

"으, 응⋯⋯. 알브 중에 요리를 잘하는 애가 있어서⋯⋯. 배웠어⋯⋯. 아마도, 잘 만들어졌을 거야⋯⋯."

나는 절망스러운 표정으로 반짝이는 수제 도시락을 내려다봤다.

어, 어쩌지⋯⋯. 수제 도시락은 곤란한데⋯⋯. 완전히, 러브 코미디의 그거잖아⋯⋯. 하지만 라피스는 나에게 연애 감정을 갖고 있지 않을 거야⋯⋯. 그것만은 틀림없어⋯⋯. 약혼자 어필로 거리를 두면서, 왜 이런 사태로 빠졌는지 알아봐야⋯⋯.

"나 약혼자 있어(강자의 풍격)."

"응, 알아."

"어, 아······. 흐음······(꼬리 내림)."

떨리는 손으로 나는 도시락통을 열었다.

첫 번째 단이 밥. 두 번째 단에는 달걀말이, 고기완자, 절임, 고기말이아스파라거스 등, 정성이 들어간 요리가 줄지어 있었고 나는 무심코 뚜껑과 눈꺼풀을 동시에 닫았다.

후——, 하고 숨을 내쉬고 나서 한 손으로 눈을 가린다.

진심이 들어갔잖아······. 레퍼토리가 순정 만화에서 자주 보는 거잖아······. 제대로 요리해 본 적 없는 공주님이 정성을 다해 만든 느낌이 전면적으로 나잖아······. 남심을 흔드는 요리를 한데 모아놓았잖아······.

"히이로는."

눈을 치켜뜬 라피스는 내 반응을 살핀다.

"싫어하는 음식 있어······? 또 좋아하는 음식도······ 알고 싶은데."

알고 싶은데?! 알고 싶은데, 알고 싶은데, 알고 싶은데?! 나도 이럴 때 상대 마음을 상처 입히지 않고 거짓말 없이 대답을 거부할 수 있는 수단을 알고 싶은걸?!

"············."

침묵! 그게 올바른 답이다.

"······소리, 못 들었어."

라피스는 내 옆자리로 옮겨왔고——, 테이블에 엎드려서 빨개진 얼굴로 내 얼굴을 살핀다.

"한 번 더 말해 줘."

대답! 그게 올바른 답이었다.

악화해 가는 상황을 곁눈질로 바라보면서 땀을 삐질삐질 흘리는 나를 남겨두고 사태는 계속해서 흘러갔다.

뺨을 붉힌 라피스는 고개를 갸웃하며 내 팔을 콕콕 찌른다.

"……안 먹어~?"

왜지.

왜 이렇게 됐지?

이유를…… 이유를 찾아야만……. 약혼자가 있다고 선언했음에도, 전보다 더 악화한 건 대체……. 뭔가…… 뭔가 이유가 있을 거야……. 원인을 찾아서, 대책을 세워야만 해……!

"왜, 왜 갑자기 도시락을? 우리는 친구잖아?"

"친구가 아니잖아."

엥?!

"라이벌이잖아."

오, OK! OK! GOGOGOGOGO!

"라이벌에게 도시락을 만들어 주면 이상한가……?"

"이, 이상하려나. 적에게 소금을 보낸다*는 말은 있지만, 적에게 수제 도시락까지 보내면 그건 이미 연애적 뉘앙스를 품고 있지 않아?"

"여, 연애……?"

---

*적에게 도움을 준다는 일본의 속담

겨우 자각했나.

라피스는 눈을 크게 뜨고 새하얀 피부를 새빨갛게 붉혔다.

"아, 아니……! 이, 이건, 그런 게 아니라! 나, 나는! 저기!"

"오케이, 오케이! 괜찮아. 우선 진정해. 우리는 지금 겨우 마음이 통하기 시작했어. 안도해서 심장이 진정됐어. 이건 그런 달콤새콤한 계통의 도시락이 아니란 거지. 알프 헤임의 공주님이 약혼자가 있는 남자에게 집적거릴 리 없으니까."

"으, 응……. 나, 저기……. 왜냐하면, 갑자기 히이로에게 약혼자가 있다고 해서……."

꼬옥 움켜쥔 두 손을 무릎 위에 올려두고 라피스는 더듬더듬 말하기 시작한다.

"여러모로 생각했는데……. 승부하거나 같이 외출하는…… 그런 건 이제 민폐니까 하면 안 되나 해서……. 애초에 가장 먼저 『승부다, 승부!』라면서 들이닥쳐서……. 히이로의 다정함에 기대어 얹혀 지냈는데……. 난 히이로한테 아무것도 해 준 게 없는 것 같길래……."

죄책감에 파랗게 질려가는 내 앞에서 그녀는 진지하게 말한다.

"난 학원에 친구 하나 없고…… 제대로 떠들 상대는 히이로 정도밖에 없으니까……. 야, 약혼자가 있는 남자를 가까이하면 안 된다는 건 알지만……. 가능하다면 지금까지처럼 대하고 싶어서……. 그런 건, 전부 잊고……. 도시락을 만들어 봤어……. 미안해……."

당장에라도 울 듯한 라피스를 보고 나는 도시락통을 열고 맛

있어 보이는 음식들을 급하게 먹는다.

어안이 벙벙해 있는 라피스 앞에서 음식을 다 먹어치운 나는 그녀에게 웃어 보인다.

"최고로 맛있어. 재능 있네, 너."

"히이로……."

"우리는 라이벌이고 그 이상도 그 이하도 아니야. 그렇다면 그냥 지금까지처럼 지내도 문제될 건 없겠지."

"그럼……!"

웃는 라피스에게 나는 고개를 끄덕여 보인다.

"지금까지처럼 지내자. 가끔이라면 승부도 받아줄 수 있고, 같이 놀고 싶으면 놀면 돼."

표정이 밝아진 라피스에게 나는 웃어 보인다.

"라이벌이니까, 우리는. 라이벌이니까. 그 이상도 그 이하도 아니고 라이벌이니까. 너에게 좋아하는 여자가 생기면 나는 응원할 거고, 너도 나와 약혼자의 앞날을 도울 거야. 왜냐하면 라이벌이니까. 이 세상에서 남자와 여자가 연인 관계가 될 일은 없어. 왜냐하면 라이벌이니까. 너와 나는 라이벌이야——."

"그럼 내일부터 도시락 만들어 올게!"

"엥."

이야기는 끝났다고 생각했는데.

도시락통을 다시 끌어안은 라피스는 웃는 얼굴로 나에게 손을 흔들면서 달려간다.

"내일도 같은 시간에 보자! 히이로, 힘내! 응원할게! 라이벌이니까!"

그 귀여움에 아주 잠깐 넋을 잃었다.

정신을 차린 나는 위에 묵직한 것이 얹히는 걸 느끼면서 A클래스 교실로 걸음을 옮겼다.

망연자실한 채로 내 자리로 간다.

두 손으로 얼굴을 감싼 나는 옆자리에 앉은 츠키오리에게 속삭였다.

"도와줘, 츠키오리……. 사태를 걷잡을 수 없게 되기 전에……. 얼른……, 얼른, 도와줘……. 츠키오리……, 나를 도와줘……. 부탁이야……, 츠키오리……, 도와줘……."

"응? 옳지, 옳지. 괜찮아, 괜찮아."

속 편하게 웃는 얼굴로 머리 쓰다듬지 마……! 넌 쿨한 캐릭터잖아……! 그 아름다운 손으로 남자 따위의 머리를 만지지 마……!

우리 대화를 바라보며 왼쪽 옆에 앉은 측정용 아가씨가 코웃음을 친다.

"어머나, 어머나. 더럽기도 해라. 오물, 오물. 이런 일진이 좋은 날에 상큼한 아침부터 남자를 만지다니. 츠키오리 사쿠라, 역시 서민이라고 해야 하나, 상식을 모르나요? 오호호."

"옳지, 옳지."

"사, 사람이 말을 하면 들어요!"

아직 사이좋아질 기색 없이 이 둘은 여전히 견원지간인 듯하다.

정말 말 그대로 물어뜯을 기세인 측정용 아가씨와 전혀 상대하지 않는 츠키오리와의 사이(즉 나)에선 불꽃이 튀기는 듯했다.

진심으로 바라건대 두 사람이 나를 빼고 철저히 다퉜으면 한다. 그럼으로써 태어나는 인연이, 백합이 분명 있으리라고 믿는다.

아가씨와 츠키오리 사이에 끼어 두 사람을 방해하고 싶지는 않다. 가능한 한 이 둘과 얽히지 않게 해야 한다.

다시금 그렇게 결의했을 때, 마리나 선생님이 들어왔고 조례가 시작된다.

"오, 오리엔테이션 합숙에서 행동을 함께할 그룹을 정할 텐데요……. 아, 아직 서로를 잘 모르는 여러분에게 맡기기도 그럴 것 같아서……. 아, 알아서 결정했어요."

칠판에 붙은 그룹 표. 그걸 올려다본 나는 절망스러운 표정으로 멈춰 선다.

"아, 야호. 히이로랑 한 그룹이다."

"뭐, 뭐야?! 이, 이 내가 서민, 남자와 한 그룹?! 이 셋과 행동하라고요?! 사, 사양하겠어요! 책임자! 책임자를 불러오세요!"

"…………."

츠키오리 사쿠라, 산죠 히이로, 오필리아 폰 마지라인.

제5그룹으로 묶인 세 사람의 이름을 보고 나는 미소를 띠며 고개를 끄덕였다.

이제 어쩔 수 없다.

*

눈을 뜬다.

"…………."

당연한 권리라는 듯 스노우가 나한테 찰싹 들러붙어 자고 있었다.

속눈썹까지 새하얀 그녀는 곤한 숨소리를 내면서 내 앞가슴에 매달려 있다. 플라움 대욕실에는 고가에 질 좋은 샴푸라도 놓여 있는지, 뭐라고 형용할 수 없이 달콤하고 좋은 향기가 난다.

또 뭔가 부드럽다. 팔부터 아래까지 뭔가 부드럽다.

나름의 거리를 두고 두 개 놓인 이불.

요 며칠 또 하나의 이불은 빈 껍질이 되어 있었다. 따로 잤을 텐데, 함께 눈을 뜬다.

스노우는 천연덕스럽게 『잠버릇이 나빠서』라고 했지만, 이렇게 며칠씩 이어지다 보면 일부러 하는 짓이라는 생각을 떨칠 수가 없다.

새벽 3시 반.

초봄이기도 해서 아직 쌀쌀하다.

이 부드럽고 따스한 난방 도구는 편리하긴 하지만, 손을 대면 파멸하는 광경만이 떠오른다.

이 녀석, 내 돈을 노리고 미인계를 친 건 아니겠지?

유혹을 뿌리치고 나는 이불 밖으로 나가려 한다.

잠이 안 오는 아이처럼 나에게 매달려 있던 탓인지. 깨우지 않으려 조심했는데도 졸린 표정을 한 스노우가 어렴풋이 눈을 떴다.

"…………."

"너 또 내 이불로 기어들어 왔어. 자. 아직 새벽 3시 반이니까."

"…………."

머리를 푼 스노우는 무방비한 미소를 띤다.

"다녀오세요, 히이로……."

"…………."

나는 백합을 지켜야 한다. 나는 백합을 지켜야 한다. 나는 백합을 지켜야 한다. 나는 백합을 지켜야 한다. 나는 백합을 지켜야 한다. 나는 백합을 지켜야 한다. 나는 백합을 지켜야 한다. 나는 백합을 지켜야 한다. 나는 백합.

악마의 유혹을 이겨내고 밖으로 나오니 릴리 씨가 청소 중이었다.

근면한 메이드는 트레이닝복 차림의 나를 보더니 미소를 띠며 이쪽으로 다가왔다.

"안녕하세요, 산죠 님."

"아, 안녕하세요. 새벽 3시 반인데 이 세계에 깨어 있는 게 저 하나가 아니라 다행이네요."

그녀는 입을 손에 대고 키득키득 우아하게 웃는다.

"산죠 님은 매일 아침 일찍 일어나시는군요."

"단련이 있어서……. 릴리 씨야말로 아침에 일찍 깨는 거 아니에요? 혹시 남몰래 단련 같은 걸 하세요?"

"아니요, 설마요."

유서 깊은 대나무 빗자루를 들고 그녀는 미소 짓는다.

"업자에게 맡겼다지만 아이즈벨트가가 관리하는 기숙사니까요. 역시 전부까지는 아니더라도 현관은 늘 깨끗하게 치워두는 게 본분일 것 같아서요."

뭐 이렇게 훌륭한 메이드가…… . 주인을 향한 경의가 눈에 보이는 형태로 드러난다.

주인을 아무렇지 않게 걷어차는, 어디 사는 백발 메이드도 본받았으면 한다. 뭐, 그 녀석은 그 녀석대로 좋은 점이 많기는 하지만.

"그렇군요. 서로 힘내죠. 플레이, 플레이 나, 플레이, 플레이 릴리 씨. 모든 백합에 행복 있기를. 그럼 이만."

"산죠 님, 잠시 기다려 주세요."

품에서 빗을 꺼낸 릴리 씨는 내 머리를 매만진다.

"살짝 뻗쳤어요."

"아아, 왠지 죄송하네요. 감사합니다."

"다녀오세요."

릴리 씨는 미소 지으며 고개를 푹 수그린다.

메이드의 귀감 같은 여성이라고 생각하며 나는 늘 가는 러닝 코스를 거쳐 공원에 도착한다.

도착하자마자 의욕이 과한 아스테밀이 무명묘비를 한 손에 들고 다가온다.

"빨라! 약혼자와 꽁냥꽁냥할 때도 이렇게 빠른가요!"

"그거로군요, 스승님은 꽤 꽁해 있는 타입이군요…… . 그보다 일찍 오는 건 문제 없으니까, 그건 칭찬으로 받아들여도 되죠?"

"네에!"

"아침 댓바람부터 목청 한번 좋네⋯⋯! 좋은 답이야⋯⋯!"

바로 나는 검을 휘두르는 것부터 시작한다.

말은 그렇게 해도 단순한 휘두르기가 아니다.

『생성:도신』의 콘솔을 끼운 상태에서 무속성 도신을 만들어내 마력을 계속 유지한다.

도신이라고 단순하게 말해도 길이, 폭, 단단함, 도문(刀紋), 휘어진 상태⋯⋯ 갖은 요소가 갖춰져 있으며 그것들을 머릿속으로 이미지해서 유지할 필요가 있다.

머리에서 이미지가 어긋나면 도신이 사라지거나 갑자기 길이가 바뀌는 식으로 혼란을 불러들인다. 실전 도중에 그런 일이 발생하면 이번 생과는 안녕, 바이바이다.

지금까지는 타이밍이나 칼 솜씨 따위 생각한 적이 없었으니까⋯⋯. 파라미터에만 의지하는 무식한 스타일이었다.

하지만 거기에도 한계는 있다.

올바른 자세와 마력 유지. 앞으로는 가지런한 형태가 필요해질 테고, 생명선이 되기도 하겠지.

"윽?!"

무명묘비의 검집으로 손목과 무릎 뒤를 얻어맞고 자세를 교정당한다.

"⋯⋯아니에요."

이럴 때의 스승님은 가차가 없다. 덕분에 내 몸은 멍투성이다.

푸른 눈으로 노려보면서 살벌하게 계속 쥐어짠다.

엄격하다고도 할 수 있지만 당연하다면 당연하다.

스승님이 자비를 베풀어 내가 이상한 자세를 익히기라도 하면 실전에서 죽는 건 나니까.

진검을 쓸 때는 항상 긴장감을 유지하는 게 좋다.

이 일격이 검집이 아니라 진검에 의한 것이라면 나는 여러 번 죽었을 거라고 타이른다.

긴장감과 공포감이 지속되면 될수록 단련의 질은 좋아진다. 본래 진검 공격은 제대로 맞으면 죽을 수밖에 없다.

실전에 더 가까운 감각을 깨우면 꾸준한 휘두르기도 더 나은 방향으로 향하는 길잡이가 된다.

일단락된 후.

스승님은 당연하다는 듯한 표정으로 내 셔츠를 벗기고 연고를 바르기 시작한다.

"…………."

"…………."

"……전부터 말하려고 했는데."

"뭔가요?"

"이른 아침에 공원에서 반라의 남자에게 미녀가 뭔가를 발라 주는 광경……, 남들이 보면 엉뚱한 오해를 하지 않을까?"

"미, 미녀라니! 정말, 히이로는 칭찬도 잘한다니까!"

"지금 이야기의 본질을 모르겠어?"

본질은 착한 사람이다.

내 멍에 연고를 바르는 스승님은 면목 없다는 표정으로 꼼꼼히 시간을 들여 구석구석까지 발라 준다.

그렇기에 더 수상한 분위기가 풍겨서 못 견디겠다.

"직접 바를게."

"안~ 돼! 안 돼요~, 미인 스승님의 권한으로 용납 못 해요. 그런 고집 피우면 스승님이 용서 못 해요. 뗙!"

『뗙!』은 무슨, 420세가……!

한없이 즐거워 보이는 스승님에게 『처덕처덕』당하고 나서 나는 보이지 않는 화살의 연습을 시작한다.

하지만 당연하다는 듯 표적에 맞지 않는다.

"으~음……?"

안정성이 부족한가?

여전히 흐물흐물한 물 화살이다.

생성한 물 화살을 검지와 중지 사이에 세팅하고, 정면을 노렸을 텐데…… 표적에서 빗나간다.

보이지 않는 화살은 말하자면 레일에 실은 마력의 탄체를 화살로 변환하는 마법이다.

마력으로 본뜬 통 모양의 레일을 상상해 주시길.

그 레일 내부를 따르듯 『조작:사출』로 마력을 날린다. 그 탄이 대상을 맞추는 타이밍에 『속성: 물』, 『생성:화살』을 발동해 물 화살을 생성한다.

마력은 매직 디바이스에 따른 형질 변경의 영향을 받는다. 비거리 및 속도를 높여 마력의 탄환을 추진시키기 위해, 처음엔 물 화살 형태를 띤 탄체를 생성하여 레일 위로 날린다.

보이지 않는 화살을 쏘기 위한 준비 과정에서 먼저 생성한 물 화살은 눈에 보이는 마력 덩어리에 불과하다. 하지만 이 화살 형태를 띤 마력 덩어리의 형상은 물 화살 생성을 해제하더라도 마술 연산자가 여전히 기억하고 있다.

그렇기에 다시 마력을 실으면 착탄 시 물 화살을 만들 수 있다.

그게 보이지 않는 화살의 원리다.

마력이란 마술 연산자의 집합체 같은 것이다.

공기 중에도 체내에도 존재하며, 직접 인체에 영향을 미치지 않는다. 마력의 탄을 맞혀봤자 아프지도 간지럽지도 않다.

그렇기에 무기로 쓸 때는 『생성』으로 물질(화살)을 만들어내야 한다.

먼저 생성하느냐, 나중에 생성하느냐.

보이지 않는 화살은 공기 중을 나는 마력을 베이스로 후에 화살을 생성함으로써 보이지 않게 만드는 것이다.

"............."

미소를 띤 스승님은 생각에 잠긴 나를 지켜보고 있다.

상상하기 위한 기초 지식이 부족하다.

우선 화살이 날아가서 대상에 명중하는 원리부터 배우는 게 좋겠군. 원칙에 따라 화살을 생성하고 마력탄을 유도하는 레일 생성 단련에도 시간을 할애하자. 그러는 사이 마력 양도 상승하겠지.

방침을 정한 나는 스승님과 헤어져 호죠 마법 학원으로 곧장 돌아왔다.

교실 자리에 앉자마자 조례가 시작되었고——.

"…………."

"…………."

"……흥!"

오리엔테이션 합숙 그룹끼리 책상을 맞대서, 나는 츠키오리와 아가씨 사이에 끼었다.

──조례를 이용해 그룹 내에서 자기소개해 주세요.

마리나 선생님은 우리에게 그렇게 지시하자마자 지켜보는 분위기로 옮겨 갔지만, 교원의 도움이 필요할 정도로 상황은 긴박했다.

"나는 마지라인가의 아가씨예요. 당신들과 사이좋게 그룹 행동이라니, 게다가 남자와……. 사양하겠어요. 사양하겠어요!"

"왜 두 번이나──."

"사양하겠어요!"

세 번이나 말했어, 얘…….

"그럼 빠지지 그래?"

따분하다는 듯 츠키오리는 하품한다.

"나는 히이로가 있으면 충분해."

"어머어머, 오호호. 낙오자의 아름다운 우정 같은 건가요? 사이가 좋아서 참 좋겠네요."

오필리아는 어디서 꺼냈는지 모를 화려한 부채를 우아하게 부쳤다.

"혹시 남자 따위와 교제 중인 건가요? 그렇다면 남자와 서민, 밑바닥 인생끼리 아주 잘──."

297

"응, 사귀어."

귀를 기울이고 있었는지.

온 교실이 술렁였고 덜컹하는 소리를 내며 누군가가 일어난다.

"…………."

라피스가 아연실색한 표정으로 나를 보고 있었다.

"…………."

뒤를 돌아본 레이는 이쪽을 주시한 채로 꼼짝도 하지 않는다.

"그렇지? 히이로."

츠키오리는 내 어깨에 자기 머리를 기댄다. 내심 히죽히죽하고 있을 그녀는 내 어깨를 검지로 빙글빙글 쓸었다.

"아하하하하하! 농담하지 마! 츠키오리이이! 너랑 나는 친구 사이고, 그 이상도 그 이하도 아니잖아아아아!"

"하지만 한 지붕 아래서 같이 살잖아?"

"그야 같은 기숙사니까아아아! *끄*아아!"

기립해서 포효했지만 두 사람의 시선은 여전히 나에게 고정되어 있다. 부채로 입가를 가린 아가씨는 살짝 뺨을 붉힌다.

"흐, 흥, 상스럽기는! 남자 같은 하등 생물과 사귀다니. 어떤 정신머리를 가졌길――."

"그러는 너는 사귀는 사람 있어?"

"엇."

반 아이들의 시선이 일제히 오필리아에게로 향한다. 애들의 시선을 한 몸에 받은 아가씨는 어색한 동작으로 자신을 부채로 부쳤다.

"다, 당연히 있죠……. 그, 그게……. 저……, 애, 애인……? 은, 500명 정도…… 있을지도……?"

넘어가지 마, 아가씨! 돌아와!

"흐음, 그럼 늘 밤에는 힘들겠네."

"바, 밤……? 그, 그러게요. 늘 저녁 테이블 크기가 부족해서 곤란하긴 해요……."

아가씨……, 아가씨……!

참다못한 누군가가 웃음을 터뜨렸고 온 교실이 고상한 웃음소리로 휩싸였다. 엉뚱한 답을 했다는 걸 알아차린 아가씨는 얼굴을 새빨갛게 물들이며 일어났다.

"두, 두고 봐요—!"

마리나 선생님의 제지를 뿌리치고 훌륭한 패배 선언을 남긴 오필리아는 바람처럼 사라졌다.

나에게 몸을 기댄 츠키오리는 이겼다는 듯 코웃음을 친다.

"……츠키오리, 너무 괴롭히지 마."

"반응이 좋아서 재미있는걸. 또 결투 신청하지 않으려나……. 마구 밟아줄 텐데."

"그때는 내가 전력으로 막아——."

덜컹, 하고 의자 끄는 소리가 난다.

측정용 아가씨의 의자에 아름다운 자세로 앉은 레이는 격식 있는 미소를 띤 채 츠키오리를 바라본다.

"츠키오리 사쿠라 씨."

그녀는 웃음기 없는 눈으로 말했다.

"당신에게 결투를 신청합니다."

"⋯⋯호오."

서로를 바라보는 츠키오리와 레이 사이에서 나는 싱글벙글 웃는다.

"⋯⋯⋯⋯."

왜 이렇게 됐는지 누구 설명해 줄 사람?

＊

호쵸 마법 학원 실내 훈련장.

일반적인 고등학교 체육관의 몇 배는 될 법한 넓이, 3단 관객석이 설치되어 있으며 장내의 마법 연산자 양을 조절할 수 있다⋯⋯. 이제까지 모은 기부금으로 계속 확충한 그곳에는 자동 훈련 인형도 도입되어 있다.

이 세계의 단말기는 매직 디바이스로 통일되어 있다.

통신용 미니 콘솔을 달면(슬롯과는 별개) 눈앞에 윈도우를 불러내어 전화 및 메일, 채팅, 웹 서핑까지 가능하다.

미니 콘솔과 실내 훈련장은 동기화가 가능하며 화면 조작을 통해 바닥이나 표적, 자동 훈련 인형을 출현시키거나 지형 자체를 변형할 수도 있다.

이 모든 처리를 하는 것은 콘스트럭터 매직 디바이스(부설형 특수 마도 촉매기)라고 불리는 거대한 매직 디바이스인데, 단적으로 말하자면 마술 연산에 특화한 연산기 같은 것이다.

이 연산기는 산죠가 별택에도 설치되어 있으며 별택 담벼락에 설치되어 있던 대마 장벽을 생성하기도 한다.

특수한 콘솔을 이용하거나 복잡한 도선으로 이뤄져 있어서 마법사의 휴대를 전제로 한 매직 디바이스와는 기본 이념이 같더라도 사용 용도가 다르다.

콘스트럭터 매직 디바이스는 대마 장벽을 치는 데 쓰는 경우가 대부분이다. 그 이상의 처리를 요구한다면 그 나름의 가격과 규모를 감당해야 한다.

이 훈련장에 설치된 것은 실내임에도 불구하고 모래밭을 만들어내거나 바닷물을 채우거나 중력마저 컨트롤할 수 있으니, 그 어마어마함이 전해진다.

그런 실내 훈련장이 호죠 마법 학원에는 6개나 존재한다.

세 기숙사 각각에 소규모 훈련장이 3개, 학원 부지 내에 대규모 훈련장이 3개.

교원의 허가와 적정 스코어만 있으면 실내 훈련장은 자유롭게 사용할 수 있다.

학원생이라면 출입 자체는 허락되기에 가끔 있는 훈련 시합 등에는 스코어 0인 나라도 입장할 수 있다.

그런 이유로 나와 라피스는 관객석에 나란히 앉아 중앙 배틀

라인에 서 있는 츠키오리와 레이를 바라보고 있었다.

내 시야 아래.

교복 차림의 레이는 붉은 창을 회전시키다 겨드랑이 밑에서 멈춘다.

"기본 형식이면 될까요?"

그 요염한 자세에 여자 집단이 새된 환호성을 내질렀다.

그 산죠가의 영애가 호죠 마법 학원에 입학했다는 소문은 전교에 퍼져 서서히 열기를 띠었다.

보기 드문 미모 탓도 있는지, 학원에 입학한 지 고작 며칠 만에 레이는 대량의 팬을 얻었다. 몰래 찍은 사진이 고가에 거래되고 있다니 참 열광적인 반응이다.

망할 놈이라는 평가를 받는 오빠와 이 세상의 올바른 모습을 되찾은 여동생……. 둘을 합쳐 테러블 브라더&원더풀 시스터로군.

오빠 쪽은 언젠가 이 세상에서 제거해 줄 테니까 조만간 원더풀 시스터만 남겠네.

"뭐든 좋아. 네가 이기기 편한 쪽으로 하지 그래?"

결투 신청을 받은 츠키오리는 여유작작하게 『라이트 나이트 헌트』…… 장검형 매직 디바이스를 벗어던지더니 빙글빙글 회전시켜 캐치하는 장난을 반복했다.

여자들은 그런 츠키오리에게 뜨거운 시선을 보냈다. 눈시울을 붉힌 그녀들은 한데 모여 끊임없이 속닥이고 있다.

공언할 수 없지만 츠키오리의 팬임이 명백했다. 아마 천연 바

람둥이 주인공께서 무의식중에 함락시켜 온 여자들이겠지.

"히이로, 기본 형식이 뭐야?"

내 주변 자리는 텅 비어 있다.

그래도 내 옆자리를 계속 지키고 있는 라피스가 묻는다.

"결투……. 즉 훈련 시합이라고 해도 그냥 맞붙으면 마법으로 서로를 죽일 수 있잖아? 그러니까 사전에 명확한 승부의 조건을 정해두는 거지."

"그 조건 중 하나가 기본 형식이란 거야?"

"그런 거지. 기본 형식이라는 건 훈련 시합에서 일반적으로 적용되는 조건이고, 콘스트럭터 매직 디바이스가 친 삼중 대마 장벽을 상대보다 빨리 제거하면 이긴다는 거야."

"즉, 세 번 상대에게 마법을 맞추면 되는 거지?"

"예스. 승리 조건 이외에는 기본적으로 뭐든 가능해. 상대가 항복하거나 패배를 인정하면. 그 시점에서 시합 종료야, 항복한 쪽이 지는 거지."

그래, 그렇구나. 고개를 끄덕인 라피스는 나를 힐끗 살핀다.

"조건은 알겠는데……. 저 둘을 안 말려도 되겠어?"

"…………."

솔직히 말릴지 말지 망설였단 말이지.

원작 게임이라면 오리엔테이션 합숙 그룹은 그 시점에서 가장 호감도가 높은 두 사람과 짜게 된다.

즉 츠키오리는 다른 누구보다 나와 아가씨의 호감도를 쌓았다는 셈인데……. 나에게는 뜻밖의 일이다. 하지만 상황이 좋지 않다.

나를 빼고 라피스나 레이를 넣거나, 나와 아가씨를 빼고 라피스와 레이를 넣는 게 가장 좋은 흐름일 것이다.

메인 히로인 둘과 같은 그룹이 되지 않고 망할 방해꾼 캐릭터와 한 그룹이 되다니 절망뿐이다.

이대로 가다간 츠키오리가 히로인의 호감도를 벌 시간이 사라질 수도 있다.

본래라면 이『결투 이벤트』는 라피스와 발생하는 것이다.

이 이벤트에서 츠키오리에게 진 라피스는 어김없이 오기를 발휘하고, 패배를 맛보게 한 츠키오리 사쿠라에게 집착하게 된다.

이 두 사람 사이는 험악한 분위기에서 시작되지만, 천천히 두 사람은 서로에게 호의를 품게 된다.

원작 게임을 아는 사람의 입장에서 말하자면 레이가 츠키오리에게 결투를 신청한 건 의외였다.

하지만 이건 기회이기도 하다. 츠키오리와 히로인 사이에서 발생하는 이벤트, 그건 두 사람의 연결고리가 되어 미래의 백합으로 이어지는 영광의 길이 되겠지.

그렇기에 나는 두 사람을 막지 않을 것이다.

나는 이 인연이 밝은 희망으로 바뀌리라는 데——, 산죠 히이로의 영혼을 걸겠어!

"내가 이기면."

휘잉휘잉.

바람 가르는 소리를 내면서 허리 뒤쪽으로 자유자재로 창을 회전시킨 레이는 미소를 띤다.

"앞으로 일절 오라버니에게 접근하지 마세요. 이 조건을 달성할 경우, 불가항력적으로 오리엔테이션 합숙 그룹도 교환하겠어요."

"아아, 너 히이로의 여동생이구나."

콘솔을 만지작거리면서 츠키오리는 생성한 검에 손끝을 미끄러뜨린다.

"하지만 약하네. 기초 능력은 높을지 모르지만 애들 장난 같은 단련밖에 안 했지? 실전은 경험 없지? 사랑하는 오빠를 빼앗기기 싫어서 급하게 장난감이라도 꺼내 온 거야?"

레이는 눈에 보이지조차 않는 속도로 창끝을 츠키오리에게 들이댄다.

"쉽게 말하죠."

그녀에게서 웃음기가 사라진다.

"불쾌하니까 우리 오빠한테 접근하지 마. 그 사람은 동생인 내 관리하에 있어요. 성가신 일을 불러들일 수 있는 당신이 접근한다면 얼굴에 확 구멍을 뚫어서 다시는 여유롭게 웃지 못하게 해드리죠."

"히이로."

츠키오리는 객석에 있는 나에게 손을 흔든다.

"동생이 아마 울 텐데 괜찮아?"

"울리면 내가 울 거야. 금방 울 거야. 분명 울 거야. 봐, 울지."

"그건 곤란한데."

츠키오리는 아름다운 머리카락을 쓸어올린다.

"히이로는 늘 웃었으면 하거든."

왜 저 녀석은 툭하면 남을 함락시키려 드는 거지……?

기척을 느끼고 옆을 보니 라피스가 수상하다는 듯 나를 보고 있었다.

"왜 그렇게 츠키오리 사쿠라에게 사랑받는 거야? 약혼자가 있으면서, 방치해도 되겠어?"

"저 녀석은 예측이 안 되니까. 약혼자의 존재를 밝힐 타이밍을 보고 있어. 오리엔테이션 합숙 후 정도가 좋을 것 같은데."

"엥……. 레, 레이한테는, 이미 직접 밝혔지……?"

"아직. 스노우와 타이밍을 보고 있어."

"…………."

빙글, 라피스는 몸을 돌린다.

"…………."

"…………."

"……뭐야, 아까 그 『엥』은?"

나는 부자연스레 눈을 피한 라피스에게 다가간다.

"이봐, 뭐야, 너, 그 이상한 표정은……. 왜 눈을 피해……. 이쪽을 봐……. 화 안 낼 테니까……. 화 안 낼 테니까, 무슨 짓을 했는지 똑똑히 말해……."

"……어."

"뭐라고?"

면목이 없다는 듯 고개를 돌린 라피스는 중얼거린다.

"레, 레이에게 말해 버렸어……. 히이로에게 약혼자가 있다는 거……."

갑자기 시야가 일그러지면서 무릎에서 힘이 풀렸다.

목에서 잠긴 신음이 새어 나왔다.

"내, 내 동생은…… 뭐래……?"

"웃으면서 『그래요』래……. 눈은 안 웃고 있었지만……."

에헤, 에헴, 에호, 호호, 에헤헤헤, 우후홋!

"미, 미안해, 히이로……. 하지만, 히이로 가족이니까……. 약혼했다면 가장 먼저 보고했을 것 같아서……. 이미 레이는 알 줄 알고, 이것저것 상담했어……. 정말 미안해……. 울지 마……."

"안 울어."

"우, 울고 있어……."

라피스에게 사과받으며 오열하는 나를 제쳐두고, 츠키오리와 레이는 중앙 배틀 라인에서 서로를 노려보고 있다.

"오라버니에게는 약혼자가 있어요."

아아, 정말 알고 있잖아!

"알아."

왜 츠키오리까지 아는 거야?!

나는 놀라서 고개를 돌린다.

등을 구부리고 필사적으로 몸을 웅크린 라피스에게 속삭였다.

"라, 라피스……. 너, 설마……?"

"하, 하지만, 츠키오리 사쿠라가 히이로에게 집적거리니까……. 약혼자가 있는 사람에게 그러면 안 된다고……. 그, 설교, 했거든……. 저, 저 녀석은, 안 들었지만……."

"…………."

나는 움찔움찔 경련하면서 눈앞을 스쳐 가는 주마등에 웃어 보인다.

"돼, 됐어. 신경 쓰지 마……. 내, 내 위기관리가 잘못된 거지……. 너한테 『아무한테도 말하지 마』라고 한마디도 안 했으니까……. 후훗, 그게 6살 때였나……. 그때는 참 즐거웠어……!"

"히, 히이로! 괜찮아! 아직, 어떻게든——."

라피스의 목소리를 끊듯 레이의 목소리가 울려 퍼진다.

"오라버니가 저한테 아무 말도 없이 약혼자를 만들 리 없어요. 당신이 오라버니를 꼬드겨서 거짓말을 시킨 거죠?"

"아아, 그건, 내가 너한테 하고 싶었던 말이야. 히이로를 빼앗길 것 같아서 서둘러 잔꾀를 부린 거지?"

""……………………."""

라피스는 말없이 고개를 돌렸고 나는 울면서 그 가냘픈 어깨를 안았다.

"이거 해결되나요, 라피스 씨?! 여기서 해결이 되냐고요?! 지금 들 수 있는 보험이 있다면 소개 좀 해 주실래요?! 응?! 너 왜 고개를 돌리는 거야?! 현실을 마주해 볼래?! 도망쳐도 달라질 건 없거든?!"

오열하는 내 아래에서 레이와 츠키오리는 서로를 노려본다.

"거짓말쟁이."

"네 얘기인가?"

아~아! 정말 큰일이네~!

두 사람은 살의를 고조시키더니 서로 매직 디바이스를 들이 민다.

"준비하세요. 오라버니를 대신해 당신을 이겨주겠어요."

"좋아. 브라콤 교정을 도와줄게."

자동 훈련 인형 심판이 시합 개시 신호를 보냈고——

"미안, 역시 말릴게."

"엥?! 잠깐, 히이로?!"

정신을 차린 나는 라피스의 제지를 뿌리치고 두 사람 사이, 배틀 라인으로 뛰쳐 들어간다.

거의 동시에 츠키오리와 레이는 트리거를 당겼다.

술식 동기, 마파 간섭, 연산 완료.

콘솔, 접속——. 희푸른 마력선이 몸에 그어진 두 사람은 어마어마한 속도로 정면에서 충돌했고—— 나는 그 사이로 뛰어든다.

오른쪽 틈새를 파고드는 찌르기.

낮게 찔러 온 그것을 오른쪽 발로 붙들고 바닥에 내팽개치며 막는다.

왼쪽에서 들어오는 베기.

반신을 살짝 비키면서 쿠키 마사무네를 뽑고, 상단에서 날아온 참격을 막는다.

양쪽의 공격을 막은 나는 안도의 한숨을 내쉬었다.

"오라버니?!"

"히이로?!"

충돌하기 직전에 사이에 내가 선 것을 인식한 모양이다.

두 사람이 브레이크를 걸지 않았다면 분명 막지 못했겠지. 그만큼 날카로운 공격이었다.

"둘 다 거기까지 해. 나한테 약혼자가 있다는 건 너희 둘 중 하나가 한 거짓말 같은 게 아니야. 착각으로 반 친구끼리 서로를 미워하며 싸우는 건 잘못된 일이잖아. 서로에게 호의가 생길 것 같지도 않고 애초에 잘못됐어."

나는 내 목덜미 바로 앞까지 와 있는 검을 바라본다.

"…………."

어라? 왜 대마 장벽이 전개되지 않았지?

그 타이밍에 겨우 나는 현재 상황을 이해하고 오싹함을 느꼈다.

아주 잘 생각해 보면 스코어 0인 나에게는 실내 훈련장 사용 허가가 나지 않았다.

설비 사용 허가가 나지 않았으니 배틀 라인에 서더라도 자동적으로 대마 장벽이 쳐질 리 없다.

위험해……. 아무래도 좋은 문제로 개죽음당할 뻔했네…….

"설명하자면, 내가 먼저 라피스에게 전했어. 두 사람에게는 타이밍을 봐서 이야기하려고 했고. 그 순서가 바뀌는 바람에 둘 다 착각한 거겠지."

"그럼 오라버니에게 약혼자가 있다는 게 사실인가요?"

"으, 응……. 마, 맞아……. 거, 거짓말은 안 하는걸……."

"바로는 못 믿겠는데."

의심 어린 눈길이다.

일찌감치 여기서 털어놓을 수밖에 없다고 판단한 나는 전화로 스노우를 불러냈다.

찾아온 백발 메이드는 무표정한 레이와 츠키오리를 보자마자 깜짝 놀라더니 나를 원망스레 노려봤다.

"여, 여어, 허니……."

"한 건 했군요, 달링……."

뜻밖의 사태임에도 불구하고 약혼자인 척은 계속해 줄 셈인 모양이다.

딱딱하게 굳은 미소로 스노우는 나와 팔짱을 낀다.

"…………."

"…………."

그 순간 츠키오리와 레이의 눈빛이 더욱 차가워진다.

덜덜덜덜.

자잘한 스노우의 떨림이 나에게 전해진다. 나는 그녀의 어깨를 안고 끌어당겨 진정시키려 했다.

"야, 약혼자 스노우야. 귀엽지?"

"스, 스노우입니다……. 아, 안녕하세요. 보시다시피 귀엽습니다. 만나서 반가워요……."

나와 스노우는 가식적인 미소를 띤 채로 서로의 옆구리를 찌른다.

"장난해요, 이 바보 주인……! 레이 님에게 커밍아웃하는 건 타이밍을 봐서 하자고 했잖아요……!"

"어쩔 수 없잖아……! 나도 모르는 사이 난감한 사태에 빠졌거든⋯⋯!"

"레이 님이 이쪽을 빤히 보고 있거든요⋯⋯! 난생처음 보는 차가운 시선인데⋯⋯! 무슨 말이든 좀 해주세요⋯⋯!"

"어떻게 그러냐⋯⋯! 대화의 레퍼토리가 없단 말이야⋯⋯! 지금의 내가 할 수 있는 말은 아침에 먹은 라피스의 도시락 감상 정도——."

"더는 말하지 마, 쓰레⋯⋯!"

"오라버니."

웃음기 없는 눈으로 레이는 중얼거렸다.

"그녀는 산죠가의 메이드인데요. 현명한 오라버니라면 아실 텐데요. 만일에 대비해서 확인해 둘게요. 그녀는, 산죠가의, 메이드, 인데요."

압박.

표면상으로는 미소를 띠고 있음에도 불구하고 귀신이 겹쳐 보이는 레이를 본 나는 벌벌 떨었다.

"아, 아니, 그건⋯⋯. 저⋯⋯, 스노우가 설명해 주겠대⋯⋯."

눈을 피한 내 옆구리를 스노우가 꼬집는다.

"아하하⋯⋯, 히이로 님은 수줍음이 많네요⋯⋯. 당연히 당신이 설명해야죠⋯⋯!"

"뭐야, 스노우, 간지럽히지 마⋯⋯!(부탁이야, 부탁이야, 부탁이야!)"

"아아, 히이로 님도 참. 그만하세요⋯⋯!(부탁이에요, 부탁이에요, 부탁이에요!)"

"뭐야, 사이좋네."

웃으면서 츠키오리는 속삭인다.

"하지만 역시 못 믿겠어. 둘 사이에 묘한 거리감이 있거든."

"엥?!"

아주 잠깐 얼굴을 빛낸 레이는 어험, 하고 헛기침한다.

"보, 본건은 거짓말인가요? 오라버니. 거짓말이라면 정상참작의 여지 정도는 드릴 텐데요."

"…………."

대량의 땀을 흘리는 내 앞에서 어느새 츠키오리와 레이는 한 팀이 되어 있다. 아까까지는 싸우고 있었을 텐데 사이좋게 서서 우리를 몰아붙인다.

여유로운 미소를 띤 츠키오리는 라이트 나이트 헌트를 위로 던졌다가──.

"히이로 성격상."

캐치한다.

"모든 게 거짓말일 경우, 여기서 내가 『증거를 보여 줘』라고 해도 아무것도 안 나오지 않을까?"

"그렇군요, 합리적인 판단이네요."

눈 깜짝할 사이에 궁지에 몰려가는 내 머릿속에선 성가가 울려 퍼졌고, 만면에 미소를 띤 큐피드들이 팔을 쭉쭉 잡아당겼다.

"키스해 봐."

입꼬리를 들어 올린 츠키오리는 나에게 속삭인다.

"남자와 여자고 약혼한 사이니까 키스 정도는 할 수 있지?"

한숨을 내쉰다.

각오를 다진 듯, 스노우는 내 옷자락을 잡아끌었다. 앞머리를 손으로 걷은 그녀는 까치발로 서서는 살며시 내 앞가슴에 몸을 기대었다.

"히이로 님……."

스노우는 나를 올려다보며 조용히 눈을 감는다.

"하나 빚진 거예요……."

여기서 긴급 속보가 하나 들어왔습니다. 지금부터 저는 죽습니다.

절망감에 검게 물든 내 머리가 어질어질 회전한다.

여기서 스노우에게 키스하지 않으면 분명 두 사람은 약혼자의 존재 따위 믿으려 하지 않겠지……. 하지만 스노우의 의사는……. 스노우는 여자를 좋아한 적은 없다고 했지만, 딱히, 나를 좋아한다고는 하지 않았고……. 차라리 자백해야 하나…….

나는 스노우의 두 어깨에 손을 얹었고.

어떡해야 하나 생각에 잠긴 채로 천천히 그녀의 얼굴에 입술을 들이밀──.

"아, 안 돼애애!"

뛰어내려 온 라피스가 우리 사이에 끼어들었다.

실내에 쩌렁쩌렁 울려 퍼지는 소리. 놀라서 그 자리에 있던 전원이 굳어버렸고, 기세를 몰아 그녀는 착지하자마자 소리친다.

"나, 나, 실은 히이로를 좋아했어! 연애적인 감정으로! 그, 그

315

러니까 눈앞에서 키스하지 않았으면 해!"

라피스 너, 무슨 소리를——. 나는 그녀의 의도를 깨닫는다.

"그랬구나, 라피스……. 네 마음을 눈치채지 못해서 미안해. 애초에 의심받고 있다고 해서 남들 앞에서 키스하는 상스러운 짓을 할 필요 따위 없는데. 어쨌든 나와 허니의 사랑은 불멸이니까."

"그러네요, 달링 말이 맞아요."

스노우는 내 교복의 주름을 고쳐주며 천천히 나에게서 떨어진다.

라피스는 얼굴을 새빨갛게 붉힌 채로 벌벌 손을 떨었다.

"두, 두 사람 마음은 내가 알아! 나, 나도 히이로를 좋아했으니까! 약혼자 따위 존재하지 않는다고 생각했었거든! 하, 하지만, 이 둘은 틀림없이 서로를 사랑하는 사이야! 얼마 전에 내 앞에서 키스했어!"

츠키오리와 레이는 서로를 마주 본다.

"아니, 딱히 히이로를 그런 눈으로 본 건 아닌데."

"저도 당연히 남매 이상의 감정을 품은 건 아니에요."

"그, 그럼 그렇게 의심할 필요 없잖아?! 묵묵히 두 사람을 축복해 주자고! 히이로도 약혼자가 있다고 해도 무리하게 거리를 둘 필요 없다니까! 그렇지, 히이로?!"

"그, 그래. 당연하지!"

나를 관찰하던 두 사람은 고개를 끄덕였다.

"석연치 않은 점도 남긴 했지만……. 상대는 잘 아는 스노우고,

오빠의 연애에 참견할 생각은 없어요."

"나는 애초에 지금까지 해온 것처럼 대할 생각이었어."

아무리 봐도 두 사람은 나에게 약혼자가 있다는 걸 전혀 믿지 않는 눈치다.

그래도 지금은 물러나기로 했는지 둘이 사이좋게 실내 훈련장을 떠났다.

내가 뛰어든 시점에서 질려버린 관중들은 떠나간 모양이다.

텅텅 빈 실내 훈련장 중앙에서, 우리는 동시에 어깨의 짐을 내려두고 서로 눈짓을 주고받았다.

"라피스, 정말 덕분에 살았어……. 고마워."

"됐어, 뭘. 원래 내가 뿌린 씨나 다름없는걸. 그렇게 몰아붙이듯이 강제로 키스하게 하는 것도 이상하다고 생각했거든."

"하지만 정말 괜찮겠어? 저 둘은 라피스가 나를 좋아한다고 계속 착각하고 있을 텐데."

"이미 차여서 깨끗하게 단념했다는 설정으로 밀어붙이면 딱히 문제없지 않을까? 저 둘이 어떻게 생각하든 상관도 없고."

"……히이로 님."

누가 소매를 잡아당기는 느낌에 돌아본 나는 훈련장 구석까지 끌려갔다.

"라피스 님에게 진실을 말씀드리는 게 좋지 않을까요."

"엥?! 왜?!"

"아마 라피스 님은 어렴풋이 이 관계가 가짜란 걸 눈치챘을 테고 츠키오리 님과 레이 님도 의혹을 남겨두고 있어요. 학원 생활

중에 메이드인 저는 도와드릴 수 없고, 바보 멍청이 얼간이 삼박자 님은 여심이란 걸 모르니까 딱 잘라서 라피스 님께 협력을 구하는 게 좋지 않을까 해서…… . 물론 위험성은 있지만요."

"바보 멍청이 얼간이 삼박자 님이란 게 설마 나야……? 위험성이라니……?"

"라피스 님이 히이로 님을 좋아한다는 거요."

나는 무심코 웃었다.

"괜찮아. 무슨 일이 있어도 그럴 리 없어."

"…………."

울상이 된 나는 숨을 헐떡이며 스노우의 두 어깨를 움켜쥐었다.

"그럴 리 없지……? 응……?"

"라피스 님은 정말 히이로 님을 돕기 위해 그 키스를 막은 걸까요?"

"너 무서운 소리 하지 마! 이 이상 내 마음을 괴롭히면 가만 안 돼, 너어어!"

내 어깨를 툭툭 치며 스노우는 웃었다.

"그냥 전원 함락시키면 되잖아요, 레이 님만 아니라면 기꺼이 인정할게요."

"아니, 너 정말 조용히 좀 해…… . 지금 진지하게 생각 중이니까…… . 아직 괜찮아…… . 지금부터야…… . 나의 백합은, 여기서부터가 시작이야…… ."

중얼중얼, 중얼거리는데 뒤에서 라피스가 고개를 쑥 내민다.

"미, 미안. 들렸는데…… . 약혼자라는 거 거짓말이었어……?"

"네, 거짓말이에요. 저희 거짓말쟁이 주인님이 폐를 끼쳤네요. 이 사람은 새끼손가락을 걸고 약속해도 거짓말을 너무 많이 해서 새끼손가락이 복합 골절됐다니까요."

"아니, 잠깐. 너 그렇게 아무렇지 않게. 잠까──."

"그래."

라피스는 미소를 띠더니 자기 두 손을 꼬옥 붙들었다.

"거짓말이었구나……. 그렇구나……."

"혹시 괜찮으시다면 이 한심함 랭킹 3연패를 달성한 주인을 도와주시겠어요? 여기 계신 산죠 히이로 님은 피치 못할 사정으로 여성과 교제할 수 없거든요."

"아, 그렇구나……. 지난번에 산죠가와 여러모로 다퉜으니까……. 두 사람을 속이는 것도 그런 이유로……?"

"그, 그런 이유에서지. 응."

"뭐야, 그런 사정이라면 얼른 말하지! 히이로가 곤경에 처했다면 물론 도와야지! 나한테 맡겨!"

라피스는 내 손을 잡고 눈을 빛낸다.

"우선 라피스 님이 오리엔테이션 합숙 중에 도와주셨으면 하는데요."

"당연하지! 히이로, 큰 배를 탔다고 생각하고 안심해!"

붙임성 있는 미소를 띤 나는 살며시 스노우에게 얼굴을 들이밀었다.

"아까 그 큰 배가 요란하게 뒤집히지 않았나……?"

"그 후 뛰어내린 승객을 신속히 구조해서 전멸만은 피했잖아요……. 괜한 농담은 삼가시고 후의에 기대서 승선하도록 하세요…….”

부드럽게 내 손을 두 손으로 감싸며 얼굴을 들이민 라피스는 미소를 짓는다.

“히이로를 위해서, 나 힘낼게!”

“…………”

백합의 신이시여.

어쩌면 저, 이제 틀린 걸지도 몰라요.

*

물결치는 천장.

천장에 투영된 흰 바다는 사람들의 발소리에 반응해 물결치고 있다.

대량의 책이 꽂힌 책장이 허공을 오가고 있었다. 안에 든 마도서가 어지러이 날아다니며 정리 정돈이 이뤄지는 중이었다.

희푸른 인광을 띤 마도서는 공기 중에 반짝이는 문자열을 투영하며 산산이 부서져 사라져 간다.

중앙에는 새하얀 천구(天球)가 놓여 있었다.

올려다볼 수밖에 없을 만한 커다란 크기.

성도(星圖)가 그려진 천구는 장엄하게 천천히 계속 돌아가고 있었다.

그 예술적인 흰 구체는 호쿄 마법 학원의 대도서관을 지배하는 콘스트럭터 매직 디바이스.

통칭 『은백의 천구』.

손바닥을 대고 마력을 흘려 넣어 학원생이라는 게 인식되면 떠올린 책을 자동으로 검색해서 갖다준다.

츠키오리와 레이의 결투 다음 날.

여러 과제를 팽개치고 보이지 않는 화살 문제를 해결하러 온 나는 『은백의 천구』에 손을 댄다.

나와 마찬가지로 책을 찾으러 온 것일까.

다른 여러 학생도 원을 이루어 눈을 감고 『은백의 천구』에 손을 대고 있었다.

"············."

나도 집중하기 위해 눈을 감는다.

화살, 화살, 화살…… 보이지 않는 화살……. 『아처리 노트』, 『궁도의 기본』, 『불가시 이론』, 『메타 머티리얼』, 『노(弩)의 구조』, 『마법의 화살 ~기본편~』, 『마법 기초 이론』, 『엘프가 쓰는 화살이란?』, 『알프 헤임 ~수수께끼에 싸인 고도~』, 『캐넌 발현 기술』, 『마안 전서』.

아니, 아니. 점점 딴길로 새는데.

나는 미간을 찡그리며 집중력을 되찾으려 한다.

기억을 캐내는 형태로 이미지하는 탓에 본질에서 벗어난 곳에 착지했다.

나는 화살 만드는 법을 알고 싶다. 또 화살을 똑바로 날리는 법을 알고 싶다.

이번에는 잘 풀렸다.

내 팔 안에 후두두둑 여러 권의 책이 쏟아진다.

"우와악!"

캐치한 책을 두 팔로 끌어안은 나는 열람실로 이동하기로 했다.

스코어 0인 나에게는 작은 개인실 사용 허가가 주어지지만 고스코어 학생들에게는 영상 기록도 볼 수 있는 시어터 룸이 제공된다.

각 개인실은 당연히 완전 방음이다. 책상 및 의자. 수면용 침대가 설치되어 있으며 전화 한 통만 걸면 사서가 날아오는 서비스까지 포함돼 있다.

이 대도서관에는 에스코 팬이 『츤과 데레의 폭이 절대영도와 우주의 최고 온도 정도 된다』라고 하는 서브 히로인도 있는데……. 당연히 남자인 내가 얽혀서 될 존재가 아니므로 무시한다.

나는 윈도우를 열고 대도서관 공실을 찾는다.

전체 학생 수에 반해 충분한 공실이 준비되어 있기도 해서 낮은 스코어용 공실도 쉽게 찾을 수 있었다.

"32번……, 32번……."

32번 개인실을 찾아 돌아다닌다. 주변을 어슬렁거리는 남학생을 보고 혐오감을 드러내는 여학생들이 길을 터 주었다.

생각해 보면 교실 이외의 학원 부지 내에서 남자를 만난 적이 없다.

아무래도 나 이외의 남자는 눈치껏 모습을 감추고 있는 듯하다……. NINJA인가?

솔직히 그건 나도 본받고 싶은 부분이다. 본래라면 주인공이나 히로인즈와 얽혀서는 안 될 일이니 말이다. 뭐, 이젠 갑자기 거리를 두더라도 그만큼 좁혀질 뿐이라 이미 늦은 감도 들지만.

이미 지난 일을 생각해 봤자 어쩔 수 없는 일이다.

지금은 닥쳐든 과제, 오리엔테이션 합숙에 대비해 능력 향상을 꾀해야 한다……. 츠키오리라면 문제없겠지만 모든 게 게임대로 흘러갈 거라고 단언할 순 없다.

미래의 백합을 위해 나를 방패 삼아서라도 주인공이 죽는 것만은 피해야 한다.

여차할 때 나설 수 있도록 보이지 않는 화살을 서둘러 습득하자.

"오, 32번!"

겨우 나는 32번 개인실을 발견했고——.

"…………."

내 두 손이 꽉 차서 문을 열 수 없다는 걸 깨달았다.

성가시지만 일단 책을 바닥에 내려두는 수밖에 없나.

나는 한숨을 내쉬고 책을 바닥에 내려두기로……. 불쑥, 옆에서 팔이 뻗어나와 문을 열어 주었다.

"들어가."

갸날픈 목소리가 들렸다. 투명한 팔이 손잡이에 손가락을 얹고 있었다.

무심코 시선을 들었다가 미소 짓는 그녀와 눈이 마주쳤다.

"안녕, 산죠 히이로 씨."

창의 기숙사 카이룰레움을 지배하는 기숙사장, 프리 플로마 프리기엔스다.

순백의 베일을 뒤집어쓴 교복 차림의 그녀는, 투명한 몸에서 냉기를 뿜어내며 투명한 눈으로 나를 바라보고 있었다.

"……고맙습니다."

이런 데서 히이로와 프리가 만나는 이벤트가 있었나?

에스코는 츠키오리 사쿠라 시점에서 진행되기에 히이로가 어디서 누굴 만났는지 따위를 알 턱이 없지만……, 여기서 프리와 얽히는 건 좋지 않다.

아니, 어디서든 프리와는 얽히고 싶지 않다! 강한 녀석과 만나면 만날수록 사망할 가능성이 커진다! 주인공과 상관없는 곳에서 개죽음당하는 건 사양이야!

나는 부리나케 개인실로 들어가려다── 투명한 손에 저지당한다.

"바쁜 와중에 미안한데. 잠시만 이야기할 수 없을까?"

"죄송한데 신문이고 다단계고 남자 주인공이 들어간 백합 소셜 게임이고 다 필요 없어요."

프리는 아름다운 미소를 띤다.

"어머어머, 혹시 나도 모르는 새 미움을 샀나? 일요일에 오는 영업은 설령 미인이라도 내쫓는 타입이야?"

"아뇨, 설령 일요일이라도 백합 영업이라면 감상 정도는 흔쾌히 하는데요."

"그럼 잠시만. 응?"

"어, 잠깐. 저기! 당신, 혼자서 백합 사기라고?! 지금부터라도 연인을 불러오실 거라면 기꺼이 기다려 드릴 거고 차도 내올 테니까 포기 좀!"

나는 힘에 밀려 개인실로 들어갔다.

정령종인 그녀 특유의 안개가 독특한 감촉을 나에게 전했고, 갑갑한 개인실에서 절세의 미소녀와 단둘만 남았다.

가만히 뺨에 손을 댄 그녀는 나를 바라본다.

"히이라고 불러도 돼?"

"……네?"

그녀는 팔짱을 끼고 풍만한 가슴을 의도치 않게 들이민다.

"왜, 나는 기숙사 사람들에게 닉네임을 붙이잖아? 아무래도 앞으로 친해지고 싶은 사람은 그냥 이름으로 부르고 싶지 않아서. 참고로 라피스는 『랏피』라고 부르고 있어."

"무슨 구피처럼……. 부, 분명 싫어하겠죠……?"

"괜찮아. 난 귀여운 애가 싫어하는 표정에 흥분하는 타입이거든."

하나도 안 괜찮아.

"그보다 전 남자인데……. 이런 거 싫지 않아요?"

"그렇게 따지면 난 정령인데 싫지 않아?"

프리는 원작대로 『마음에 든 상대』에게 강하게 밀어붙이며, 나에게 다가와 말을 잇는다.

"히이는 의외로 귀엽게 생겼네. 스킨은 뭘 써?"

"아, 아니. 딱히 안 쓰는데요."

"거짓말. 이렇게 피부가 매끈매끈하고 쫀쫀한데."

두 손에 얼굴을 끼우고 양쪽 뺨을 주물거린다.

"하지만 히이."

그녀는 맑은 눈으로 나를 살핀다.

"흉상이 나왔어……. 아마 조만간 죽겠지……. 가엾어라."

"엥, 정말요?"

프리는 점성술이나 관상술 같은 점술을 특기로 하는 점술사이기도 하다.

원작 게임에서 그녀는 여러 번 점술을 적중시킨다. 히이로가 그녀에게 『죽는다』라는 말을 들은 다음 날 대형 트럭에 치여 사망하고, 프리는 주변 사람들에게 존경받는다는 포복절도할 이벤트도 존재한다.

"뭐, 그런 건 아무래도 상관없나."

상관없지 않아.

"오늘은 히이에게 볼일이 있거든."

"볼일……?"

"랏피에게 당신이 플라움에 들어갈 거라고 확실히 말해 줘."

아아, 그래. 그런 뜻이로군.

납득한 나는 점점 다가오는 그녀에게서 고개를 돌렸다.

"라피스가 기숙사에 안 들어가겠다고 하나요?"

"그래. 당신에게 집착하고 있거든."

물끄러미, 그녀는 가까운 거리에서 나를 바라본다.

"당신이 플라움에 들어갈 거라고 하면 역시 포기하고 카이룰레움으로 들어오겠지. 어제 별을 봤으니까 확실히 안심 안전이야."

"알겠어요. 조만간 라피스에게 전할게요. 그러니까 가급적 빠르게 물러나 주실래요?"

"으음……. 아까운데……."

더듬더듬 허벅지 안쪽을 어루만진다.

"아니, 잠깐?! 당신 어딜 만지는 거야?!"

"아아, 미안해. 나 인간의 감각을 잘 모르거든. 만지면 안 되는 곳이었구나."

팟 하고 손을 뗀 그녀는 미소 짓는다.

"잘 단련했네. 정말 아까워."

"……제가 죽어서요?"

"응. 왜냐하면, 당신은 자기 생사에 집착하지 않잖아? 자기 목숨보다 중요한 게 있고, 그걸 위해 기꺼이 목숨을 내던질 수 있는 타입이야. 오히려 자기가 존재하지 않는 게 더 낫다고 생각하는 거 아닌가?"

맞아……. 무섭다……!

"오래 살 리가 없지……. 자기 목숨을 아끼지 않는걸. 하지만."

프리는 내 두 뺨을 감싸고 정면에서 살핀다.

"나는 싫지 않아, 그런 거. 왜냐하면 인간의 특권이잖아. 목숨보다 소중한 것에 모든 걸 바친다는 건. 왠지 로맨틱하지 않나?"

살며시.

너듬듯이 내 뺨을 손가락으로 이루만지고 나서 프리는 멀어진다.

"가끔은 내 점이 어긋나기를 바랄게. 운명쯤은 뒤집어 봐⋯⋯. 목숨을 걸어서라도 지키고 싶은 게 있잖아, 기사님."

서늘한 냉기를 남기고 창의 기숙사장은 떠나갔다.

한동안 망연자실한 채로 있던 나는 이성을 되찾고 책상 위에 놓인 책더미를 돌아본다.

모든 의사가 거기 집중되어 가는 듯했다.

나는 서적을 읽어 지식을 흡수했고 지식을 살려 보이지 않는 화살을 완성하는 데 매진했다.

그녀가 말하는 운명을── 뒤집기 위해서.

세월은 화살과 같았고, 어느새 시간은 흘러.

"응."

태양이 뜨고 스승님은 고개를 끄덕였다.

"훌륭해요."

새벽에 잠들어 있던 거목에 햇빛이 비쳐 들고 내가 노린 대로 큰 구멍이 나타난다.

"⋯⋯⋯⋯."

나는 내 두 손을 내려다본다.

껍질이 벗겨지고, 여러 번 검붉은 피에 물든 채 피로에 덜덜 떨리는 손을.

살며시 나는 그 손을 움켜쥔다.

"⋯⋯스승님."

아스테밀은 조용히 고개를 끄덕인다.

"당신은 강해졌어요. 전보다 훨씬."

난 목소리를 쥐어 짜낸다.

"네······."

무슨 일이 있어도 나는 지켜낼 것이다.

내가 목표로 하는 것은 이 세계의 주인공, 히로인들이 웃으며 끝맺을 수 있는 세계다.

"다녀오겠습니다."

"다녀와요."

나는 천천히 집합 장소로 이동한다.

도착했을 땐, 이미 전원이 모여 있었다.

츠키오리, 오필리아, 라피스, 레이······. 그녀들은 나를 바라본다. 나는 전원에게 웃어 보인 뒤, 바다에 떠오른 거대한 호화 여객선을 올려다봤다.

시작된다.

주인공의 전환점——, 오리엔테이션 합숙이.

작가 후기

처음 뵙겠습니다, 하자쿠라 료입니다.

이 작품을 구매해 주셔서 감사합니다.

이 작품은 소설 투고 사이트에 연재하는 WEB판을 가필 수정한 것입니다. 처음 읽는 분도 이미 읽으신 분도 재미있게 읽으실 수 있도록 써 봤는데…… 어떠셨나요? 재미있게 읽으셨다면 기쁘겠습니다.

40문자×17행 2P 분량의 『작가 후기』를 의뢰받았는데 이미 소재가 고갈돼서 소재가 끝이 없는 감사 인사를 보냅니다.

바쁘신 와중에도 이번 작품을 출판하는 데 힘써 주신 담당 편집자 M님. 정확하게 지적하고 작품에 진지하게 대응해 주신 덕분에 무사히 이번 작품을 세상에 선보일 수 있었습니다. 그저 감사드립니다.

또 촬영할 일이 딱히 없었기 때문에 저자 근황 사진을 포장지에서 벗긴 캐러멜로 하려고 한 저를 『사진 오른쪽 절반에 그림자가 들어갔다』라는 정확한 어드바이스로 말려 주셔서 감사합니다. M 씨는 제 소중한 브레이크세요.

멋진 일러스트로 이번 작품을 표현해 주신 hai 님. 바쁘신 와중에 고퀄리티의 일러스트를 그려 주시고, 각 캐릭터의 이미지에 맞춘 디자인을 완성해 주셔서 정말 감사합니다.

hai 님이 『이 신을 그리고 싶다』라고 리퀘스트해 주신 라피스가 히이로에게 도시락을 주는 신, 점수를 주자면 48,000점 (16,000점 올)입니다. 최고였습니다. 제 하트와 점수봉은 별도로 하자쿠라 염력편으로 발송해 드리겠습니다.

MF문고 J님, 또 이번 작품의 출판에 도움을 주신 모든 분. 이번 작품을 내는 데 힘써 주셔서 정말 감사합니다.

WEB 판부터 응원해 주신 독자 여러분. 서적화의『서』자도 언급되지 않을 때부터 응원해 주셔서 감사합니다.

여러분 덕에 이 작품은 여기까지 왔습니다. 이번 작품의 행방이 어떻게 될지 여러분과 함께 지켜볼 수 있다면 기쁠 겁니다. 좋은 결과로 끝나든 나쁜 결과로 끝나든 이 작품을 여러분께 전해드릴 수 있어 기쁘게 생각합니다.

이번 작품을 구매해 주신 여러분. 아까도 말씀드렸지만, 수많은 작품 중에서 이 작품을 선택해 주셔서 정말 감사합니다. 만약 재미있게 읽으셨다면 정말 기쁘겠습니다. 감사의 뜻을 전합니다.

이상, 감사를 전합니다.

그럼 여러분 또 만나 뵐 수 있기를.

하자쿠라 료

DANSHIKINSEIGAMESEKAI DE ORE GA YARUBEKI YUIITSU NO KOTO Vol.1
©Ryo Hazakura 2023
First published in Japan in 2023 by KADOKAWA CORPORATION, Tokyo.
Korean translation rights arranged with KADOKAWA CORPORATION, Tokyo.

남자 금지 게임 세계에서 내가 해야 할 유일한 일 1

2024년 5월 15일 1판 1쇄 발행

저　　　　자	하자쿠라 료
일 러 스 트	hai
옮 긴 이	고나현
발 행 인	유재옥
담 당 편 집	박치우
이　　　　사	조병권
출판본부장	박광운
편 집 1 팀	최서영
편 집 2 팀	정영길 박치우 정지원 조찬희
편 집 3 팀	오준영 권진영 이소의
디자인랩팀	김보라 박민솔
디지털사업팀	박상섭 김지연 윤희진
라이츠사업팀	김정미 맹미영 이윤서
영업마케팅팀	최원석 박수진 이다은
물 류 팀	허석용 백철기
경영지원팀	최정연
인쇄제작처	㈜코리아피엔피
발 행 처	㈜소미미디어
등　　　　록	제2015-000008호
주　　　　소	서울시 마포구 토정로222, 502호 (신수동, 한국출판콘텐츠센터)
판매 및 마케팅	(070) 8822-2301

ISBN 979-11-384-8296-7
ISBN 979-11-384-8295-0 (세트)

S NOVEL⁺

©Ryo Hazakura 2023 Illustration:hai
KADOKAWA CORPORATION
[NOT FOR SALE]

남자 금지 게임 세계에서 내가 해야 할 유일한 일 1

백합 사이에 낀 남자로 전생해 버렸습니다

~Short Stories~

【애니메이트 특전 쇼트스토리】

"애니메이트 안 갈래?"

"…………."

"애니메이트 안 갈래?"

산죠가 별택.

내 방에 죽치고 있던 레이는 여전히 바른 자세를 유지한 채로 생긋 웃어 보인다.

"왜 저를 부르시는 거죠?"

"아니, 애니메이트에서 동인지를 사고 싶은데 내용이 좀 야시시해서 전문가 의견을 들어보고 싶——."

"전제조건이 잘못된 상태에서 논의를 진행하지 말아 주실래요? 청초함의 대명사에 단아한 요조숙녀인 제 어디에서 그런 요소를 발견하신 거죠?"

"하지만 레이디스 코믹을 수집 중이잖아."

"아니에요! 대체 어디 사는 누가 변태 애니멀 헌터라는 거죠!"

새빨개진 얼굴로 방석을 던진 뒤, 씩씩거리며 위협하는 레이를 타이른다.

"지, 진정해. 난 살짝 야시시한 백합 동인지를 사고 싶을 뿐이지……. 아무도 너한테 음탕 요조숙녀라고 한 적 없으니까……."

"누가 부른 덕에 호칭이 정해진 거잖아요……? 전 '음탕 요조숙녀'에서 '음탕'을 제거하기 위해서라면 방석으로 사람을 살상하는 건도 검토할 수 있거든요……?"

1

방에 나와 레이뿐이라서 그런가?

다른 사람의 시선을 신경 쓰지 않는 레이는 둥글게 만 방석으로 사람을 마구잡이로 때리며 그 살의가 어느 정도인지 드러냈다. 처음에 던져진 방석을 똑같이 둥글게 말아 반격하자 녹초가 된 레이가 겨우 공격을 멈췄다.

"······저는 뭐, 오라버니를 따라 애니메이트에 가도 상관없는데요."

여전히 숨을 헐떡이며 방석을 든 상태로 레이는 중얼거린다.

"하지만 어떤 지점으로 가시게요? 이케부쿠로? 하치오지? 아키하바라? 아니면 신주쿠인가요? 점포에 따라 판매 상품이 다르고, 근무하는 점원에 따라 각 코너가 다르게 꾸며져 있거든요."

"오오! 그렇게 점포가 많구나! 역시 업계 전국 최대 규모이자 47개 도도부현에 지점을 둔 브랜드다워!"

"뭐죠. 그 꼭 누가 적어준 멘트를 그대로 읽는 듯한 느낌은."

단순히 백합판에서도 크게 신세를 지는 가게라 알고 있을 뿐이다.

"그래서? 오라버니가 원하는 동인지는 어떤 건가요?"

"바로 이겁니다."

작가님이 올려준 샘플을 보여주려는데 무릎걸음으로 슬금슬금 다가온 레이가 나에게 찰싹 달라붙는다.

그녀가 고개를 툭 떨어뜨리며 내 어깨에 머리를 올렸기에——나는 놀라서 눈을 크게 떴다.

"가, 갑자기 정신을 놓으셨나요······?"

"……가끔은."

레이는 미소 지으며 눈을 감는다.

"오라버니께 어리광 부리고 싶을 때도 있어요."

"이런 야시시한 동인지를 볼 타이밍에?! 방석 난투 배틀이 끝난 후에?! 애니메이트로 떠날 준비를 하는 단계에서?!"

배를 퍽퍽 얻어맞으면서 나는 매직 디바이스 윈도우에 구매하려고 담아둔 동인지 샘플을 띄운 뒤, 레이에게 보여준다.

"……이게."

레이는 가만히 윈도우를 노려보더니 중얼거린다.

"야한가요?"

"엥."

"엥."

나와 레이는 서로를 마주 본다.

머뭇머뭇 페이지를 내린 나는 가장 야한 페이지를 레이에게 보인다. 레이는 내 쪽을 올려다보며 입을 연다.

"야한 거…… 아니죠……?"

"엥."

"엥."

나는 윈도우를 가리켰고, 흥분 포인트를 손짓으로 확인시킨다.

"야한 거 맞지……."

"어디가요?"

"엥."

"엥."

무표정한 레이를 바라보며 겁에 질린 나는 떨리는 목소리로 중얼거린다.

"에, 에로 동인 선생님……."

"네? 왜 음탕 요조숙녀에서 업그레이드한 거죠?"

그 후 우리는 인근 애니메이트로 향했다.

나는 무사히 사려던 동인지 1권을 구매했고, 레이는 레이디스 코믹 5권을 구매했다.

"이상적인 데이트 선수권이라도 하실래요?"

"…………"

"이상적인 데이트 선수권이라도 하실래요?"

"…………"

스노우의 오른쪽 주먹이 내 어깨에 날아들자 나는 무심코 "아 얏!" 하고 비명을 질렀다.

플라움 다락방에서 낮잠을 자며 평화로운 휴일을 보내던 나는 메이드의 라이트 스트레이트를 맞고 잠에서 확 깨어 얼굴을 찌 푸렸다.

"일어나, 인마."

"스노우 씨, 좀 봐주십쇼. 스승님과의 목숨을 건 두근두근☆ 진검 수행 때문에 몸과 정신이 파업 중이거든요. 화창한 오후의 낮잠 시간을 뜨겁게 원하고 있다고요."

"안심하시죠. 귀여운 메이드와의 대화는 베인 상처, 냉증, 우울 감, 요통, 근육통 및 피로의 회복과 건강 증진 버프를 주거든요."

"꼭 온천 효능 같네……."

네 발로 넙죽 엎드린 메이드는 누운 채로 도망치는 나를 뒤쫓 는다.

"우선 전 약속 시간 30분 전에 도착했어요."

"꽤 빠르네……. 조금이라도 그를 빨리 만나고 싶다. 뭐 그런 순정만화 속 주인공 같은 마음이야?"

"아뇨, 그에게 죄책감을 줘서 주도권을 확보하기 위해서죠. 이 시점에서 점심이 더치페이가 될 확률은 35%까지 내려가고, '기다리게 한 대신' 웰컴 드링크도 기대할 수 있어요."

"내가 아는 데이트는 서로 실리와 실리를 탐하는 그런 지옥이 아닌데?"

강제로 나를 일으켜 세운 메이드는 당연하다는 듯이 팔짱을 낀다.

"히이로 군, 늦었잖아. 나 벌써 32분 16초나 기다렸어."

"갑자기 원맨쇼 하지 말아 줄래? 난 남친이 늦은 시간을 우직하게 초 단위로 재는 여자랑 데이트하기 싫거든."

내 손가락과 손가락 사이에 자기 손가락을 감으며 몸을 밀착시킨 스노우는 내 팔을 쭉쭉 잡아당기며 걸음을 떼기 시작한다.

"그럼 우선 시부야 브랜드 숍에 가볼까요?"

"뭐 하나 뜯어낼 마음으로 가득해 보인다, 너?"

"응? 먼저 은행부터 갈래요? 아니면 대부업체? 그것도 아니면 전당포?"

"이상적인 데이트 선수권이니 어쩌니 하던 여자가 돈 빌릴 수 있는 곳을 고속 영창하는 건 뭔데?"

하아, 하고 한숨을 내쉬자 스노우는 잡은 내 손을 위아래로 흔든다.

"불평 하나는 1등감인 주인이네요. 그런 사소한 불만으로 호감도를 내릴 틈이 있다면 히이로 님이 생각하는 이상적인 데이트를 말해 보세요."

"그러게. 내가 보고 싶은 이상적인 백합 데이트는——."

"히이로 님 본인이 하고 싶은 이상적인 데이트요. 확 고막을 떼어내서 기숙사 현관에 걸어둘까요?"

"그러게…… 이렇게, 그, 먼저 용기 내어 데이트 신청을 하고 공원에 피크닉 가서…… 후훗……. 여, 여친이 손수 만든 도시락을 먹는다……거나……. 우훗……?"

"소오름……."

"좀 너무한 거 아니야?"

"그거 말고는?"

주눅 든 기색 하나 없이 묻는 메이드의 모습에 나는 신음하면서 이상을 추구한다.

"이렇게 공원을 한 바퀴 빙 돌고 나무와 꽃을 바라보면서 이런 얘기 저런 얘기를 주고받거나……, 호수 같은 데서 보트를 타고 꺅꺅 우후후 하는 거지……. 그 뒤엔, 그…… 상대가 하고 싶은 걸 하고 싶어……."

"자, 그런 케케묵은 동정에게 좋은 소식이 있어요."

"너 '폭력'이라고, 아주 간단하게 상대를 비뚤어지게 하는 법이 있단 거 알아?"

스노우는 내 양쪽 어깨에 손을 얹고 발돋움을 하더니—— 속삭인다.

"마침 여기 한가한 미소녀가 하나 있네요."

"…………."

"조리 스피드도 초고속이라서 정성이 들어간 수제 도시락도 준비할 수 있어요."

"…………."

"말로는 소름 끼친다고 했지만, 뭐, 공원 데이트도 근사하지 않을까 싶어요."

"…………."

"평소에 제 도움을 받고 있죠?"

"…………."

"데이트 신청은?"

스노우는 고개를 갸웃한다.

"어느 쪽이었죠?"

"……같이 공원에라도 가지 않을래요?"

자칭 미소녀 메이드는 만면의 미소를 띠며 고개를 끄덕였다.

"참 잘했어요."

【게이머즈 특전 쇼트스토리】

"……츠키오리 씨?"

"응~?"

"멋대로 내 방에 들어오지 말아 달라고 했지?"

멀리 있는 슈퍼까지 장을 보러 간 메이드의 눈을 피해 플라움 다락방에 불법 침입한 츠키오리는 건성으로 답한다.

"뭐야, 어디로 들어온 거야……?"

"음~."

고운 머리카락을 부채꼴로 펼치며 드러누운 츠키오리는 천창을 가리킨다.

"저기가 고도 몇 미터인지 알아……?"

"저기."

소파에 두 다리를 올린 츠키오리는 방석을 베고 내 휴대용 게임기를 멋대로 가지고 놀면서 의문을 표한다.

"이런 말을 들으면 기뻐?"

화면에 표시된 것은 백합 게임의 아름다운 CG.

츠키오리가 내게 보여준 것은 얼굴을 붉힌 여자아이가 "좋아해……"라고 속삭이는 장면이었다.

"그야 기쁘지. 정말 좋아하거든. 『좋아해』만큼 심플하게 사람 가슴을 뛰게 하는 말은 또 없으니까. 여자끼리 좋아한다는 말을 주고받는 것도 좋아하고, 힌쪽이 좋아한다고 속삭이면 또 다른 한쪽이 이상한 행동을 하는 패턴도 득점 가능권이야."

"그럼 말해 줄까?"

"하핫. 이 살인자. 네가 나한테 『좋아해』 같은 말을 하면 당장에 혀를 깨물어서 올드○이가 상영된다는 거 다 알면서."

츠키오리가 손가락을 까딱까딱한다.

경계하면서 다가가자, 츠키오리는 내가 도중에 밟은 방석을 잡아당겼다. 나는 앞으로 고꾸라지며 무릎을 꿇었고, 츠키오리가 거기에 자기 머리를 올렸다.

"우와, 우와, 우와악!"

나는 온몸을 덜덜 떨면서 벌떡 일어나 세면대에 미지근한 물을 채운 뒤, 샴푸와 린스를 들고 다시 돌아갔다. 비닐장갑을 끼고 나서 츠키오리의 머리를 잡고 세면대에 머리를 쑤셔 넣은 다음, 샴푸를 뿌리고 머리를 감기기 시작한다.

"우와아아아아아아아아아아아아아아아아아아악! 백합 게임 주인공의 머리는 남자 따위가 건드려서는 안 돼애애애애애애애애애애애애애애애애!"

"히이로는 샴푸를 잘하네."

실은 이런 상황도 벌써 다섯 번째라, 익숙해진 츠키오리는 기분 좋은 듯 눈을 내리떴다. 그리고 필사적으로 그녀의 머리에 거품을 내는 내 손에 뺨을 비비적거렸다.

"저기?! 매번 계획적인 범행으로 남한테 머리 감기게 하지 좀 말아 줄래?!"

"싫어."

"싫긴 뭐가 싫어, 너무하네! 만에 하나 무슨 일이 생기면 곤란하니까 미용실에 드나들며 두피에 손상이 가지 않는 샴푸 방법과 머릿결을 유지하기 위한 트리트먼트 방법까지 마스터했거든! 내 몸은 츠키오리 때문에 변해 버렸어어어!"

"좋네."

흠잡을 곳 하나 없이 아름다운 얼굴에 희미한 미소를 띤 츠키오리는 부드럽게 내 뺨을 어루만진다.

"좀 더, 나의 색으로 물들어줘⋯⋯."

"싫어어~! 좋아져 버리잖아~! 이런 순 제멋대로인 여자에게 넘어가 버리잖아~!"

울면서 계속 거품을 내는 내 뺨을 검지로 어루만지면서, 기분이 좋아 보이는 츠키오리는 두 발을 휘적휘적 흔든다.

"저기, 히이로."

츠키오리는 고혹적인 눈길로 나를 바라본다.

"좋아해⋯⋯."

나는 순식간에 혀를 깨물려다가──.

"친구로서."

멈춘다.

히죽히죽 웃으면서 내 쪽을 올려다보는 츠키오리. 땀을 뻘뻘 흘리는 동시에 거친 숨을 내쉬던 나는 그녀의 뺨을 여러 번 톡톡 친다.

"이봐, 너, 왜 웃고 그래⋯⋯. 사람 목숨을 가지고 놀지 마⋯⋯. 하마터면 죽을 뻔했잖아⋯⋯. 생긴 건 귀여운 이 썩을 악마가⋯⋯. 다시는 그러지 마⋯⋯. 알겠어? 다시는──."

"좋아해."

순식간에 나는 혀를 깨물려 했고──, 츠키오리의 손가락이 그걸 막는다.

"화면에 나온 대사를 읽었을 뿐이야."

츠키오리는 휴대용 게임기를 살랑살랑 흔든다.

"서로 좋아한다는 말을 주고받는 게 좋은 거지? 히이로도 이 대사를 읽어 주면 그만할 텐데."

그녀의 손가락을 입에 문 나는 폭포수 같은 눈물을 흘리며 속삭였다.

"됴아해……!"

싱긋 웃는 츠키오리를 바라보며, 내가 이 녀석을 이길 날은 오지 않으리라고 생각했다.